CRUCE DE DAMAS

MARÍA BOADO OLABARRIETA

CRUCE DE DAMAS

Rocaeditorial

Penguin
Random House
Grupo Editorial

Primera edición: enero de 2025

Travessera de Gràcia, 47-49. 08021 Barcelona

Printed in Spain – Impreso en España

ISBN: 978-84-10274-34-1
Depósito legal: B-17414-2024

Compuesto en Mirakel Studio, S. L. U.

Impreso en Black Print CPI Ibérica
Sant Andreu de la Barca (Barcelona)

RE74341

A cuantos estuvieron cuidando de mí
mientras la escribía

Nota de la autora

Agosto de 1991.

La democracia en España no había cumplido todavía trece años. Las cosas habían cambiado, un poco.

La muerte de muchos nos hizo temer por fin al sida y las enfermedades de transmisión sexual. Fue el año del «Póntelo. Pónselo». Aquella campaña publicitaria representaba la realidad de gran parte de la juventud española que vivía en el camino intermedio entre la nueva libertad y los antiguos convencionalismos sociales. Esta ambivalencia se reflejaba en las leyes. Sirva de ejemplo el divorcio. Aunque había sido aprobado hacía diez años, para lograrlo había que pasar por un largo periodo de separación y probar ante un juez la existencia de una causa legalmente tasada. El matrimonio ya no era para siempre, pero casi. Había que pensárselo durante cinco años.

Mientras se reivindicaba esa libertad, se diferenciaba a menudo entre lo socialmente bien visto o mal visto, aunque lo uno y lo otro estuvieran solo en los ojos de los que miraban, aferrados con frecuencia a ideas que ahora pudieran parecernos trasnochadas, pero que, en realidad, no son tan lejanas en el tiempo.

Existían cosas, acontecimientos e incluso personas, duele decirlo, que era mejor esconder porque, absurdamente, causaban vergüenza. Había que callarlas, ocultarlas a costa de lo que fuera. Se solucionaban en casa. Los que eran jóvenes en el 91 y habían nacido en los albores de la democracia respiraban por tanto en ese espíritu ambivalente de modernidad y tradición. En ese mundo complejo vivían los protagonistas de esta historia, disfrutando de una inadvertida libertad, cada uno a su manera. Cada uno según quién era. Libertad inadvertida porque a ellos les había sido dada. Libertad inadvertida porque no fueron conscientes de que la tenían hasta que la perdieron.

Porque la vida no avisa. Simplemente sucede, y puede sorprenderte y llevarte por caminos insospechados. Pero vivir consiste en dejar que ocurra.

1

Verano de 1991

Aquel 24 de agosto amaneció brillante y soleado. Ya pocos días así podían esperarse. Con todo, había sido un buen verano, más cálido de lo que era habitual en Burgos, aunque el frío de las noches iba anunciando el final de una estación ya de por sí corta. Desde la ventana de su habitación, en casa de sus padres, podía verse la silueta de los montes Obarenes entre los cuales Oña descansaba, en un hondillo, hábilmente elegido cientos de años antes para establecer en él la villa, formando así una muralla natural que había protegido a sus gentes, antaño de los moros y siempre, aun ahora, del terrible aire burgalés.

A las doce de la mañana el sol estaba ya alto y hacía resplandecer las copas de las encinas, todavía verdes. El marco de su ventana componía una fotografía entrañable que muchas veces había añorado en Madrid, donde las vistas no eran, desde luego, tan bucólicas.

Una pared de ladrillo y un colgador de ropa apostado en una pequeña abertura era todo lo que veía desde la ventana de su habitación de estudiante que daba a un patio interior. Aquel colgador que tantas veces había observado ensimismado fumando un cigarro mientras descansaba entre diagramas de Cremona le había hecho adivinar, sin necesitar grandes cavilaciones, que su vecina de enfrente era de cierta edad y algo entrada en carnes. La faja XXL beis y el sostén a juego y en proporción con la faja la delataban.

A menudo pensaba que ya era mala suerte tener que ver esos blasones todos los días allí colgados. Porque limpia debía de ser relimpia. Cada mañana la misma faja y el mismo sostén en el colgador, y eso durante años, sin saber si los lavaba o solo los aireaba. «A lo mejor —pensó un día— es que se ha muerto y se han quedado ahí colgados para la eternidad». Durante semanas se le pasó por la cabeza la imagen de su vecina desnuda, caída sobre el suelo del baño.

Se relajó cuando un día la vio sustituir las prendas colgadas y secas por otras similares, pero mojadas. Como había predicho, su vecina era regordeta y mayor. Se la quedó mirando al igual que ella a él. Finalmente fue él quien se ocultó tras las cortinas y cerró la ventana, no fuese que la vecina lo invitara a pasar.

Viendo aquellos estandartes en la ventana de enfrente mientras consumía inconscientemente algún cigarrillo, recordaba a menudo la vista desde su otra habitación. Los montes que conocía más que las líneas de su mano, verdes en verano, amarillos y rojos en otoño y blancos y descarnados en invierno. Podría pasarse la vida asomado a su ventana viendo cambiar las estaciones mientras le llegaba el olor a campo y a pino.

«Mejor así —pensó cuando alquiló el piso de Madrid—. Las vistas no ofrecen muchas distracciones». Aquella era una forma de consolarse porque el piso era una ruina. Pero era barato, y era lo que podía permitirse con su beca y el apoyo económico de sus padres. Tendría que conformarse con aquella ventana por la que entraba poca luz y con las vistas de aquellas prendas *underwear* que a falta de otros pasatiempos se habían convertido en algo familiar para él.

Pero ahora estaba allí, en su otra ventana, oyendo el rumor del agua del río. El primer cigarrillo de la mañana sabía mejor frente a aquellos montes.

A Miguel se le habían pegado las sábanas. Tenía un molesto dolor de cabeza. La noche anterior se había esforzado por no pasar sed. Las tres últimas cervezas habían sobrado sin duda. Últimamente no tomaba copas. Había descubierto, a fuerza de resacas, que la cerveza le hacía menos daño.

Recordaba haber acompañado a una rubia a su coche a las afueras del pueblo, donde la esperaban otras amigas. Serían las cuatro de la mañana cuando los echaron del Chole y miró el reloj.

La había conocido aquella noche. La miró y ella le devolvió la mirada con una sonrisa. Él pidió dos cervezas y le ofreció una a ella. Hablaron de cuatro cosas intrascendentes mientras se comían con los ojos. Él sabía que el truco estaba en mirarle de vez en cuando la boca y ver su reacción. Vio claramente que ella también quería, así que la besó y ella le devolvió el beso, parapetándose ambos de la gente durante un rato en la oscuridad del fondo del bar, junto a los baños. Después la acompañó hasta un R5 beis, la despidió con un beso y regresó a casa. Seguramente no volvería a verla, pero eso daba igual. Él no la buscaría y ella tampoco lo echaría de menos.

Fue a la cocina a por un ibuprofeno. Tenía que terminar cuanto antes con ese molesto dolor de cabeza. Había planeado salir con la bici a primera hora de la mañana para quemar el alcohol a base de kilómetros, pero ya era tarde. Tendría que recurrir a la química.

No quedaba nadie en casa a aquellas horas. Seguramente su madre se había ido a misa, y su padre, a la huerta.

Así que tras una ducha y un servicial sobre de ibuprofeno trató de recomponerse. Aún se lo tomó con calma y volvió a la ventana a devorar su segundo cigarro. «Fumo demasiado», pensó. Fue acercarse a la ventana y recordar de nuevo la faja y el sostén de su vecina de Madrid, a la que pronto vería de nuevo. Era como quien tiene una canción metida en la cabeza y no deja de tararearla sin saber por qué.

«Menudo trastorno —se dijo—. Bebo demasiado».

Para curarse de tan extraño y molesto pensamiento, volvió a recordar a la rubia de la noche anterior. Ella no llevaba nada parecido a una faja, afortunadamente. Aunque no llegó a quitárselo, sí que adivinó con sus manos que llevaba encaje, puede que negro, y una braga diminuta de esas que hay que buscar entre los glúteos. Aquellos serían mejores estandartes, sin duda, colgados en cualquier ventana, aunque llamaran a la guerra y no a la paz.

Recordó entonces la primera vez que invitó a una chica a su piso en primero de carrera. Hacía ya algunos años de aquello. Algunos años y muchos cigarrillos. En realidad, fue ella la que se invitó porque aquel piso, compartido con otros dos estudiantes de ingeniería, no era el lugar más romántico al que llevar a nadie. Las bacterias abandonadas por estudiantes veteranos, ya ingenieros seguramente, que lo habían ocupado antes que él, tenían ojos y patas y lo saludaban en el baño y en la cocina porque eran inquilinas más antiguas. A pesar de ello, se esforzó para que su habitación no pareciera la cueva de un oso de donde ninguna chica pudiera salir viva.

Ella había sido muy insistente, así que estaba claro a lo que iban.

Cuando llegó la condujo directamente a su habitación, no por insinuarse tan rápidamente, sino para que no viera el resto del piso. Miguel rompió el hielo y le dijo que estaba haciendo cremonas.

—No tenías que haberte molestado —le dijo ella pensando que las cremonas eran algún tipo de postre.

Tuvo que explicarle que se trataba de un método gráfico para el cálculo de estructuras en ingeniería.

Daba igual. Ella no había ido allí a dibujar, y menos a hablar de estudios, sino a deshacer la cama que Miguel había recompuesto con más cuidado que de costumbre.

Y, una vez deshecha, Miguel no sabía muy bien cómo proceder. Se levantó, encendió un cigarro intentando que no se notara su inexperiencia y entreabrió la ventana para que saliera el humo por si a ella le molestaba. Ella se lo puso fácil. Se levantó y fue al baño desnuda, despreocupada de que pudiera haber más habitantes en la casa. Viendo el estado de la ducha decidió no utilizarla. Volvió a la habitación, donde Miguel aguardaba expectante con el cigarro en la mano, medio consumido de darle profundas y nerviosas caladas. No sabía lo que se esperaba que tuviera que decir.

Pronto descubrió que ella no esperaba que dijera nada. Solo le pidió un cigarrillo. Tuvieron una corta conversación y luego se vistió, le dio un beso con sabor a Marlboro y hasta nunca. Jamás volvió a verla. Quizá se cruzaron en alguna fiesta de la facultad, pero, si era así, no fue consciente de ello. Si hubiera sido una chica del pueblo, se habría armado. Pero ya no estaba en el pueblo. Era un estudiante de primero de Ingeniería en Madrid y aquello debía de ser la liberación sexual femenina. Uno de los grandes avances de la democracia. ¡¡¡Qué adelanto!!! Tras aquel interesante descubrimiento aparecieron otras chicas que también pasaron por su habitación sin esperar más de él de lo que él esperaba de ellas. Era algo liberador comprobar que la mujer disfrutaba tanto del sexo como el hombre, y, desde luego, era mucho más justo para todos. Claro que eso no lo explicaban los curas en el colegio.

Y después de todo aquel aprendizaje acelerado de su primer año de carrera le dio tiempo aún a aprobar todas las asignaturas y volver al pueblo con el deber cumplido.

Regresó a Oña con otro aspecto. Estaba más delgado a falta de los pucheros de mamá. Había aparcado los zapatos castellanos y los pantalones de pinzas que le compraba su madre y usaba botas camperas y una bómber de ante que había comprado en el Rastro de segunda mano y que le daban un aspecto más moderno que cuando dejó el pueblo por primera vez.

Y resulta que el sexo femenino empezaba a encontrarlo interesante y que él empezaba a saber manejarse entre las mujeres con absoluta soltura dejando atrás sus inseguridades. Eso sí, nunca le prometía nada a ninguna. Siempre era sincero sobre sus «no serias» intenciones. No pasaría por la iglesia. No sería el novio de nadie. No la llamaría durante el curso. No recibiría una tarjeta por San Valentín. No le juraría fidelidad ni amor eterno. No la llevaría los domingos a comer a casa de sus padres ni querría conocer a los suyos. Tenía comprobado que aquella pasmosa sinceridad le funcionaba. No necesitaba ser un cabrón mentiroso para ligar, aunque precisamente el hecho de ser sincero con sus amantes lo convertía, según algunas le habían dicho, en el mayor cabronazo de todos porque era fácil enamorarse de él, y esto era justo lo que él pretendía evitar. Miguel no entendía muy bien este razonamiento ni tampoco pretendía entenderlo. Simplemente era mejor dejar claro, por el bien de todos, que solo estaban jugando y que no había nada serio.

El caso es que tenía el atractivo suficiente para que aquellas advertencias previas, dichas sutilmente entre miradas, besos y caricias, fueran asumidas y aceptadas sin protesta por sus numerosas conquistas que desde el principio tenían claro que aquello era simplemente sexo y que no podían esperar más de él.

Solo una chica le había llamado la atención algo más que las demás, hacía un par de años, pero era demasiado joven para él y lo había dejado correr. No quería abrir ese melón. Demasiado complicado. Quizá en otro momento, más adelante.

Poco a poco el tiempo, la vida de estudiante, los escarceos sexuales de una sola noche en Madrid con mujeres sin remordimientos puritanos ni exigencias posteriores, que disfrutaban del sexo tanto como él o incluso más, y los viajes en tren por Europa con poco dinero con sus compañeros de carrera lo habían revestido de una seguridad que antes no tenía. La experiencia en verdad era la madre de las ciencias. Eran seis años que habían pasado como seis minutos y estaba a punto de terminar Ingeniería. Le habían quedado dos asignaturas. Una porque se le había atravesado a él y otra porque él se le había atravesado al profesor. Le habían concedido una última excedencia del servicio militar, por lo que debía acabar aquel año como fuese. Así que aún tenía tiempo durante un trimestre para ver de nuevo la faja y el sostén de su vecina mientras acababa sus estudios.

Después de vivir varios años en Madrid, la villa se le quedaba pequeña. Lo asfixiaba saber que todos conocían la vida de todos. Se había acostumbrado a disfrutar del anonimato de la capital. El ambiente que, cuando niño, había colmado todas sus expectativas ahora se tornaba pequeño, un lugar diminuto en medio de un mundo inmenso por descubrir.

Era ya tan solo un sitio al que volver para pasar las vacaciones, las fiestas y algún que otro domingo de celebración familiar. Quizá la boda de un amigo, la cena de los quintos o algún inoportuno funeral. Por lo demás, sentía el mundo a sus pies y la vida se le quedaba corta para conocerlo. No tenía un minuto que perder. Iba a vivir solo por él y para él. Nada de hijos. Nada de obligaciones. Había visto a su padre partirse los lomos por él. Él no lo haría. No tendría más obligaciones que la de cuidar de sus padres. Nadie más dependería de él.

Ensimismado en estos pensamientos andaba cuando abrieron la puerta.

—¿Ahora amaneces? —preguntó su madre retóricamente.

Enseguida supuso que era la una del mediodía porque habría acabado la misa. El reloj del cubillo y las campanas de la iglesia se lo confirmaron.

—Buenos días, madre —contestó él dándole un beso en la mejilla.

—Desde luego, estás mejor en Madrid —replicó—. Aquí te pierdes. Por lo menos allí no veo lo que haces. Espero que algún día sientes la cabeza.

Y casi sin descansar para tomar aliento, cosa esta que es habilidad exclusiva de las madres cuando sermonean a los hijos, continuó:

—No tendrás el cuerpo para esfuerzos, pero me ha pedido tu padre que cuando te levantes lo vayas a buscar a la finca. Lleva allí desde las nueve de la mañana.

—Me visto y voy —contestó mientras le daba el último bocado a una magdalena y un segundo beso a su madre.

Ningún pensamiento importante ocupaba ya su cabeza. Ni importante ni banal. Ni tan siquiera pensaba ya en la faja de su oronda vecina.

2

Marta se despertó mucho más tranquila. Se había acostado aquella noche con un escalofrío de sudor. Como quien suda una gripe, se había liberado de sus oscuros pensamientos ahogándolos contra la almohada.

Se levantó temprano como de costumbre. Ayudó a su madre a recoger, hizo un par de recados y fue a darse un baño a la piscina sin esperar a nadie ni llamar a ninguna de sus amigas porque, entre que se ponían de acuerdo, podía pasarse la mañana.

Como siempre, el agua estaba helada. La sombra de los montes se echaba por la tarde como un manto de seda gris sobre la piscina e impedía que el agua se caldease con el sol. No recordaba ni una sola vez en que el baño en Oña fuese caliente, ni templado siquiera. De pequeña su madre les ponía a ella y a su hermano un neopreno que ella odiaba porque el resto de los niños los miraban raro. Su hermano peleaba tanto que conseguía evitarlo a base de correr alrededor de la piscina con su madre detrás. Su madre se agotaba y su hermano se tiraba a la piscina solo con su bañador. Ella, sin embargo, obedientemente, se lo ponía provocando las risas de los demás niños. Así eran las madres burgalesas, siempre protegiendo a sus hijos del frío, aunque fuera a costa de la felicidad de aquellos. Por entonces estaba rellenita y un chico le dijo que parecía una morcilla. Diez años más tarde no lo había perdonado aún. Ahora, a los diecisiete años, ya ni parecía una morcilla ni llevaba neopreno. Aquella mañana agradeció que el agua fría se le pegara y le hiriera la piel para sentir menos herido su orgullo. Después se tiró en una servicial tumbona agradeciendo los tímidos rayos de sol del final del verano. Mientras se secaba su bikini se concedió quince minutos antes de levantarse y enfrentarse al resto del día.

Cómo podía haber pensado, siquiera por una vez, que Miguel tenía algo especial, algo diferente que lo hacía merecedor de su interés.

Creía que sería curativo el numerito que había presenciado la noche anterior en el baño del Chole con aquella despampanante rubia platino. Y, sin embargo, a pesar de ello seguía sintiendo aquella absurda atracción que la irritaba enormemente.

Recostada en la tumbona y en medio de una tiritona que apenas sentía, tal era la intensidad de sus pensamientos, se decidió a cambiar el rumbo de sus cavilaciones para pensar en algo importante que la apartara de aquel tonto ensimismamiento juvenil. Lo de Miguel se pasaría en cuanto se enfrentara al libro de Teoría del Derecho.

Había comprado los libros a una estudiante de segundo y, aunque los había dejado en una estantería de su habitación durante el verano, no había podido resistirse a hojear el más gordo, el de Teoría. Leyó la introducción del primer tema, pero no entendió nada y lo cerró. Aún le quedaban unos días de vacaciones antes de empezar. Y cuando ella estudiaba ya no había otra cosa.

Por fin había dejado atrás el uniforme azul de tablas, las medias y los zapatos de hebilla de su colegio La Milagrosa.

Era consciente, sin embargo, de que, aunque dejaba el colegio, seguía siendo una niña tímida, educada por las Hermanas de la Caridad en un colegio femenino donde se imponían siempre el esfuerzo, la corrección, la educación y el saber estar. Siendo estos grandes valores sin duda, en una niña tan exigente consigo misma como ella podían convertirse en tiránicos. También había influido en su carácter reservado la estricta educación materna impuesta tanto a ella como a su hermano.

«Que nadie tenga nunca que llamaros la atención por nada. Que nadie venga nunca a quejarse del comportamiento de mis hijos», repetía su madre.

Y Marta había asumido tales normas de comportamiento con la exigencia que se imponía para todo en su vida.

Así que, a sus casi dieciocho años jamás había bebido alcohol ni había probado un cigarrillo. Claro que eso no la convertía en un bicho raro. Sus amigas eran como ella, todas niñas de La Milagrosa, La Pureza o Concepcionistas. Y en lo que a chicos se refería ni se había acercado a ellos. Eran poco más que un problema. En eso también coincidían las monjas y su madre.

«Cuando acabes la carrera y consigas lo que quieres harán cola a tu puerta —le decía su madre—. Las que andan por ahí perdiendo el tiempo con chicos luego se arrepienten».

Otro dogma que asumió como irrefutable y que siguió a rajatabla; hasta que se topó con Miguel.

Fue el primero que la miró y el primero que la vio. Y, cuando no haces otra cosa que estudiar, cuando apenas sales del ámbito familiar, cuando vives en un mundo estricto y a la vez infantilizado y tienes, sin embargo, una poderosa imaginación, idealizar a una persona, inventar una pasión, se puede convertir en un adorable y peligroso entretenimiento mental que a ella la había llevado al enamoramiento.

Estaba loca por Miguel, sin poder evitarlo. Del Miguel que ella se había inventado, claro. «¡Otra vez pensando en él!». Aquel sentimiento era algo que no podía permitirse porque sabía que no era mutuo y que solo le haría daño. Y además era algo para lo que no tenía tiempo. Su sentido común y su espíritu práctico, directa siempre hacia su meta como le habían enseñado, sin permitirse distracciones, así se lo imponían.

Por eso volvió a cambiar esa línea de pensamiento.

Se veía algún día aparcando un coche rojo a la puerta de algún palacio de justicia, al que entraba también con un traje de chaqueta rojo entallado y zapatos de tacón, dispuesta a defender a algún inocente de una acusación injusta. Ese era su futuro soñado. Y, desde luego, esos planes no casaban con pérdidas inútiles de tiempo ni tonterías románticas que no la llevaban a ningún sitio productivo.

Por ello se esforzaba por quitarse a Miguel de la cabeza. Lo había conseguido durante el COU, aferrada como siempre a los libros, esforzándose por conseguir la mejor nota. Pero era volver a verlo y volver a caer en aquellos estúpidos sentimientos románticos tan impropios de ella, pero que tanto le gustaban.

Ni tan siquiera verlo besándose con una chica distinta cada noche, como la de ayer, surtía efecto. Aquello era un insulto para su inteligencia, pero todo se lo disculpaba. Era guapo, estaba soltero y podía hacer lo que le diera la gana.

«¿Y por qué no iba a hacerlo?», pensaba.

Claro que con ella no. Ella no iba a ser una rubia más al fondo de un bar, una de esas tontas de las que hablaba su madre. Llevaba así, para su desesperación, dos veranos sin poder arrancárselo del pensamiento. Aunque, en realidad, él había tenido la culpa.

Ella no hubiera reparado en su existencia si el agosto anterior, en medio de la plaza, en una verbena en fiestas, no la hubiera agarrado por la cintura y subido por los aires.

Miguel, haciendo el tonto, la cogió a ella como podía haber cogido a otra cualquiera que tuviera cerca. La agarró y giró con ella sobre sí, elevándola sobre su cabeza para después volver a posarla en el suelo y mirarla de forma traviesa.

Marta le llamó bobo tan pronto como aterrizó. Aquel era el taco más fuerte de su correcto vocabulario y además fue lo único que se le ocurrió decir. Luego le soltó las manos de su cintura con cierto desprecio para después huir hacia la parte de atrás de la plaza. Él se rio de tan terrible insulto y la siguió con la mirada.

Pero después de aquella ocasión Miguel no la había dejado descansar durante todo el verano. La miraba tan fijamente que no podía sostenerle la mirada ni unos segundos. Y eso cada día del verano anterior y también de este.

—¿Por qué me miras así? —le preguntó una vez.

—¿Así cómo?, ¿cómo te miro? —contestó él burlonamente.

—Pues así como me miras —respondió ella.

Miguel disfrutaba sacándola de quicio con aquel coqueteo del que era un profesional. Aquella presa tan inocente le divertía.

—¿Qué le pasa a este contigo? —preguntó alguna de sus amigas.

—No tengo ni idea —contestó Marta encogiéndose de hombros.

Miguel le había rozado la mano en alguna ocasión, le había apartado el pelo de la cara, le había dado algún beso inesperado en la mejilla, y así, poco a poco, ella había sentido algo por aquel chico que era absolutamente nuevo para ella. Una noche mientras ella bailaba con sus amigas en un bar él la agarró por la cintura. Miguel la llevó despacio contra la pared del fondo mientras sonaban los últimos acordes de la canción y se puso frente a ella, apoyó el brazo derecho en el muro y construyó una muralla entre ellos y el resto de la gente.

Ella ya había visto aquello muchas veces con otras muchas chicas.

Mientras él le acariciaba el pelo ella pensaba, solo pensaba. Su cabeza le decía que huyera, mientras que su cuerpo le pedía que se quedara. Quizá los estaban viendo. Quizá estaban dando un espectáculo y… qué pensarían de ella… qué diría su madre si se enteraba…

Así que allí estaba ella, al fondo del bar, con Miguel, que empezó a besarle el cuello desde la clavícula subiendo lentamente hasta alcanzar el lóbulo de la oreja. Todo su cuerpo se turbó ante la proximidad masculina. Las piernas le temblaban y el corazón bombeaba a un ritmo frenético. Un calor desconocido se apoderó de ella, pero, a pesar de su cuerpo, Marta solo podía pensar. De repente su tronco se volvió rígido e insensible. Lo mismo le hubiera dado a Miguel besar el cuello de Marta que la pared de gotelé del bar.

—¿Qué haces? —acertó a decirle.

—Demostrarte mi cariño —contestó él abandonando el lóbulo de la oreja que ya había conquistado.

—Y ¿así me lo demuestras? —respondió ella mientras se marchaba y lo dejaba plantado en el bar, haciendo para ello un esfuerzo titánico del que no se creía capaz.

Marta corrió a casa odiándose por ser tan infantil y por haber leído las novelas de Jane Austen y de las hermanas Brontë. Las había leído todas, algunas varias veces.

Luego le echó la culpa a las monjas y a su educación puritana. Finalmente se culpó a sí misma por ser como era.

«Pero no puedo ser como no soy —pensó resignada—. Quizá no quiero». Lo cierto es que después de aquella noche ella había soñado, y en ocasiones como aquella mañana en la piscina, y se había imaginado a propósito enredada con Miguel, desnudos los dos en algún lugar desconocido buscando de nuevo aquella sensación de calor y aquella súbita humedad.

Marta se tapó inconscientemente con la toalla tratando de ocultar la reacción de su cuerpo a pesar de que no había nadie en la piscina.

«¡Reacciona, tonta! —se dijo—. Llegados a este punto lo mejor es que me enfrente a la obviedad. Nunca tendré nada así con él».

No tenía nada que hacer con sus sentimientos más que tragárselos como quien se traga una cucharada de ricino.

Se percató de que eran casi las dos, así que se dio una ducha apaciguadora y se cambió. Si se daba prisa, aún podría pillar a sus amigas tomando el pincho. No le costó nada encontrar a su grupo en la plaza, en la terraza del Hanfry.

De camino se cruzó con Miguel, quien también desfilaba con su peña hacia otro bar.

Como de costumbre, le hizo una gracia y le agarró de la bolsa de la piscina.

—¿Ya no saludas? —preguntó Miguel.

—Claro —respondió ella—. Hola.

—Vaya, ¿qué te pasa? —volvió a preguntar al encontrarla especialmente seca.

—Nada, qué me va a pasar —le dijo mientras se dirigía al bar donde estaban sus amigas.

«A este lo olvido yo hoy mismo».

3

Ane se despertó ya por la tarde. Serían las cuatro cuando entró en su habitación Margarita, la guardesa, preocupada por si le pasaba algo.

—Y qué me va a pasar, Margarita —le dijo Ane mientras escondía la cabeza dentro del edredón—. ¿Se han despertado mis amigas? —le preguntó.

—Sí, llevan un rato en la piscina —contestó—. ¿Te preparo algo para desayunar o, dada la hora, más bien para comer?

—Un zumo de tomate y una tortilla francesa estarían bien —pidió—. Por favor, diles que ahora voy.

—Por favor, diles que ahora voy —susurró Margarita para sus adentros mientras abandonaba la habitación y revisaba aquí y allá, observaba el desorden del cuarto y maldecía el trabajo que le quedaba por hacer por culpa de aquella niña mimada.

Ane intentó poner en orden su mortificada cabeza. Tenía una resaca considerable de la noche anterior, aunque, al final, había resultado mejor plan de lo que esperaba.

No recordaba quién había propuesto ir a aquel pueblo de fiesta, pero había sido una idea estupenda. Allí se habían atrincherado las cuatro en un bar cuando apareció aquel chico moreno, guapísimo, con esos ojazos verdes y aquella pinta estudiada de malote con sus botas camperas. Aún podía notar sus manos recorriéndola de arriba abajo.

«Total, allí no me conoce nadie», se dijo mientras se reía de la situación.

Había pensado volver a Neguri aquel día, pero, después de la juerga de la noche anterior, se había quedado con ganas de guerra y les iba a proponer a sus amigas que se quedaran un día más y repitieran la jugada en aquel pueblo donde eran unas desconocidas. Además, nadie la esperaba en casa. Sus padres andaban en algún lugar de Europa y su novio, Iker, llevaba seis días en Fuerteventura surfeando con sus amigos.

Se dio cuenta de que no sabía ni su nombre, el del moreno, pero no sería difícil encontrarlo seguramente en el mismo lugar y a la misma hora. De que entrara en calor ya se encargaría ella.

Así que Ane se arrastró hasta la piscina, donde la aguardaban sus amigas. Nunca había tenido interés por hacer amigos en Briviesca, por lo que siempre iba allí acompañada. La casa era grande y estaba preparada para montar grandes fiestas. De hecho, llevaban ya aquellas paredes muchas y grandes quedadas de amigos a sus espaldas a costa de la paciencia y el trabajo de Margarita y su marido, que siempre estaban deseando que se fuera y no lo disimulaban demasiado. Si fuese por ella, ya los habría echado, pero, según su padre, era difícil encontrar gente de confianza por allí. Mientras tanto, los mortificaría todo lo que pudiera.

No le costó mucho convencer a sus secuaces. Siempre había tenido dotes para conseguir de los demás lo que ella quisiera. Aunque ni ella misma sabía bien lo que quería. Se limitaba a vivir cada día disfrutando de su dinero. Se había acostumbrado desde pequeña a tener cada cosa que deseara. Nada se le había negado nunca. No sabía lo que era no poder hacer un viaje o darse un capricho por extravagante que pudiera ser.

Y, como quien lo tiene todo a su alcance, no se esforzaba por nada ni nada la entusiasmaba especialmente si requería un esfuerzo de su parte. Había terminado el bachillerato muy justa de notas a costa de repetir un año y con el indudable apoyo de su padre, quien donó una buena cantidad al colegio para rehabilitar el gimnasio. Y no era ninguna tonta. Simplemente no le interesaba nada. Se aburría.

Luego había empezado Derecho en Deusto, por eso de que en la privada era más fácil. Lo hizo solo para contentar a su padre que pretendía que se pusiera algún día al frente de la empresa. La habían engañado. De fácil nada. Resultaba que había que estudiar. Así que, al año siguiente, tras echarla de Derecho, había dado el paso a Psicología, también en Deusto y siguiendo el consejo de su padre, empeñado en que tuviera un título, aunque fuera para colgarlo en una pared, que siempre daba un toque de distinción. Pero resultó que aquello tampoco era la suyo. Demasiado abstracto y poco tangible eso de la psique.

Y, total, ¿para qué tenía que perder el tiempo en una universidad desaprovechando sus días y su juventud si al final iba a heredar la empresa y tenía dinero de sobra para ella y para los hijos que vinieran con Iker si finalmente se casaban?

Aunque eso estaba casi decidido desde que Iker aceptó un puesto en la empresa.

Lo había conocido siendo jugador del Athletic Club. Era como ella, llamativo, brillante. Durante los cuatro años que llevaban saliendo eran una pareja de guapos que no podía faltar en ninguna fiesta que se preciara en Bilbao. Claro que lo del fútbol no era para toda la vida, e Iker tampoco había sido nunca un primera línea, por lo que un puesto de directivo en la empresa de su futuro suegro era algo que no podía rechazar, aunque no supiera ni cuál sería su cometido ni tuviera formación alguna para ello. El título de yerno de Celaya era suficiente.

Después de devorar la tortilla que le había preparado Margarita se derrumbó con sus amigas sobre una de las tumbonas de rayas ordenadamente colocadas frente a la piscina.

Le faltó tiempo para comentar la aventura de la noche anterior. No tenía ni idea de lo que había sido de ellas desde que llegó aquel tío.

—No hace falta que lo jures —le dijo Iratxe—. Tenías todos los sentidos ocupados.

—¡Pero qué bestia eres! —comentó Almudena—. Que está bien, tía, pero, no sé, algo menos a la vista, que si me afano te veo los pezones.

—Ja, ja, ja. —Rieron todas al unísono.

Las demás habían estado, según le explicaron, más comedidas y habían acabado hablando con los amigos de aquel chico.

—Miguel, se llama Miguel —le dijeron—. Por si tienes la necesidad de decir su nombre en pleno éxtasis.

—Ja, ja, ja. —Volvieron a reír.

Ninguna de ellas mencionó a Iker.

Ane tampoco sentía ningún remordimiento en lo que a él se refería. Iker era un animal social con un don innato para las relaciones públicas y, en más de una ocasión, aquellas relaciones habían derivado en coqueteos explícitos con otras mujeres, incluso delante de ella. Claro que en todo momento lejos de su ámbito social, donde ambos mantenían las formas, y sin llegar más lejos. Sin sospechas de infidelidad. Incluso la excitaban aquellos coqueteos siempre y cuando no se materializaran, e Iker lo sabía y la complacía. Después él volvía con Ane y le demostraba que no había nadie más ni mejor que ella. De esa forma ambos se burlaban de los demás.

Con frecuencia alimentaban e intensificaban sus sentimientos a base de estos juegos que derivaban en discusiones.

Al final, siempre lo arreglaban todo en la cama. Eran dos fieras amansadas por el sexo, dos animales sexuales. Así funcionaba su relación y era perfecta para ellos. Eran dos seres pasionales y vividores con idénticas aficiones y gustos y con todos los medios a su disposición para poder satisfacerlos. Cada uno era el trofeo del otro.

Además, Ane tenía la seguridad que le daba su fortuna. Él sabía lo que ella valía, en pesetas, y ella sabía que ese era el mejor seguro que tenía para mantenerlo a su lado para siempre. A Iker le gustaba vivir bien y ella era la banca; una banca con muy buena fachada. Todo esto no le resultaba superficial ni insuficiente porque estaba acostumbrada a conseguirlo todo con dinero. Pero ahora Iker estaba de fiesta en Fuerteventura, seguramente coqueteando aquí y allá, y ella estaba en Briviesca, y eso, en sí mismo, ya le pareció una desigualdad intolerable que pretendía compensar aquella noche gracias al moreno de ojos verdes.

Se había propuesto reanudar lo que había empezado la noche anterior. Sería su última aventura de soltera. Algo así como una despedida de la que Iker nunca se enteraría.

Así que, después de una siesta reparadora, las cuatro se enfundaron en sus prendas de guerra dispuestas a dar toda la que se pudiera aguantar.

Ane se puso sus vaqueros de Versace, que eran su talismán para salir de caza, y un top rojo, que destacaba su piel bronceada el mes pasado en las calas de Menorca. Tenía una larga melena rubia y rizada, ojos azules y una nariz respingona, un poco demasiado, fruto de una rinoplastia que se hizo con dieciocho años.

En conjunto, a sus veintitrés años, sin ser guapa, era muy llamativa, además de espontánea y desinhibida, un poco demasiado también, aunque eso le venía de fábrica y sin necesidad de cirugía. La última locura que le había dado por hacer fue tatuarse, a ras del pubis, una G que le había dado mucho que pensar a Iker, quien había repasado el nombre de todos sus amigos uno a uno. Gorka imposible, ni lo miraría. Gonzalo llevaba dos años en Turín, así que tampoco. Gaizka, quizá Gaizka.

Aquella G tatuada en una noche de fiesta y borrachera desencadenó otra tortuosa pelea que terminó cuando Ane le convenció de que aquella G era la G de Gucci. Aquello tenía que ser verdad. Era muy propio de Ane. Y la G era efectivamente igual que la del logotipo de Gucci. Iker lo comprobó sacando un bolso del armario que puso junto al tatuaje.

—Definitivamente, estás loca —le dijo echándose sobre ella para zanjar la pelea mientras le daba un sutil mordisco a la G púbica.

A partir de entonces, cuando la cosa se calentaba y siempre cuando terminaba el sexo Iker le daba un mordisco en aquella G. Decía que era su marca personal.

Sobre las nueve de la noche apareció Julián, el marido de Margarita, con el Porsche de Ane. Ella le había pedido, nada más llegar a Briviesca, que fuera a Burgos a uno de esos sitios donde te levantan hasta los asientos para limpiarlo. Una de sus amigas había vomitado de camino todo el alcohol que había ingerido en Pozas la noche anterior y, con él, hasta la primera papilla, y aquello era asqueroso. Y, claro, cómo no, le había pedido también a Julián su R5 para ir a Oña con el consiguiente disgusto de Margarita, que Ane ignoró, como siempre.

Lo aparcó a la salida del pueblo porque era un Renault beis viejo y horroroso. Recordó que Miguel la acompañó hasta él y se despidieron con un beso.

Pero aquella noche iría con su Porsche rojo. El Porsche hacía juego con ella. Era llamativo y ostentoso. Hablaba de quién era ella.

—Ostras, Julián —le dijo cuando se montó—. Hemos pasado del olor a vómito al olor a amoniaco. Joder, no se puede entrar aquí.

—Pues yo he traído el coche desde Burgos y no me he muerto —dijo Julián enfadado—. Según los de la empresa de limpieza tenías ahí lo que no han visto nunca y lo han limpiado en profundidad. Claro que si quieres puedes llevarte otra vez mi coche —concluyó el guardés burlonamente.

—No, no, deja. A mí cualquier cosa antes que ese cacharro —contestó Ane sin ninguna cortesía mientras ordenaba a sus amigas que montaran y bajaran las ventanas.

—A ver si logramos llegar vivas.

Tardaron veinte minutos. Ane dio varias vueltas intentando aparcar lo más cerca posible de la plaza. Quería hacer una entrada triunfal, así que no paró hasta conseguirlo. Finalmente encontró un sitio libre muy cerca del pilón que estaba entre la iglesia y la plaza Mayor. La cosa no resultó tan relevante como ella esperaba, ya que la gente andaba más pendiente de la fiesta, del desfile de peñas y del pregón que estaba a punto de empezar.

—Vamos a tomar algo —sugirió mientras atravesaba la plaza mirando de un lado a otro—. Lo primero para cazar es avistar a la presa.

Se sentaron en la terraza del bar y empezaron fuerte. Ane pidió un Macallan con hielo. Era la bebida que tomaba su padre y ella se había acostumbrado a pedirlo también. Sentía que la hacía tan poderosa como él. Sus amigas pidieron unos gintonics.

Desde la terraza podía observarse el ambiente de fiesta. La plaza estaba engalanada con banderines y bombillas de colores. El ayuntamiento lucía unos pendones granates. Había un atril para músicos entre los soportales donde las reinas de las fiestas, vestidas con traje regional, sujetaban esforzadamente unos prominentes ramos de flores de los que les hacía entrega el alcalde y otro que debía de ser un concejal. Una banda tocaba un pasacalles que caldeaba el ambiente mientras las peñas iban poco a poco llenando la plaza de ruido y de fiesta.

—Nunca he soportado estas fiestas —dijo Ane bostezando—. Es una horterada de cuidado. Mirad aquellas del sombrero de paja.

—Calla —le contestó su amiga Iratxe—. Que aquí te tiran al pilón por menos de nada.

—No me vendría mal —respondió Ane riendo—, que aún tengo resaca. A ver si veis a Miguel por ahí, que no he venido a oír pasacalles.

Todas rieron al unísono.

Sobre al atril el pregonero expulsaba palabras que Ane oía sin escuchar, ahogada en su propio aburrimiento y enfadada por no haber conseguido la entrada triunfal deseada.

Dio un trago a su Macallan para consolarse.

4

Marta entró en la plaza Mayor al tiempo que el resto de las peñas. Enfundada en su mono de flores, arremangado hasta la cintura, era difícil distinguirla del resto de sus amigas. Todas de uniforme con camiseta blanca de tirantes, deportivas y un gorro de paja del que Marta ya se había despojado tras el desfile. Aquella vieja plaza había sido testigo de miles de vidas. Por ella habían pasado a lo largo de los años mujeres vestidas de negro y con mantilla para ir a misa; hombres de traje y corbata con mocasines blancos y negros; jesuitas de la etapa en que el monasterio fue colegio mayor de la orden quienes, arremangados los pantalones y las sotanas, jugaban al fútbol con los alumnos; monjas con extrañas e imposibles tocas blancas de cuando el monasterio se convirtió en sanatorio; soldados de la época en que fue hospital de guerra; niños con pantalones cortos y peonzas; niñas con inmensos lazos en el pelo… Todos festejando San Vitores, el santo del pueblo, cargando con su cabeza en la mano, enseñándoles a los moros, que se la habían cortado, que los castellanos no eran fáciles de matar.

Por delante quedaban cinco días de fiesta, seguramente los más esperados por Marta durante el año. No mucho más grande había sido su mundo hasta entonces.

Se había planteado, tras el baño reparador de la mañana, poner en marcha un tratamiento curativo que consistía en ignorar cualquier cosa que tuviera que ver con Miguel.

Así que, envuelta en aquella frágil filosofía, se decidió a vivir aquellos días sin otro propósito que pasárselo en grande con sus amigas.

Tras el «Viva san Vitores» y el «Viva Oña» el ruido era ya ensordecedor y todas las peñas iniciaban un ritual de saltos al unísono que parecían ensayados, pero que, en realidad, no necesitaban coreografía alguna.

Marta disfrutaba de todo aquello cuando su grupo se acercó al bar. No tardó en distinguir a la rubia de la noche pasada vestida como para una fiesta en Marbella, con sus pantalones ajustados y sus sandalias doradas de tacón. Era imposible no verla. Tan rubia, tan bronceada, tan delgada, tan segura de sí misma y tan distinta a ella. La envidió inconscientemente. Hubiera deseado ser ella con aquel físico, con aquella seguridad, con aquella ropa cara. No la conocía, pero resultaba sencillo adivinarla dueña de una vida fácil y despreocupada. Lo decían sus zapatos, su bolso, su bronceado, sus amigas, hasta su nariz operada y perfecta. Ella sin embargo tendría que ganarse cada cosa en la vida. Volvió a mirarla demasiado fijamente sin darse cuenta. Pensó que era imposible que ella le hubiera interesado alguna vez a Miguel si le gustaba ese tipo de mujer. Se sintió insignificante a su lado. Ella pasaba inadvertida y a aquella mujer se volvían para mirarla. La odió envidiando todo cuanto ella disfrutaba sin esfuerzo.

—¿Tú qué miras? —le dijo Ane al sentirse observada.

—Nada, perdona —contestó Marta siguiendo su camino.

Marta no tenía ninguna duda de que la rubia había vuelto por Miguel. O quizá incluso habían quedado después de la noche anterior.

«Da igual —pensó reafirmándose en sus intenciones—. No me incumbe. Son el uno para el otro».

Poco le duró el autoconvencimiento cuando vio a Miguel salir del Hanfry y dirigirse a ella sonriendo para acabar dándole un ligero tirón de pelo.

—Felices fiestas, guapa —le dijo vacilón mientras le alborotaba un poco el cabello con la mano tratándola de forma infantil, como a una niña. Ella se sintió más menospreciada aún ante aquella caricia que podía venir de un hermano mayor.

—Igualmente —le contestó sin devolverle la sonrisa y siguió su camino en un intento de evitar cualquier conversación o mirada que le hiciera vacilar en sus propósitos.

—Oye, pero ¿qué te pasa? —le dijo él mientras la agarraba de la mano y evitaba su huida. Ella lo ignoró poniendo, no sin esfuerzo, distancia entre ellos.

Miguel se la quedó mirando un momento mientras Marta desaparecía por la puerta del bar. Aquella niña le despertaba un sentimiento de ternura. Quizá le había dado mucha caña en los dos últimos veranos en los que la había convertido en diana de sus bromas y zalamerías. A pesar de ello, Marta no había sucumbido a sus encantos y eso pese a haber desplegado toda la delicadeza que la pieza requería. Con todo, le atraía. Tenía una belleza natural y una ingenuidad poco habitual entre las mujeres que frecuentaba en ese momento de su vida.

—Aquí estoy —dijo Ane mientras le tocaba en la espalda llamando su atención.

Y como si la hubiera estado llamando de repente tenía a Ane delante de él, sujetando su Macallan en la mano, desafiante con su top rojo que invitaba mucho a la imaginación, aunque dejaba poco para ella.

—Sé que me estabas buscando —siguió Ane rebosante de seguridad— y que no has dejado de pensar en mí desde ayer por la noche. Así que aquí me tienes.

Ni una ni otra cosa eran ciertas, pero Miguel no desmintió ninguna de ellas y se dejó llevar por un juego que ella dominaba a la perfección y al que a él le gustaba jugar.

A las dos de la mañana Miguel y Ane ya estaban en la plaza del pueblo en un cuerpo a cuerpo en el que alternaban el trago de cerveza con algunos besos.

Ane llevaba ya un rato insistiendo a Miguel en enseñarle su Porsche y darse una vuelta en él los dos solos. En realidad, era una clara invitación al sexo que Miguel estaba retrasando hasta el límite porque él no era mucho de repetir ni le gustaba tampoco que le pusieran las cosas tan fáciles.

Serían las tres de la mañana cuando Miguel miró hacia la plaza. Estaba apoyado en la pared cerca del Porsche rojo cuando le pareció ver algo imposible.

Sentada en el bordillo de la plaza estaba Marta, con su buzo de flores hablando a solas con un chico, sin la compañía de ninguna de sus amigas.

Parecía muy entretenida con la conversación, tanto que se preguntó qué le estaría contando el chico aquel que la hacía reír tan francamente. Hasta que, en un momento, él le plantó un pico en los labios.

Marta no se retiró y el chaval repitió la hazaña de nuevo sin que la chica protestara. Miguel, sin pensarlo demasiado, le pidió a Ane las llaves de su coche creyendo esta que finalmente se llevaba a su presa.

En lugar de eso, Miguel se metió en el Porsche y lo movió unos metros hasta los pies de la plaza. Una vez allí, encendió los focos dirigiéndolos al lugar donde Marta estaba sentada con aquel chico. De repente, todas las miradas de la plaza se dirigieron a ellos como si fueran dos actores en un escenario.

Miguel la miraba fijamente ajeno a la bronca que le estaban echando sus amigos y a la indignación de Ane, que no entendía nada.

Marta también lo miró. Se lo quedó mirando desde lejos como desafiándolo. Después se levantó y se alejó huyendo de las miradas de todos.

—Pero qué haces, tío —le dijo su amigo Óscar—. Apaga esos focos. Deja en paz a la chica. Como suba la guardia civil y vea aquí el coche te bajan al cuartelillo.

Miguel le dijo a Ane que montara en el Porsche y bajo la mirada atenta de mucha gente se fueron los dos, en dirección quién sabía a dónde. De camino se cruzaron con Marta, que se dirigía por la carretera a su casa junto con una amiga.

Al pasar a su lado, Marta pudo ver perfectamente que Miguel conducía y que la rubia ocupaba el asiento del copiloto con la cabeza recostada sobre el conductor.

Marta no dijo nada y se prohibió pensar en lo ocurrido mientras trataba de que su amiga no notase que le temblaba todo el cuerpo.

5

Al día siguiente Miguel se levantó temprano y sin haber dormido apenas. La sensación de haber hecho el idiota la noche anterior lo sacaba de quicio.

Ni la ducha ni el primer cigarro le devolvieron la tranquilidad. Asomado a la ventana miraba los montes de siempre, pero no los veía, ensimismado en sus pensamientos. Había hecho el ridículo en la verbena, sin duda efecto del alcohol. Se había comportado como un niño al que le roban un caramelo que tenía guardado para mejor ocasión y se pilla una rabieta. Pobre Marta. La había puesto en evidencia delante de medio pueblo sin ninguna razón. Él no quería que nadie la viera. Solo deseaba que dejase de besarla aquel chico. Pero ¿por qué?, ¿por qué tenía que importarle?

«La ingenua e inocente Marta —pensó— está despertando más pronto de lo previsto».

Se había portado mal. No se explicaba por qué había reaccionado de aquella manera. Quizá debería disculparse. O tal vez era preferible dejarlo así. Era evidente que la niña sentía algo por él y era posible que lo mejor fuera desilusionarla. Y sin duda lo habría conseguido.

«Que vea que soy un capullo —se dijo—. Será lo mejor».

No estaba acostumbrado a analizar sentimientos y le estaba entrando un fuerte dolor de cabeza. La falta de práctica. Además, había algo que le preocupaba más. Se había acostado con Ane. Por fin había recordado el nombre de aquella chica. Le había entrado una especie de furia sexual después del numerito de la plaza. Había sido Ane, pero le hubiera valido cualquier otra que estuviera dispuesta porque necesitaba sexo aquella noche. Menos mal que la rubia tenía sexo de sobra para apaciguarlo. Menuda bomba.

Pero, joder, lo habían hecho sin condón. Eso era lo que le preocupaba. Ninguno de los dos llevaba ni estaba en condiciones de parar. Aunque él lo intentó hasta que ella, mientras se desnudaba, le dijo que tomaba la píldora y que por nada del mundo les haría eso a su novio y a su padre.

Lo del novio lo tranquilizó, aunque menuda cagada, la hostia. Ane parecía una chica moderna de las que tienen sexo a menudo y toma precauciones. Seguro que era verdad, pero la había cagado bien. Era un error de novato.

Le hubiera gustado llamarla aquella mañana para que apaciguara sus temores y le asegurara que no había problema alguno, pero no le había pedido el número de teléfono. Nunca lo hacía.

Necesitaba salir de casa y respirar. Se ahogaba en su habitación incluso con la ventana abierta y el frío de la mañana. Su madre seguía en la cama. Ni tan siquiera habían desfilado aún los pasacalles despertando a los vecinos.

Cogió la bici del garaje y se echó al monte por el camino de San Vitores. Aquel paseo rodeado de manzanos y de cerezos siempre lo relajaba. Necesitaba calmar su ansiedad a base de pedaleo. Pensó en acercarse a Briviesca por si la veía y podía hablar con ella, pero se dijo que todavía estaría en la cama. Eran más de las cuatro de la madrugada cuando la dejó de nuevo en la plaza con su Porsche para recoger a sus amigas.

Cómo fiarse de lo que dice una tía que lleva encima casi una botella de Macallan. Aunque debía de estar acostumbrada a beber porque no parecía estar mal para conducir cuando la dejó.

«Joder, joder, joder», pensaba mientras aceleraba el pedaleo. Cuanto más pensaba, más le mortificaba su estupidez.

Sin darse cuenta llevaba dos horas de bici cuando se decidió a volver y afrontar lo que fuese. Para entonces lo de Marta le parecía ya una tontería y lo de Ane, bueno, seguro que se estaba preocupando por nada. La bici solía apaciguar todos sus temores. Tenía sobre él un efecto balsámico.

Al regresar a casa por el camino de Tamayo se cruzó con su padre, que venía de la huerta. Miguel se apeó de la bici e hizo el resto del camino a pie, conversando.

Su padre había aparecido como el remedio perfecto para su atormentada cabeza. Él le hablaba de la huerta, del pueblo, de sus partidas de mus en el bar, de cómo quería llevar a su madre de vacaciones a Benidorm.

—Será el año que viene —dijo—, cuando acabes la carrera. Este no nos llega.

Miguel le explicó que se planteaba hacer el servicio militar tan pronto como aprobase en febrero las dos que le quedaban.

Le dijo que pensaba irse, en cuanto acabaran las fiestas, para estudiar en Madrid porque allí no se concentraba. Le habló de los puentes y las construcciones que había visto aquel curso en dos viajes a Europa y de que su sueño era poder participar en obras de ese tipo.

—Puentes imposibles, papá —le dijo—. Casi no sabes cómo se sujetan.

Su padre lo escuchaba atento y callado, orgulloso, mientras imaginaba a través de los ojos de su hijo lugares que él nunca había visto ni vería.

—Algún día te llevaré a verlos, papá —le dijo Miguel en medio de su entusiasmo—, y entenderás lo que te digo.

Su padre, en cambio, le hablaba del precio de las cerezas, de lo que costaba el cuidado de los árboles y de lo poco que merecía la pena el trabajo en la huerta si no fuera por mantener para él la herencia de su madre, a lo que se sentía obligado. Con estas conversaciones llegaron a casa cerca de las once de la mañana. La charla con su padre le había hecho aparcar temporalmente sus temores. Estaba hambriento, así que padre e hijo se sentaron a la mesa a comer unos huevos fritos con puntilla y con chorizo que les preparó su madre acompañados de una buena morcilla de Oña.

Se sintió mucho mejor con el estómago lleno y la cabeza vacía. Luego se dio otra ducha y se fue en busca de los suyos.

No le costó encontrarlos, dándole ya a las rubias, pero a las que tienen espuma.

—Te pasaste un pueblo ayer, Miguel —le dijo Óscar en tono grave y censurador.

Miguel se tomó muy en serio el reproche de su amigo. Era su mejor amigo y pocas veces le había reprochado nada. Habían vivido mil aventuras juntos, desde niños, hasta que Óscar repentinamente decidió casarse el año anterior con Carolina.

Aquello había supuesto una sorpresa para Miguel, que lo sintió casi como una traición. Ambos se habían jurado que no tendrían nada serio con ninguna mujer hasta que hubieran vivido lo suficiente. Lo que ocurría es que, como Óscar le confesó, cuando encontrabas a alguien especial ya habías tenido suficiente de lo demás.

Miguel no estaba en ese punto todavía, o simplemente no había nacido para el matrimonio y la fidelidad no estaba en sus genes. Óscar había cambiado. Le parecía incluso que había envejecido. Aquel debía de ser el efecto del compromiso. No quería que eso le pasara a él.

—Que te pasaste ayer —le volvió a repetir Óscar ante el silencio de su amigo.

—¿Con qué? —preguntó Miguel.

—Con qué no, con quién —le dijo—. Por qué no dejas en paz a esa pobre chica. Si no vas a tener nada con ella, déjala en paz y, si quieres algo, ve a por ella. Pero esa es de las serias, Miguel. Mira a ver lo que te haces y no hagas daño a nadie.

—¿De quién hablas? —preguntó Miguel retóricamente haciéndose el gallito con su amigo—. ¿De la rubia del Porsche?

—Con la rubia ya has tenido lo que querías, supongo —le contestó—. Sabes que me refiero a Marta. Es una buena chica. Es la hija de Germán. Es amigo de tu padre. No deberías jugar con ella.

—No quiero nada con Marta —respondió Miguel un poco sorprendido por la franqueza de su amigo.

—Pues no es esa la impresión que das —le espetó—. O, si no, a qué vino lo de ayer y el tonteo que te traes todo el verano.

—Tonteo es tonteo —contestó Miguel.

—Pues ten cuidado no se te escape de las manos —le respondió Óscar con una sonrisa irónica y cómplice—. Ayer parecías un novio cornudo y encabronado.

—No digas bobadas —respondió Miguel zanjando el tema—. Es una cría. Jamás tendría nada con ella.

—Bueno —le dijo Óscar—, pues entonces déjala y no hagas más el capullo. —En realidad le costaba reconocer que le había molestado ver aquel beso la noche anterior—. Vamos, Miguel. Vamos a tomar otra a la plaza.

Miguel obedeció como un autómata. En ese momento pasó Marta con el resto de sus amigas.

Marta lo vio de frente a unos metros. Dudó entre darse la vuelta o hacerse la despistada. Su noche tampoco había sido apacible.

Miguel la miró dudando entre pararla y disculparse o pararla y hacerle una de sus gracias cotidianas, como si nada hubiera pasado.

Ella no le dio opción al huir hacia el lado contrario en busca de una amiga con la que hablar y pasar de largo.

«Pinta mal —pensó Miguel—. Está muy enfadada».

Óscar se lo quedó mirando y lo rodeó con el brazo por los hombros como se agarran los colegas que se entienden, se conocen y se quieren.

—Cuidado, chaval, te estás enamorando —le dijo Óscar.

—¿Qué? —contestó Miguel abandonando sus pensamientos y volviendo al mundo de los vivos.

—Nada —respondió—. Solo estaba tarareando la canción de Sabina.

6

Ane se despertó sobre las seis de la tarde más perjudicada que de costumbre. Le había costado unos cuantos vasos de whisky esperar a que Miguel se decidiera a ir con ella. Al final habían acabado a un lado de un camino. Resultó que él tenía tantas ganas de sexo como ella.

Aunque Miguel no era su tipo, contaba con una especie de rebeldía masculina muy atractiva y poco contenida, además de una sexualidad nata que no pretendía disimular. En eso se parecía a Iker.

«¡Iker!», pensó de repente saltando de la cama y se enfundó en su bata naranja de seda. Se dirigió al baño y rebuscó en el neceser con cierta ansiedad su cajita de píldoras anticonceptivas. Miró la cápsula correspondiente al jueves. Estaba vacía, así que respiró tranquila. Debió de habérsela tomado nada más llegar. Su padre no se lo perdonaría nunca. Le había pedido que hiciera las cosas bien, que se casara antes de tener hijos. Por nada del mundo le daría a su padre semejante disgusto. Y su madre directamente no podría soportarlo; no por Ane, sino por lo que pudiera decir la gente.

Ya más tranquila, sabiéndose a salvo de sorpresas desagradables, se encaminó al salón de la casa. Le extrañó que Margarita no la hubiera despertado antes. La llamó a voces sin obtener respuesta.

«Esta tipa es impresentable —se dijo—. Con lo bien que vive a nuestra costa».

Al final encontró a Carla y Almudena en el salón. Estaban arregladas y con las maletas hechas. Ane se sorprendió al ver el equipaje apilado al lado de la puerta.

—¿Qué pasa? —preguntó—. ¿Dónde está Iratxe? —volvió a preguntar viendo que faltaba una de sus amigas.

—¿Lo estás preguntando de veras? —le contestó una de ellas con un tono de evidente enfado.

Ane se derrumbó sobre el sofá esperando pacientemente a que sus amigas se arrancaran a contarle algo que era evidente que le querían contar.

Así se enteró de que la noche anterior la habían estado esperando hasta más de las cuatro en la plaza del pueblo, muertas de frío mientras ella desaparecía en su coche con Miguel.

—No sabes el frío que hace —le dijeron—. Pero tú, nada, a lo tuyo.

Cuando por fin volvió, se montaron en el Porsche buscando un poco de calor. Iratxe les había dejado el bolso cinco minutos antes y se había ido al baño de un bar. Ane esperó en el coche un par de minutos más con sus dos amigas medio adormecidas en la parte trasera. Después arrancó de repente para sorpresa de Carla y Almudena al tiempo que decía:

—Que se joda.

Por más que intentaron convencerla de que parara todo fue inútil. Le gritaron, la llamaron de todo, pero ella conducía como una loca en dirección a casa. No tenían más opciones que seguir en el coche o tirarse en marcha.

Cuando llegaron a casa, Ane se fue a su habitación totalmente despreocupada de Iratxe y sin decir nada. Ellas, sin embargo, estaban tan preocupadas que se sentaron en el salón tratando de decidir lo que podían hacer. La habían dejado sola. Ni siquiera tenía su bolso con la cartera y la documentación. Allí no conocía a nadie y estaba a veintiséis kilómetros de distancia. Las dos habían bebido demasiado para conducir.

Finalmente decidieron despertar a Julián y contarle la situación. Julián se vistió apresuradamente y cogió su R5. También se levantó Margarita, que no hizo sino echar pestes por la boca llamándolas de todo.

—Mocosas malcriadas, ridículas e irresponsables. —Eso lo repitió varias veces. Para entonces Ane ya estaba más que dormida.

Carla y Almudena aguantaron la bronca estoicamente.

Julián volvió dos horas más tarde sin Iratxe. Se había recorrido todo el pueblo de arriba abajo sin encontrar rastro de ella. Pensó en acudir al cuartelillo de la Guardia Civil, pero luego descartó la idea. Una chica de veintitrés años, en plenas fiestas, que no ha regresado todavía a casa no era nada preocupante. Eso es lo que iban a decirle sin duda, así que decidió evitarse el bochorno de molestar por nada a los agentes. Las amigas no habían dormido nada esperando toda la noche noticias en el salón. Margarita se volvió a la cama y Julián, también preocupado, estuvo trajinando por aquí y por allí decidido a volver a primera hora de la mañana a Oña.

Hasta que finalmente sonó el teléfono. Era la guardia civil de Oña. Parece ser que Iratxe, después de dar vueltas como un trompico sin saber qué hacer y maldiciendo a sus amigas por abandonarla, tuvo la sensata idea de ir al cuartelillo.

Eran solo dos guardias civiles los que estaban de guardia y, a pesar de que Iratxe les rogó que la llevaran de vuelta a casa, los agentes se negaron diciendo que ellos no eran un servicio de taxi. Iratxe no tenía documentación ni dinero, y por no saber no sabía ni el número de teléfono de la casa de Ane. Tampoco estaba en condiciones para darles algún dato útil a los agentes para que pudieran hacer averiguaciones. Había bebido más de lo habitual. Finalmente, los agentes decidieron dejar que se le pasara la mona en la sala de espera del cuartelillo para ver si al día siguiente sacaban algo en claro.

Sobre las nueve, antes del cambio de turno, la despertaron y por las indicaciones de la casa, su situación y el mencionar el nombre de Margarita y Julián consiguieron, poniéndose en contacto con la comandancia de Briviesca, el número de la casa.

Así que cuando sonó el teléfono y tras avisar de que llamaban del cuartelillo y de que tenían allí a una persona que decía que la habían abandonado, Iratxe se puso al teléfono llorando amargamente y le suplicó a Julián que fuera a buscarla. Por eso Julián se había ido, junto con Margarita, al cuartelillo de Oña a recoger a Iratxe.

—Este trabajo no está pagado. ¡Qué vergüenza! Y ahora nosotros a dar la cara —decía Margarita mientras salía por la puerta. Finalmente, Julián había llamado para decirles a las chicas que Iratxe estaba tan afectada que habían decidido seguir hasta Bilbao y llevarla a casa.

—Muy bien —dijo Ane—. Que hagan algo útil, que viven del cuento.

—¿De verdad no eres consciente de lo que has hecho? —le preguntó Carla viendo que Ane había escuchado toda la historia sin mostrar ninguna afectación ni empatía hacia su amiga.

—Podría haber sido yo —dijo Almudena—. Te insistimos. No. Te rogamos que pararas y no nos hiciste ni puñetero caso.

—Ane, creo que estás fuera de control —sentenció Carla—. No creo que Iratxe te perdone nunca.

—Bueno —contestó Ane, que empezaba a recordar retazos de lo que sus amigas le estaban contando—. Que no la he dejado en el desierto ni en la sabana con los leones. Además, Iratxe siempre está tocando las narices. Y vosotras ¿qué? —dijo finalmente señalando con la cabeza las maletas—. ¿También os vais?

—En el autobús de las ocho —dijo Carla—. Se nos han acabado las ganas de fiesta. Además, solo te estás divirtiendo tú.

—Pues idos —contestó levantándose como un resorte del sofá—. No me aburráis con historias —continuó mientras abandonaba el salón. Se dirigió a la cocina en busca de algo que comer y un leve sentimiento de culpa se apoderó de ella. Iratxe había sido su mejor amiga durante mucho tiempo. Habían ido juntas a la Pureza. Sus padres eran amigos desde siempre y habían coincidido en miles de fiestas. Incluso se habían ido juntas de vacaciones muchas veces desde niñas.

Luego la cosa se enfrió un poco con la edad, sobre todo cuando apareció Iker. Las dos amigas se habían fijado en él, y eso generó una cierta rivalidad entre ellas. Además, Iker era de los que se dejaba querer y tonteaba con ambas al mismo tiempo hasta que, al final, Ane ganó la batalla atrapándolo en parte con el sexo y en parte con el dinero de su padre.

Pero aun entonces Ane notaba que Iratxe miraba a Iker más de lo que debía y, en más de una ocasión había sorprendido a su amiga haciéndole algún comentario frívolo e insinuante al que Iker había atendido también con más interés del que merecía el ingenio de Iratxe.

Así que, la noche anterior, mientras la esperaba en el coche, le dio por pensar que su amiga no se merecía ni un instante de espera. Que si Iratxe tuviera un solo minuto a solas con Iker se la jugaría. El solo hecho de imaginarse a Iker e Iratxe juntos le hizo arrancar instintivamente el motor. No le daría ni un minuto. Ni ahora ni nunca.

—Que se joda —pensó, y metió la primera, la segunda, la tercera y cuando salió del pueblo la cuarta.

Dejarla allí era poco. Dejarla allí era una sutil y leve venganza.

Mientras pensaba en todo aquello se iba diluyendo el remordimiento que momentos antes le había perturbado. Encontró un paquete con jamón serrano. Se sirvió una copa de vino y se dispuso a saciar su hambre consciente de que sus dos amigas estaban en el salón criticándola duramente.

Si ellas supieran lo traidora que podía ser Iratxe, la entenderían. Si ellas conocieran la desconfianza que le tenía en lo que a Iker se refería, la apoyarían. Iker y ella estaban prácticamente casados, a falta solo de la boda. Los dos estaban quemando sus últimos cartuchos de solteros. Pero con Iratxe no. Con Iratxe de ninguna manera. De repente sonó el teléfono.

Ane lo cogió al quinto tono esperando que alguien se levantase a coger el auricular, pero nadie lo hizo. Era Margarita. Habían dejado a Iratxe en casa sobre las once de la mañana y se habían quedado comprando en Bilbao. Quería saber si se irían o si se quedarían más días para coger más o menos comida. A Ane le pareció que la estaban echando descaradamente de su propia casa.

—Estas se van —le contó—. Yo aún no he decidido lo que voy a hacer.

Luego preguntó por Iratxe, aunque sentía más curiosidad que empatía.

—Está bien —dijo Margarita—, pero si no es por los agentes no sé dónde hubiera acabado sin documentación y sin dinero. No creo que tenga muchas ganas de verte —concluyó.

—Bueno —contestó—, pues yo encantada de no verla también. —Y colgó el teléfono.

Por un momento pensó en ser una buena anfitriona y ofrecerse a llevar a sus amigas a Bilbao cómodamente en su Porsche.

Luego le dio pereza. Apenas había dormido. Todavía sentía los efectos del alcohol en su cabeza y, qué narices, estaba en su casa.

No se iría, solamente por fastidiar a Margarita. Aquella noche le pediría que le hiciera algo de cenar y se tumbaría en el sofá de su casa. Así evitaría que aquella vaga impertinente ocupara los dominios que solo a ella le pertenecían.

Volvió al salón, lo que provocó que sus amigas enmudecieran de repente. Les dijo que se quedaría un día más, que necesitaba dormir y descansar y que mañana volvería a Bilbao. Finalmente les ofreció quedarse y cenar algo allí tranquilas.

«Más trabajo para Margarita», pensó.

Sus amigas rechazaron su invitación. Se iban definitivamente en el autobús de las ocho. De hecho, eran las ocho menos veinte, por lo que se levantaron y se dirigieron a la puerta a por sus maletas sin despedirse de Ane.

—Podéis iros —dijo ella—. Id a consolar a la pobre Iratxe, la eterna víctima. Igual se lo ha hecho con un guardia civil en el calabozo y aún tiene algo que agradecerme. —Se rio a carcajadas. Carla y Almudena se disponían a salir por la puerta, pero antes de cerrarla Almudena se giró y miró a Ane.

—Por cierto, no creo que te importe, pero ha llamado Iker sobre la una de la tarde.

Ane se alteró al oírlo. Llevaba seis días sin verlo y dos sin saber de él. Dos días sin hablar por teléfono.

—¿Qué ha dicho? —preguntó Ane.

—Solo quería saber si estabas en casa.

—¿Y qué le has dicho?

—Qué le voy a decir, que estabas durmiendo la mona. Nos ha dicho que ya volvería a llamarte en cuanto pudiera.

—¿Y por qué no me lo has dicho antes? —preguntó Ane regañando a su amiga.

—Porque he pensado: «Que se joda» —dijo Almudena cerrando tras de sí la puerta.

Ane regresó a su habitación y llamó al hotel de Iker.

—No responden en la habitación, señorita.

7

Sobre las doce de la noche la fiesta estaba en pleno auge.

Marta salía del bar cuando se topó en la puerta con Miguel. No había escapatoria. Ella en el marco de la puerta y él enfrente observándola de aquella manera, como siempre lo hacía, con sus profundos ojos verdes.

Marta trató de esquivarlo por uno de los laterales, pero fue inútil porque Miguel la agarró de la mano y la arrastró hasta los soportales de la plaza.

Miguel la miró fijamente. Sentía la necesidad de amarrarla y al mismo tiempo el deseo de dejarla marchar para no dejarse atrapar él. No quería perderla, pero prefería hacerlo antes de traicionarse a sí mismo.

Durante toda la tarde no se la había quitado de la cabeza. Tenía una sensación en el pecho, como de encrucijada.

—¿Qué es lo que quieres, Marta? —le preguntó Miguel poniéndole a ella contra la pared.

—No logro entenderte, Miguel —le contestó Marta—. No sé a lo que te refieres.

—Que qué es lo que quieres de mí —aclaró Miguel agarrándole de nuevo la mano que ella había hecho que le soltara.

Marta no respondió a aquella pregunta. Lo quería todo, pero no se lo diría porque sabía que no se lo daría; además, ella no era de pedir.

—¿Quieres que te diga que te quiero? —preguntó Miguel finalmente.

—Solo si es verdad —afirmó Marta categóricamente haciendo un acopio de coraje y valentía que no supo ni de dónde salía.

—Pues te quiero —dijo Miguel rozando levemente sus labios con los de ella.

Marta se sintió morir. Ella lo quería sin duda, más de lo que se reconocía a sí misma. Pero no esperaba que él la quisiera. Ni mucho menos que se lo dijera. Era algo tan inesperado que fue incapaz de reaccionar. Sin darse cuenta, Miguel la arrastraba agarrada de la mano hacia algún lugar. Ella se dejaba llevar ensimismada por el recuerdo del instante inmediatamente anterior.

Cuando estuvieron en un callejón, libres de miradas, Miguel la besó y ella le dejó hacerlo. Luego le tocó sutilmente un pecho. En ese momento pasaron varios chicos por el callejón y rompieron la magia del momento.

Miguel le cubrió instintivamente la cara apretándola contra su pecho y la cubrió con sus brazos para así evitar que nadie pudiera ver con quién estaba.

Aquello hizo que Miguel cambiara de nuevo de idea sobre el camino que había iniciado unos minutos antes al decir unas palabras que se había jurado no pronunciar nunca.

Marta notó cómo la magia desaparecía y el calor de Miguel se tornaba frío de repente.

—Vámonos —dijo este—. Será mejor que no sigamos. Te acompaño a casa.

Marta obedeció como una niña que cumple órdenes mientras intentaba no exteriorizar su decepción.

Quería pedirle que le repitiera una y otra vez lo que le había dicho. Le habría gustado tener una grabadora para poder oírlo mil veces de su voz. Lo habría interrogado hasta la saciedad exprimiendo sus sentimientos. Quería una declaración como la de Darcy a Elizabeth Benet o como la de Edward Rochester a Jane Eyre.

Pero decidió callar y no pedir nada. Únicamente que la acompañara al bar porque se había dejado la cazadora vaquera.

Miguel la acompañó hasta la puerta, pero esta vez ya no la llevaba cogida de la mano ni le iba rozando los dedos con los suyos. Tampoco la miraba ni le sonreía y un extraño silencio se apoderó del momento.

Marta entró sola en el bar y Miguel se quedó esperándola fuera.

Le costó un rato encontrarla, ya que había quedado oculta debajo de otras muchas.

En su interior resonaba aquel corto pero contundente «Pues te quiero» que él le había dicho tras exigirle ella que solo lo dijera si era verdad. Así que tenía que ser verdad. Marta sonrió convencida de ello. Salió del bar, con un sentimiento optimista y feliz, el de quien ha conseguido algo que deseaba mucho. Fuera estaba su chico, que la acompañaría a casa. Quizá, de camino, podrían hablar. Tal vez era el momento de sincerarse ella. Quizá debía decirle que lo quería hacía mucho tiempo.

Al salir Marta vio a Miguel con Ane, la besaba contra la pared, frente a la puerta del bar, sin esconderse de nadie.

Marta observó un segundo la escena. Notó que Miguel la había visto, pero no dejó de besar a aquella chica. Marta entró de nuevo al bar, tratando de ocultar sus lágrimas a la gente; tratando de evitar que Miguel pudiera ver cómo se le humedecían los ojos; tratando de disimular su profunda decepción. Se había reído de ella. Había sido solo una burla injusta y humillante. Miguel era sin duda el peor de los hombres.

Miguel supo que Marta lo había visto. Era lo que quería. Ane había aparecido de repente de la nada en el momento oportuno. Ella iba en su busca de nuevo y él se dejó encontrar. No hizo falta ni un saludo. Había sido como una señal del destino que le indicaba lo que debía hacer.

Miguel sintió que el corazón se le partía. Besaba, pero no besaba. Tocaba, pero no tocaba. Solo podía pensar en Marta, que seguramente lo observaba tras el cristal de la ventana del Chole donde la había visto entrar con la cara de quien ve la traición con sus propios ojos, odiándolo irremediablemente.

Quizá si se hubieran conocido dentro de unos años. Quizá si dentro de unos años ella quisiera... Él acabaría en unos meses su carrera y luego... Luego la vida... Todo lo que le quedaba por hacer. Todo lo que se merecía... Aún no había tenido suficiente. Aún no podía renunciar a nada por ella.

Marta no era la única espectadora. Mucha gente en el exterior del bar los estaba viendo. Algunos se reían. Otros comentaban. Alguno simplemente observaba la escena. Un chico fuera del bar los miraba como asqueado. Era casi un porno en directo.

Ane estaba muy bebida. Apenas se sujetaba sobre sus tacones dorados. Pero no cesaba en su empeño de meterle la lengua a Miguel.

Fue Miguel quien, tras darse cuenta de que el teatro ya había producido los frutos deseados, trataba de parar aquel asedio sexual público que minutos antes había tolerado. El efecto buscado ya estaba conseguido.

—Vámonos —le dijo a Ane—. Te acompaño al coche. —Ane, agarrada a su cuerpo, introducía la mano por dentro del pantalón de Miguel y le agarraba el glúteo.

Miguel la llevó hasta el pilón, donde Ane le dijo que había aparcado el coche.

Marta los vio alejarse atravesando la plaza, como quien ve desvanecerse un mal sueño, como desaparecen las palabras escritas en el vaho de la ventana porque son efímeras..., porque nunca debieron ser pronunciadas..., porque eran mentiras...

Miguel y Ane montaron en el Porsche; Miguel al volante. Ane no estaba en condiciones de conducir. Miguel aparcó junto al río, no muy lejos de la panadería. Aún permitió que Ane se le subiera encima, que lo besara... En el coche yacía abandonada una botella de Macallan, casi vacía.

Miguel estuvo tentado de someterse, de claudicar y atender a los deseos de la mujer. Quizá así pudiera desquitarse de todo. Quizá de esta manera volvería a ser el que había sido hasta entonces...

Miguel se abandonó en brazos de Ane intentando reconocerse.

Finalmente desistió. No podía seguir.

—Para, que no estoy de humor y tú estás muy borracha —le dijo—. Te llevo a casa y ya buscaré cómo volver.

—Vete a tomar por culo, gilipollas —le gritó Ane, que estaba recostada en la parte de atrás del coche y ya se había desabrochado la camisa. En ese momento se incorporó y le arañó el cuello con sus uñas rojas para luego empujarlo obligándole a salir.

Miguel se bajó del Porsche y caminó unos metros debatiéndose entre volver con ella o seguir hasta casa. El instinto le pedía volver. Su cabeza, irse. Su corazón era un músculo mudo e insensible útilmente colocado entre sus costillas con la única finalidad de bombear sangre y permitirle vivir para hacer daño a buenas personas como Marta.

Miguel se detuvo con aquel pensamiento. Si era un cabrón, quizá fuese mejor hacer gala de tal condición y no decepcionar a nadie.

A los tres minutos abrieron la puerta del Porsche.

—¡Ah! Mira quién ha vuelto —dijo Ane.

8

La mañana amaneció cubierta, como si el cielo se hubiese aliado con su estado de ánimo.

No había dormido nada. Su almohada se había convertido en un saco contra el que darse de cabezazos sin hacerse demasiado daño. Aquello era definitivamente la constatación de su estupidez. Por suerte, la estupidez era una enfermedad que tenía cura.

Se levantó de un salto, dispuesta a recuperar la salud y a demostrarse lo que valía.

Cargada de la energía que proporciona a los luchadores el orgullo herido, se dedicó a mil actividades. Más tarde intentó ponerse más guapa que nunca y disimular sus ojos hinchados por el llanto nocturno, no fuera que su hermano, que era muy largo, se diese cuenta de algo e hiciera alguna broma durante el desayuno.

Finalmente fue en busca de sus amigas para intentar reírse con ellas y olvidarse de todo, como si nada hubiera pasado.

En la calle, de camino a la plaza, sonaban sirenas.

—Esta juventud bebe demasiado —comentó alguien en el bar mientras Marta pedía un pincho de tortilla y un zumo de naranja—. Parece que a alguien le ha dado un coma etílico de esos y se lo llevan en ambulancia. ¡Qué pena de jóvenes!

Marta se sentó en la terraza del deportivo, donde estaban algunas de sus amigas observando de lejos el despliegue de coches de la Guardia Civil y de los servicios de emergencias. Más de un curioso se acercó a ver de qué era capaz de enterarse.

Las chicas permanecieron en la terraza orientadas al sol en busca del calor ya no demasiado potente de sus rayos, ocultos de vez en cuando bajo las nubes.

—Espero que no sea grave. —Catalina siempre se preocupaba por los demás.

Desde donde estaban pudieron ver cómo metían a alguien en una ambulancia y cómo se disgregaban poco a poco los vehículos oficiales y, tras ellos, los curiosos.

—Una chica con un coma etílico —volvió a escuchar Marta—. Parece que está mal. Me duele más por los padres que por ella.

—Pero ¿quién es? —preguntaron.

—Ni idea. Los guardias civiles no sueltan prenda, pero llevaban mala cara.

Tras esta escena poco habitual en el pueblo las chicas se dispusieron a remojarse en la piscina. Marta, con su corazón malherido, se afanó durante el camino en parecer una persona feliz, y Miguel se lo puso fácil porque tuvo la decencia de no aparecer por el centro del pueblo en toda la mañana.

—Pero ¿dónde has estado? —inquirió su madre viendo un arañazo fuerte y profundo en el cuello de su hijo—. Parece que te hubieras peleado con un gato.

Su madre no preguntó más. Prefirió no indagar para no saber. Aquella noche Miguel apareció por la plaza tarde, después de la cena.

Miguel y Marta hicieron por no verse aquella noche. Se cruzaron varias veces y evitaron mirarse, ignorándose mutuamente. Miguel esperaba que las horas hicieran el enfado de Marta más manejable y la ofensa más llevadera. Estaba dispuesto a humillarse y pedir perdón. Quizá al día siguiente, con los ánimos más tranquilos. Le valía con recuperar un poco su imagen ante la chica.

Ane no apareció por Oña en todo el día para descanso de todos.

9

El día de la romería, después de la misa de doce, dos furgones de la Guardia Civil irrumpieron en la plaza de cemento construida en el monte frente a la ermita abriéndose paso entre el gentío.

La Benemérita formaba parte del paisaje festivo. Siempre se habían relacionado muy bien con los lugareños. Algunos hasta se habían enamorado y casado allí pasando a ser hijos del pueblo. En fiestas debían poner orden en el camino y evitar que los vecinos que le habían dado a la botella cogieran el coche para subir a la ermita o bajar al pueblo. Lo extraño era que subiera un segundo furgón y que bajaran de él seis agentes completamente pertrechados. Demasiado despliegue para la ocasión.

Detrás de ellos iba el alcalde, que no se había dejado ver aquella mañana y no había dado su tradicional discurso. El hombre llevaba cara de no haber dormido bien.

Pero lo que ya era totalmente inusual era que los agentes se dispersaran por la plaza como buscando a alguien. Esto último sí que hizo que la gente empezara a poner atención. Miguel se sobresaltó cuando vio que se acercaban a él.

El teniente le pidió, en medio del gentío que los miraba, que lo acompañara; lo sacó de la plaza y lo llevó a un lateral, a la zona donde se encontraban los baños. Todos sus amigos los siguieron preocupados.

El resto de guardias civiles se interpusieron entre ellos y la pareja formada por Miguel y el teniente.

Lo primero que pensó mientras obedecía y seguía al agente, expectante por saber lo que ocurría, fue en su padre. Se habría caído en la huerta. Le habría pasado algo. Siempre le decía que trabajaba demasiadas horas con los cerezos y que no debía hacerlo en las horas de más calor. Le habría dado un infarto. Estaría en el hospital. Un sudor frío le recorrió todo el cuerpo. Nunca se perdonaría si le pasaba algo y él no estaba cerca para ayudarlo. Mucho peor, si le pasaba algo y él estaba de fiesta.

—Miguel Aresti Ortiz —dijo el agente en tono serio cuando lo tuvo bien aislado—, queda usted detenido —concluyó mientras sacaba unas esposas del bolsillo con intención de ponérselas.

El teniente le agarró las manos sin preguntar. Jamás le habían puesto unas esposas. Sintió el hierro frío y duro apretándole las muñecas.

El resto de los guardias civiles hacían corro alrededor sin dejar que sus amigos, que empezaban a empujar y a alterarse, se aproximaran.

—Está usted detenido por la comisión de un delito de agresión sexual y lesiones —continuó el teniente hablando ahora al oído de Miguel mientras apretaba las esposas algo más.

—No entiendo nada —acertó a decir después de unos segundos—. Te estás confundiendo, Mateo —le dijo al teniente.

El teniente Mateo Gómez era un buen hombre. Llevaba ya unos cuantos años en el cuartel. Conocía al padre de Miguel y se había tomado más de una caña con él, siempre fuera de servicio, claro. También habían echado más de una partida de mus. Además, era, como Miguel, aficionado a la bici y habían salido juntos varias veces a hacer kilómetros por el monte.

Pero, cuando el deber lo imponía, los nombres no importaban, ni las amistades tampoco. Simplemente había recibido la orden de detenerlo y eso tenía que hacer.

—Miguel —le dijo el teniente acercándose un poco para que lo oyera y pasando por un momento del usted al tuteo para intentar tranquilizarlo—, es mejor que lo hagas fácil y así nos iremos de aquí rápido y de forma discreta. Acompáñame y deja que te lea tus derechos en el furgón y así estarás menos tiempo a la vista de todos. Hazlo por tu padre.

—¿Qué coño hacéis? —dijo Óscar al ver a su amigo esposado.

Se montó un revuelo entre los amigos de Miguel y los agentes de la Guardia Civil, que se habían puesto en posición de defensa empuñando las porras que llevaban colgadas de sus cintos.

Aquel revuelo causó el efecto contrario del que esperaba Gómez al llegar, que era llevarse a Miguel lo más discreta y silenciosamente posible.

Conocía de sobra cómo eran de profundas y fieles las amistades en los pueblos y sabía que podía montarse una buena con el fin de proteger a un amigo. Máxime en plenas fiestas y con los ánimos caldeados por el alcohol.

Por eso había pedido refuerzos, aunque esperaba no tener que utilizarlos. La experiencia le había enseñado que siempre era mejor ir preparado.

Esperaba no tener que detener a nadie más aquella mañana. Bastante sorpresa y fastidio había sido recibir la orden de la comandancia de Burgos de detener a Miguel Aresti, al que consideraba un buen chico, incapaz de hacer aquello de lo que lo acusaban.

Los acontecimientos y hallazgos del día anterior auguraban alguna detención, pero tenía la esperanza de que hubiera sido algún visitante. Alguien de fuera que había ido allí a prepararla gorda.

—Por favor —le dijo Gómez a Óscar, que contemplaba con angustia a su amigo esposado—. Por favor —repitió manteniendo la calma en todo momento—. No quiero que haya más detenciones hoy. Intentemos que siga la fiesta con normalidad y que esto se aclare lo antes posible.

—Pero él no ha hecho nada —gritaba Óscar mientras Miguel en estado de aturdimiento se miraba alelado las muñecas esposadas—. No nos hemos separado ni un momento y él no ha hecho nada.

—Bueno —contestó Gómez intentando contener tanto al grupo de amigos como a sus propios hombres—, esperemos que todo se aclare rápidamente. Mañana lo pondrán a disposición del juez de instrucción y quizá podrán decirles algo más. Ahora, por favor, déjennos trabajar y no nos lo pongan más difícil.

Todo el mundo se arremolinó alrededor de los agentes. Todo el mundo miraba. Miguel solo acertaba a observar sus muñecas esposadas.

—¿A quién se llevan? ¿Qué ha hecho? ¿Qué ha pasado? —escuchaba Miguel a un lado y otro de sí mientras los agentes de la Guardia Civil abrían una especie de pasillo entre la gente.

Dos agentes lo agarraban de los brazos y lo conducían casi en volandas para meterlo rápidamente al furgón.

Uno de ellos puso la mano sobre la cabeza de Miguel para introducirlo al vehículo oficial y cerró la puerta tras él. Lo había visto alguna vez en las películas. Nunca imaginó lo que podía pesar aquella mano sobre su cabeza.

Sentado ya en la parte de atrás, escoltado por dos agentes y acompañado por el teniente Gómez, Miguel seguía mirando inconscientemente las esposas que le apretaban las muñecas tratando de reaccionar.

—¿Qué es lo que has dicho? —acabó por preguntar Miguel—, ¿agresión sexual y lesiones? ¿Estáis todos locos? —exclamó.

Nadie contestaba. Los guardias civiles lo miraban sin abrir la boca.

Gómez le leyó sus derechos con cara de circunstancias. La situación estaba siendo un trago para él. Apreciaba mucho a su padre.

—¿Agresión sexual y lesiones? —volvió a preguntar.

Los veinte kilómetros hasta la comandancia le parecieron veinte años.

—Quiero que avisen a mis padres —acertó a decir al llegar al cuartel.

—No se preocupe —le dijo Gómez tratándolo de nuevo de usted—. Les comunicaremos inmediatamente su detención.

Una vez en el cuartel le sentaron frente a una mesa. Continuaba esposado. Les pidió que le quitaran las esposas. Se lo negaron. Protocolo, dijeron. Un agente se presentó con su número y refirió ser el instructor de las actuaciones. El que estaba a su lado le dijo que actuaba como secretario.

—¿Instructor de qué? ¿Qué dice de secretario?

Las palabras entraban y salían por sus oídos sin que tuvieran ningún sentido para él. De nuevo le explicaron sus derechos.

—¿Quiere usted designar a un abogado de libre elección o llamamos al de oficio?

—Abogado para qué. No he hecho nada. No le necesito.

—Si no designa uno, llamaremos al de oficio.

—Hagan lo que quieran —respondió—. ¿No pueden quitarme esto? —volvió a preguntar enseñando las muñecas—. Mateo Gómez me conoce. ¿No pueden llamarlo?

—No —le contestaron—. El abogado tardará. Tiene que venir desde Burgos. Entre tanto, tendrá que esperar en el calabozo.

Lo encerraron en un cuartucho oscuro con paredes pintadas de verde y algo desconchadas. Una vez dentro le quitaron las esposas y le ofrecieron un botellín de agua.

«Algo de humanidad por fin», pensó. Trató de mantener la calma mientras llegaba su abogado. Él podría aclararlo todo. Aquello era un error. Por la noche estaría en casa.

Un abogado. Jamás había tenido uno. Jamás lo había necesitado. De hecho, no le merecían ninguna confianza.

«No se puede confiar en la gente que te habla en arameo», pensaba. Allí permaneció un tiempo que se le hizo eterno, recordando lo acontecido los días anteriores. No podía ser cierto. Se estaban confundiendo. Él no había hecho nada… sin consentimiento. Porque ella se lo había pedido. Ella se puso sobre él. Ella quería.

—Pero ¿quién me ha denunciado? —le había preguntado al teniente cuando iban en el furgón.

—Doña Ane Celaya —le contestó Gómez.

10

El abogado de oficio era exactamente como se lo había imaginado. Quizá más joven de lo que él hubiera deseado. No tenía más años que él. Llevaba un traje gris que le quedaba algo grande y un maletín de cuero brillante demasiado nuevo para que hubiera portado en él muchos asuntos de esos que daban bagaje y experiencia. Lo volvieron a esposar, no sin las protestas de Miguel, que empezaba a impacientarse, y los condujeron a una pequeña sala. El abogado se presentó como Enrique Mansa y le dio la mano. Miguel le preguntó si podía pedirles que le quitaran las esposas. El letrado le dijo que no.

—Protocolo —le explicó.

Sacó del maletín de cuero un paquete de folios a los que llamó atestado. Los llevaba subrayados con colores fosforitos y llenos de pósits. Eso lo tranquilizó algo porque parecía que fuera lo que fuera se lo había leído detenidamente. Así justificó el tiempo que había tardado en llegar desde Burgos. Más de dos horas. Eran ya las seis de la tarde según le dijo el propio abogado, ya que a él le habían quitado el reloj, las llaves, la cartera y las gafas de sol, vamos, todo lo que llevaba encima.

—La cosa no pinta muy bien —le dijo mirándolo de reojo.

—Qué cojones pasa —contestó Miguel descargando sobre aquel hombrecillo su desesperación. Mansa le explicó la situación mientras lo escudriñaba con la mirada. A Miguel le pareció que lo miraba con cierto desprecio.

—Mira, Miguel —dijo el letrado—. Te tutearé si no te importa porque tendremos que vernos mucho, me temo. —Miguel lo miró sin entender qué quería decir con eso—. Ane Celaya fue encontrada la mañana del día de ayer a bordo de su vehículo el cual estaba estacionado cerca de la orilla del río. Se encontraba en la parte de atrás del coche —continuó—, semidesnuda y tapada con una manta. —Al decir esto el abogado hizo una pausa y miró a Miguel tratando de descubrir en su cara algún tipo de reacción que le diera alguna pista de si sabía algo de los hechos—. Sufría una ligera hipotermia porque debía de llevar allí horas. Pero lo peor es que estaba inconsciente y presentaba claros signos de violencia.

De nuevo Enrique Mansa hizo una pausa para mirar a su cliente.

—Los agentes de la Guardia Civil que la encontraron llegaron a pensar que estaba muerta. —Mansa pasaba revista hoja a hoja a todo el atestado. Se paró en una de ellas—. El informe médico provisional adjuntado a las actuaciones refiere muchas lesiones contusas. Entre ellas tiene tres costillas rotas. También el labio superior partido y ha requerido puntos de sutura; y presenta entre otros un hematoma periorbital de grandes dimensiones. Vamos, que tiene el ojo cerrado de un tremendo puñetazo, supongo —dijo el letrado levantando la vista de los papeles y mirando a Miguel de nuevo a través de sus gafas—. Yo diría que más de uno a la vista del estado en que tiene la cara. —Mansa le enseñó la foto de Ane a su cliente.

Miguel al verla dio un respingo en la silla en la que estaba sentado y se levantó súbitamente encarándose a su letrado.

—Yo no he hecho eso —dijo gritando con toda la voz de la que disponía.

—Cálmate, Miguel —contestó el abogado—. Ahora me contarás tu versión. Aún no he acabado. Lo peor —continuó sin andarse con chiquitas— es que presenta signos de agresión sexual, vamos, de violación.

—Pero yo no la he violado —exclamó Miguel.

—Genial —respondió el abogado sin mucho entusiasmo—. Se lo diremos a la jueza. Seguro que la tranquiliza —añadió con cierta ironía—. El problema es probarlo, porque si nos basamos en el atestado... todo apunta a lo contrario.

Miguel se echó las manos a la cabeza. Mansa bebió un sorbo de un botellín de agua y prosiguió su explicación:

—Lo de la inconsciencia de Ane no parece debido a ningún golpe. Los niveles de alcohol encontrados en la sangre de la chica la han podido llevar a un estado de semiinconsciencia. De hecho, había perdido el control de los esfínteres y se la encontraron manchada en su propio vómito y orina. Había una botella vacía de whisky en el suelo del vehículo.

Miguel recordó la botella de Macallan.

—Sí, estaba muy borracha cuando yo la dejé —dijo Miguel—. Tanto que no sabe lo que dice.

Mansa volvió a mirarlo de reojo. Miguel reconocía haber estado en el lugar de los hechos. Luego continuó con el relato:

—Una vez tratada en el hospital y recuperada la consciencia, aunque aún no se le ha podido tomar todavía una declaración en condiciones dado su estado, lo cierto es que te ha señalado como posible autor de la agresión.

—Pero yo no he sido —gritó Miguel desesperado levantándose de nuevo de la silla y golpeó el botellín de agua que el letrado había dejado sobre la mesa haciéndolo caer al suelo.

Mansa también se levantó asustado al ver la reacción de Miguel.

Los agentes de la Guardia Civil apostados fuera, en la puerta, actuaron de inmediato, lo agarraron por la espalda y lo colocaron contra la pared. Mientras uno le sujetaba la cara y el cuerpo, el otro compañero le cambiaba las esposas y se las ponía esta vez a la espalda. Ahí atrás le hacían aún más daño. Miguel pensó en golpearles como fuera, incluso con su propia cabeza. Si no hubieran sido guardias civiles, lo habría hecho de buena gana. Pero tenía todas las de perder.

Luego lo sentaron de nuevo en la silla y lo apercibieron de que si seguía por ahí las consecuencias serían peores.

Retomada la calma, aunque fuera a la fuerza, el abogado se sentó también, si bien algo más alejado de Miguel que antes. Quizá después de aquella reacción lo veía más culpable de lo que ya lo pensaba antes.

—Verás, Miguel —le dijo—. Este comportamiento no nos ayuda mucho. Mañana recogerán en el atestado que has tenido una reacción violenta en las dependencias policiales durante la detención y eso te hará parecer más culpable. Más aún, quiero decir, porque viendo las fotografías incorporadas por el forense a su informe... Gracias a Dios que esto no va por jurado...

Miguel trató de mantener el tipo mientras le enseñaba las fotos que demostraban el estado en que habían encontrado a Ane. El letrado lo observaba mientras se las mostraba intentando ver en su cara la huella de su culpabilidad o inocencia, pero Miguel las miraba aturdido. Su cara resultaba indescifrable.

—El caso es que a raíz de tu imputación por la víctima —continuó Mansa— la guardia civil ha estado haciendo su trabajo. Parece que hay muchos testigos que afirman haberte visto estos días con ella en plan más que cariñoso. Más de uno de los preguntados afirma que te ha visto montar en su coche al menos dos días, incluida la noche de los hechos. Hasta hay testigos que afirman haberte visto meter el Porsche en la entrada de la plaza y encender los focos llamando la atención de todos, vamos, como si fueras el dueño del coche.

—Sí —dijo Miguel—. Eso es verdad. Sí que lo hice. Pero no tenía nada que ver con Ane. Apenas la conozco. Casi ni sé quién es. Solo he tenido un rollo de dos días, consentido por ambos.

Miguel intentaba hablar lo más rápidamente posible para que le dejaran explicarse sin interrupciones. En cuanto lo oyeran todo se aclararía.

—Sí —continuó—. Es cierto que ayer monté en el coche con ella y que estuvimos juntos un rato, pero no hice nada que ella no quisiera. Fue ella la que me buscó. También habrá testigos de eso, ¿no? Y desde luego en ningún momento la golpeé.

—Bueno —contestó el abogado sin demostrar sentimiento alguno—. Entonces, tú ni la has violado ni la has agredido físicamente.

—Claro que no —asintió Miguel casi gritando. Y se llevó de nuevo las manos a la cabeza en señal de desesperación.

—Está bien —contestó mirando el reloj—. Te explicaré lo que pasará a partir de ahora. Te van a tomar declaración como detenido. Te aconsejo que no declares y que esperes a que te pongan a disposición judicial. Para el lunes la investigación estará más avanzada y sabremos mejor a qué atenernos para poder preparar tu defensa.

—¿El lunes? —contestó Miguel—. ¿Hasta el lunes voy a estar aquí?

—Eso me temo —le dijo sin mirarlo mientras se quitaba las gafas—. Aún no han terminado el atestado, así que te retendrán todo el tiempo legalmente posible.

Miguel estuvo a punto de levantarse de nuevo encolerizado y de arrojarse sobre aquel hombrecillo gris que le estaba diciendo sin ningún miramiento que lo dejaba allí a su suerte hasta el lunes, mientras que él se volvía a Burgos seguramente a tomar una caña con algún amigo, si es que los tenía.

Sin embargo, sus manos esposadas a la espalda lo ayudaron a mantener la calma.

—Bueno —continuó Mansa—. Pues vamos a ello. Ya sabes, no declares. Por cierto, he hablado con tus padres, que están ahí afuera hace ya horas junto con un montón de gente que parece que viene de fiesta por la ropa que traen. Les he pedido que mantengan la calma y que el lunes podré decirles más.

Miguel, que hasta ese momento solo había pensado en sí mismo, en sus manos esposadas, en el calabozo donde había esperado dos horas al abogado, de repente se acordó de sus padres.

—¿No puedo verlos un momento? —preguntó con voz suplicante pensando en su madre.

—Se lo pediré al juez el lunes después de la declaración y antes de que…, bueno, antes de que decida sobre tu situación. Ahora no podrás verlos. Protocolo.

—¿Qué situación? —preguntó Miguel.

El letrado lo miró sorprendido. Desde luego, si él era un novato como abogado de oficio, aquel tío tampoco parecía un delincuente experto. Eso era lo único que tenía a su favor, la falta de antecedentes.

Mansa hasta el momento solo había llevado un par de casos penales no muy graves. Una conducción temeraria y unas lesiones que habían acabado en nada porque el padre no quiso denunciar al hijo. Aquella era su primera agresión sexual. Su primer juicio de audiencia. Le había tocado de rebote porque le había pedido un amigo el favor de cambiarle el turno de guardia. En agosto estaban todos de vacaciones y pocos querían atender el turno de oficio. El caso era que estaba allí por hacer un favor, frente a un delito grave que igual le venía grande. Pero desde luego no estaba dispuesto a confesar su inexperiencia salvo que se lo preguntara su cliente. Alguno tenía que ser el primero si quería aprender. Todo el mundo entraba en el turno para servir, pero también para mejorar, y él era un abogado colegiado perfectamente preparado para aquello, o eso quería pensar.

La cosa había ido bastante bien porque su cliente no le había preguntado hasta el momento nada sobre su experiencia profesional. Pensó que había dado la talla con su apariencia indolente muy bien ensayada.

Fuera, al ver a los padres, se había conmovido y casi se salió del papel que tenía preparado. Parecían buena gente, sencilla y honrada. Le habían recordado a los suyos. Una vez dentro, y después de hablar con Miguel y de ver su reacción violenta, ya no estaba tan sensible. No sabía si iba a defender a un culpable o a un inocente. Y las fotos de aquella pobre chica… lo habían ayudado a ser más frío frente a Miguel.

En cualquier caso, tenía que hacer callo y realizar la mejor defensa que pudiera. Por el momento no podía meter la pata, ya que no iban a declarar ante la guardia civil. El lunes ya vería cómo actuar. Tenía que estudiar la estrategia y ver lo que iban desvelando las diligencias.

—¿Qué situación? —volvió a preguntar Miguel. Era hora de explicarle a su cliente que dada la gravedad de los delitos que le imputaban era posible que el fiscal o la acusación pidieran la prisión preventiva. Parecía mentira que tuviera que comentar aquello que era tan obvio.

—No adelantemos acontecimientos —le dijo finalmente—. No tenemos más remedio que esperar hasta el lunes.

Una vez en la sala de declaraciones a la que fue conducido por dos agentes, Miguel se ciñó al plan establecido por su abogado. No decir nada por consejo de su letrado a pesar de que le hubiera encantado dar todo tipo de explicaciones. Enrique Mansa abandonó el cuartel no sin antes pedirle a Miguel que se armara de paciencia y que tuviera un comportamiento pacífico y educado. Luego, al salir por la puerta se volvió a enfrentar a los padres del joven que, destrozados por la angustia, se negaban a abandonar el edificio sin haber visto a su hijo.

Eso era lo peor de su trabajo. Tener que consolar a gente que no conocía. Tener que darles su apoyo a pesar de haber hablado dos minutos escasos con ellos. Estaba cansado y solo pensaba en que le quedaba media hora de autopista para llegar a Burgos. Pero ver llorar a aquella madre era como ver llorar a la suya. Tampoco podía darles ninguna buena noticia. Los hechos denunciados ya se los había comunicado, así como su gravedad.

—Mi hijo es incapaz de hacer eso —dijo Aresti.

Su mujer, Antonia, no podía decir nada y sollozaba mientras Óscar la abrazaba tiernamente.

—Por el momento no se puede hacer más —les dijo—. Créanme. El lunes por la mañana los veo aquí de nuevo y espero poder decirles algo.

Tras ello les pidió que se fueran a casa a descansar y que descansaran también el día siguiente porque no hacían nada a la puerta del cuartel. De sobra sabía que era pedirles un imposible.

Enrique se montó en su Seat Panda camino de Burgos lamentándose por haber aceptado el cambio de turno de su amigo.

Entre tanto, Miguel volvió al calabozo, encerrado de nuevo en aquel cuartucho de cemento, con sus palabras, sus preguntas y sus respuestas atragantadas entre el estómago y la boca. Desde que lo esposaron había dicho poco más que su nombre. Primero la guardia civil no lo dejaba hablar y luego su abogado tampoco. Le entraron ganas de vomitar.

Finalmente lo hizo aumentando el cabreo de los agentes que lo custodiaban.

Era sábado por la tarde y lo que querían era tranquilidad después del servicio que llevaban. Estaban acostumbrados a cosas más livianas y a detenidos que entraban y salían del calabozo el mismo día. Así que Miguel era un verdadero incordio para ellos. Y encima delicado del estómago. No parecía tan frágil viendo lo que le había hecho a aquella pobre chica, viendo aquellas fotos del atestado…

Por la tarde le llevaron un bocadillo para cenar con un botellín de agua y le dijeron que la luz se apagaba a las 22:00 y que era mejor que intentara dormir y estuviera tranquilo; en todo momento los agentes mostraron una estudiada educación y cordialidad que también debía de formar parte del protocolo. Que estuviera tranquilo. Qué fácil era decirlo para quien no tenía nada que temer. Solo tenía que aguantar hasta el lunes. Solo tenía que pasar el domingo. Solo tenía que estar tranquilo, aunque le estuvieran acusando de violación. Solo tenía que olvidarse de lo que estarían sufriendo sus padres... El lunes todo se arreglaría. Pero alguien pagaría por cada lágrima de su madre.

Una pequeña luz verde permanecía encendida durante la noche. En la soledad de aquel cuartucho quizá logró dormir algún minuto. Era curioso cómo la desesperación encontraba sus breves momentos de calma.

11

Serían las dos de la mañana del domingo cuando Ane tomó de nuevo consciencia de dónde estaba.

Al abrir los ojos una tenue luz encendida sobre la cama le recordó que se encontraba en un hospital. Miró a los lados por si encontraba a alguien. Necesitaba ir al baño. Allí no había un alma, pero casi lo agradeció.

Recordaba vagamente lo vivido el día anterior. Se recordaba rodeada de médicos y enfermeros. Creyó oír que había también policías, pero no estaba segura.

Todo aparecía en su mente como una realidad incierta.

Oía hablar a unos y a otros. Los oía, pero no los entendía. Estaba como fuera de su propio cuerpo viendo desde su posición de observadora cómo extraños la agarraban, le quitaban la ropa y se la llevaban metida en bolsas, le ponían una vía, la palpaban, la giraban, tomaban muestras, sacaban fotos aquí y allá…

—Bueno, Ane —decían—, ahora vamos a hacer esto. Tú tranquila. Lo estás haciendo muy bien. Ahora haremos esto otro…

Ella solo se dejaba manejar como una muñeca a la que encuentran en la basura e intentan reparar.

Debía de estar despierta porque la llamaban por su nombre. Ane esto y Ane lo otro.

Recordaba a gente con batas blancas que hablaban a medias delante de ella, en bajito, omitiendo palabras.

—Mira esto —decía uno.

—Sí, ya lo veo —contestaba otro.

—Habrá que…

—Sí, sí. Ahora mismo.

Luego recordó haber vomitado varias veces y sentirse morir de dolor hasta que por fin este desapareció.

No era capaz de recordar cómo había llegado allí.

En medio de aquella vorágine de personas extrañas creyó recordar que en algún momento aparecieron rostros conocidos. Es posible que viera la cara de su tía, aunque quizá lo hubiera soñado.

Luego cayó en un profundo sueño del que acababa de despertar iluminada por la luz sobre la cama que le permitió reconocer de nuevo una habitación de hospital ahora vacía de gente.

Algo le había pasado. Quizá un accidente. Se miró los brazos y las piernas por encima del camisón atado a la espalda. Todo parecía en orden. Algunos moratones, nada más. Se tocó el vientre. Ahí estaba. No palpaba gasas ni heridas en esa zona. Una venda le cubría la parte superior del torso. Consciente de su propio cuerpo comprobó que no sentía dolor. Tenía una vía en el brazo izquierdo. Se incorporó despacio dispuesta a ir sola al baño. Parecía que podía levantarse sin ayuda. Buscó unas zapatillas y una bata, pero no había nada por allí a su alcance. Tenía frío. Se agarró a la barra, de la que colgaban el suero y los calmantes, y la usó como bastón para apoyarse. Entró en lo que parecía el baño anexo a la habitación.

No encontraba el interruptor. Finalmente consiguió encender una pequeña luz amarillenta y localizó la taza. Se sentó cuidadosamente. Tampoco entonces sintió dolor.

Conforme iba siendo consciente de su situación empezó a sentir la necesidad de saber, de preguntar a alguien, de que alguien le explicara lo que hacía allí.

Recordó estar en su coche. Había sido un accidente sin duda. Había bebido. ¿Dónde estaba el Porsche? Y su bolso, y sus cosas... Y ¿dónde estaban sus padres? ¿E Iker? ¿Los habrían avisado? Seguro que se encontraban por allí, no muy lejos. Ellos sabrían explicarle.

Se levantó con intención de salir de la habitación y buscar a alguien que le explicara algo. Previamente se lavó las manos.

Al incorporarse para secarlas vio un reflejo en el espejo situado sobre el lavabo. Había una mujer reflejada en él. Una mujer que la miraba fijamente. Llevaba el pelo largo. Tenía la cara tan deformada que resultaba difícil de relacionar con nadie que ella conociera. La boca hinchada y un ojo totalmente cerrado con ambos párpados superior e inferior abultados y amoratados. No se distinguía forma alguna en la mandíbula fruto de la hinchazón. Solo el ojo izquierdo parecía el de un ser humano. Solo en él encontraba signos de humanidad en aquel espantoso reflejo del espejo del baño. Solo un ojo de color azul intenso que luchaba por seguir abierto a pesar de un fuerte derrame ocular.

Inconscientemente, aturdida y desorientada, Ane se tapó los ojos con las manos para no ver aquella imagen aterradora. Volvió de nuevo la mirada al horrible reflejo del espejo temerosa de comprobar la realidad. Ahora aquella pobre mujer desfigurada se estaba palpando la cara con las manos y descubría con ellas la deformación de su rostro.

Luego miró sus propias manos y se percató de que también estaban sobre su cara.

Volvió a mirar el reflejo del espejo. Entonces reconoció aquel ojo azul, entreabierto, que la miraba. Después reconoció sus manos... Aquella no podía ser ella. Aquella cara desfigurada no podía ser la suya. Fue luego descubriendo que aquel era su pelo rubio y rizado. Se percató de que aquellas eran sus orejas. Aquella podía ser su nariz. Era su nariz.

Entonces gritó. Gritó tan fuerte y tan desgarradamente que en un segundo dos enfermeras la sujetaban ya en el baño para evitar que se cayese.

No se distinguía entre el grito y el llanto. Ambos eran lo mismo. Se revolvió con fuerza como si aquellas mujeres la fuesen a conducir al mundo de los monstruos donde habitaban los que eran como ella.

Se resistió con fuerza presa de un ataque de histeria para al final acabar, previa sedación, en un profundo sueño.

Cuando despertó de nuevo sobre las nueve de la mañana del domingo alguien agarraba su mano.

—Hija —le dijo una voz conocida—. Ya estamos aquí.

No tardó en identificar la voz de su madre.

—Ya estamos aquí —repitió esta mientras le apretaba firme la mano.

Ane la miró con su único ojo abierto.

—Papá está gestionando tu traslado a Bilbao, hija. Queremos llevarte hoy mismo a casa. Iker está con él. Hemos venido tan pronto como hemos podido, en el primer vuelo disponible. Ayer llamamos a la tía y estuvo aquí contigo. Nos han dicho que pareces tener problemas de memoria... —Se echó a llorar—. Pero qué te han hecho, qué te han hecho. Tu ca... —dijo entre sollozos.

Ane giró la cara para apartar la mirada de su madre.

—No pasa nada, cariño. Papá lo arreglará todo —continuó Nieves—. Nadie se va a enterar.

—Llama a papá —le exigió Ane—. Vete a buscarlo.

—Pero, hija —contestó—. Está gestionando las cosas para irnos cuanto antes.

—¡Que lo busques! —le gritó Ane a su madre más de lo que parecía posible en su estado.

Nieves abandonó la habitación en busca de su marido sobresaltada por la reacción de su hija.

Ella nunca había sido la preferida de Ane, que se sentía mucho más unida a su padre. Para Ane su madre era una persona sin espíritu y sin fuerza, alguien que no estaba a la altura de su marido. Vivía preocupada únicamente por la vida social en la que se sentía poco menos que una reina.

Si no hubiera sido por su padre, Nieves no hubiera conseguido nada en este mundo. Se habría hundido con todo su dinero como un barco de papel mojado. Afortunadamente, conoció a Jon, y esa fue la mayor fortuna de su vida.

Jon era por el contrario decidido y resolutivo. Mientras él dirigía una gran empresa y lo controlaba todo, su madre disfrutaba de un estatus acomodado sin contratiempos. No había problemas porque los problemas los solucionaba su marido. Ane, incapaz de ver que, en realidad, ella había asumido el mismo rol que su madre, siempre bajo la protección de Jon, la trataba con cierto desdén, como si fuera una inútil.

A los pocos minutos Jon Celaya entraba en la habitación seguido de su mujer.

Ane extendió ambas manos para reclamar las de su padre.

—No te preocupes, hija. Esta tarde volvemos a casa. Todo lo arreglaremos allí. Estarás bien. Enseguida habrá pasado todo.

—¿Qué ha ocurrido, papá?

—Has sido agredida, Ane —contestó Jon acariciándole la cara—. Lamentablemente no he podido llegar antes. Estábamos en Cerdeña cuando nos dieron la noticia. Pero ya tengo el control de la situación. Mis abogados están de camino. Terminaremos cuanto antes lo que sea necesario e imprescindible y luego se ocuparán ellos. Esta misma tarde te trasladamos a casa. No tienes nada que no pueda curarse allí.

—Pero, entonces, ¿no ha sido un accidente de coche? ¿Quién me ha hecho esto, papá? ¿Qué me han hecho? —preguntó Ane.

—No pienses en ello, Ane. Ya está detenido. Siento decir que tendrás que hablar con la policía y contarles lo que recuerdes. Eso no te lo puedo evitar a pesar de que lo he intentado. Mis abogados te ayudarán. Sobre el papel todo parece estar muy claro. Esta misma tarde si puedes, hija, cuanto antes. Tienes que hablar con ellos y luego nos vamos a casa. Después yo me encargo de todo.

—¿Iker? —preguntó Ane.

—Está aquí. Cogió el primer vuelo que encontró, como nosotros. Cuando lo localizamos ya estaba en Madrid. Nos esperó en el aeropuerto. Era incapaz de conducir. Nos dijo que llevaba tres días sin saber de ti. Que te había llamado a Briviesca, que habló por teléfono con tus amigas. De camino hacia aquí hablamos con los médicos, aunque poco podían decirnos porque parecías no recordar nada. Iker ha estado aquí contigo todo el tiempo, al pie de la cama, pero estabas sedada. Se ha ido al hotel hace nada a darse una ducha.

En ese momento entraron dos personas en la habitación ataviadas con batas blancas.

—Buenos días, Ane —dijo una mujer que lucía una leve y cordial sonrisa—. Me llamo Carmen y soy la psicóloga del hospital. Hemos pensado que quizá quieras hablar conmigo de lo ocurrido.

—Mi hija no necesita nada en este momento. No quiere hablar con nadie. Solo necesita tranquilidad. Únicamente hablará con la policía cuando sea necesario —contestó Jon.

—Bueno, señor, con todos los respetos —explicó la mujer—. Su hija es mayor de edad, así que es ella la que decide.

Jon miró a su hija.

—No quiero hablar con nadie. Solo hablaré con la policía.

12

Tras estar recopilando a lo largo del domingo la ampliación del atestado, Enrique Mansa llegó a las nueve de la mañana del lunes al juzgado y pidió hablar con su cliente antes de que fuera conducido ante la jueza.

La maquinaria policial se puso inmediatamente en marcha para respetar los derechos del detenido a rajatabla. El letrado traía el mismo traje y el mismo maletín, pero la cara más descompuesta; pareciera que fuera él quien llevara dos días en el calabozo. La tensión le hacía sudar y al quitarse la chaqueta de su traje gris dos enormes surcos de sudor empapaban las axilas de su camisa.

Saludó a Miguel de nuevo con una mano sudorosa. Le traía el ánimo y la fuerza de sus padres y de sus amigos, que ya estaban apostados en la puerta del juzgado para intentar verlo y saber de él. Les había pedido que se quedaran después de la declaración para que le fueran aportando la información que pudiera ser útil para su defensa. Enrique volvió a sacar el atestado del maletín marrón. El tomo era más gordo que el del sábado. De nuevo venía subrayado a colores y lleno de pósits en las hojas. También traía la marca que había dejado una taza de café apoyada sobre el folio inicial.

—Llevo todo el domingo estudiando, Miguel, y me acaban de entregar otro tomo que tengo que repasar contigo antes de ir a declarar. Estos de la guardia civil no han descansado, me temo, en todo el fin de semana.

Miguel lo observaba sin decir palabra. El domingo se le había hecho eterno. Estaba agotado y solo quería acabar para regresar a casa. No se había planteado ninguna otra opción. Tendrían que dejarlo libre.

—También te traigo estos papeles del turno de oficio para que me los firmes —concluyó el letrado. Mansa hablaba de forma apelotonada como si le faltara tiempo—. Te diré que la denunciante ha sido dada ya de alta en el hospital. No va a necesitar cirugía maxilofacial, lo cual es una buena noticia a efectos de la calificación del delito, y los informes biológicos y de tóxicos aún tardarán. Así que por ahí seguimos pillados, pendientes de los resultados. También han buscado restos de ADN en el vehículo, pero eso llevará algún tiempo. Por otra parte, la guardia civil ha recopilado el testimonio de al menos diez personas que te vieron montar en su vehículo la noche de los hechos, incluso afirman que conducías tú. También han declarado que antes estuviste con ella en la puerta de un bar y que ella estaba bastante bebida, que se tropezaba. ¿Todo esto es cierto?

—Sí —contestó Miguel sin titubear—. Pero esos mismos testigos podrán decirte que ella se me echaba encima y que no estaba siendo forzada de ninguna manera. ¿Eso no se lo han preguntado?

—No, pero lo haré yo. ¿Dónde aparcaste el coche?

—A la altura de la panadería, cerca del río.

—Entonces en el lugar donde lo encontraron —aclaró Mansa enseñándole una foto del vehículo donde lo encontraron—. Eso indica, al menos indiciariamente, que nadie lo condujo después de ti. Y ahora la gran pregunta: ¿mantuvisteis relaciones sexuales consentidas o no?

—No —dijo Miguel—. Estuvimos un rato en el coche, pero ella estaba bebida y yo no estaba por la labor, así que le dije que era mejor dejarlo.

—¿Y la dejaste allí sin más? —preguntó el letrado.

—Me ofrecí a llevarla a casa en el coche si me decía dónde vivía, pero se puso violenta y me echó del vehículo a patadas. Llegó a arañarme el cuello.

—Ya veo el arañazo —dijo Mansa—. No conviene que hablemos de él. No sé si habrán tomado muestras de sus uñas. Es probable, pero no vamos a darles pistas. En cualquier caso, lo más importante y lo que más me preocupa —añadió— es que Ane ya ha declarado ante la guardia civil. Y lo malo es que su declaración resulta enormemente creíble.

Miguel escuchaba sin decir palabra. Apenas habría dormido cuatro horas entre el sábado y el domingo. Llevaba dos días con la misma ropa y sin asearse. Las palabras de Mansa le caían encima como piedras sin saber cómo podía soportar tanto peso sobre su cuerpo y tanta presión sobre su cabeza.

—¿Y qué es lo que dice? —preguntó nervioso.

—Verás —comenzó el leguleyo—. La chica reconoce que bebió mucho aquella noche y también que ha estado de juerga contigo estos días en las fiestas junto con unas amigas suyas que se marcharon el día anterior.

Miguel asintió con la cabeza.

—Refiere que ayer se vino sola en su coche porque sus amigas se habían ido y que, a pesar de que ya había estado bebiendo bastante, solo recuerda haber estado contigo, puesto que eras la única persona que conocía por aquí, y cómo os montasteis los dos en su coche.

—Cierto también —dijo Miguel.

—Luego señala que paraste el coche, no sabe muy bien dónde porque no conoce el pueblo, y que a partir de ahí está todo borroso porque seguisteis bebiendo juntos whisky que había en el coche y que ella misma había traído de casa. Pero desde luego afirma que no consintió ninguna relación sexual, y prueba de ello es que fue objeto de violencia física; por lo que, a pesar de sus lagunas, Ane deduce, como deducirá todo el mundo, que se resistió y que no quería mantener relaciones sexuales. No solo las lesiones más graves dorsales y faciales lo acreditan. También hay hematomas de presión en la zona exterior e interior de los muslos y brazos que indican que fue sujetada con violencia.

—Pero no es cierto. No tuvimos relaciones sexuales y desde luego no la agredí ni la sujeté ni la golpeé en ningún momento y todo lo que hicimos fue consentido —contestó Miguel sintiéndose en medio de algo que estaba fuera de control.

—Entonces, debo entender —dijo el letrado— que del análisis biológico no puede resultar la existencia de semen que coincida con el tuyo.

—Bueno —contestó Miguel, que no dejaba de rememorar una y otra vez lo sucedido aquel fin de semana—. El día anterior sí tuvimos relaciones consentidas.

—Luego puede haber semen —afirmó Mansa abrumado por la confesión.

El abogado se mantuvo en silencio unos segundos intentando ordenar sus pensamientos y sus palabras.

—Bien, Miguel —dijo—. No puedo ocultarte lo serio de tu situación. Que Ane ha sido agredida sexualmente con violencia y sin consentimiento parece bastante acreditado. Y, en cuanto a la autoría, aunque ella refiere tener lagunas, todo te apunta a ti teniendo en cuenta únicamente las testificales. Luego llegarán las pruebas de ADN del vehículo donde es muy posible que aparezcan cabellos tuyos, a la vista de tus propias manifestaciones. Y finalmente las muestras vaginales y perianales darán cuenta de la existencia o no de semen siendo probable un resultado positivo en base a lo que tú me cuentas. —Mansa lo miró fijamente a través de sus gafas redondas—. Bueno —añadió—. Entonces decidimos negar los hechos, Miguel. Pero si los negamos surgen preguntas tales como quién la agredió y cuándo. Si hay un agresor que no eres tú, deberían hallarse semen o restos biológicos de otro varón. Quiero que entiendas lo mucho que arriesgas si luego las pruebas periciales no coinciden con tu versión. Piensa que tu semen está ahí y nada puede acreditar que esté ahí desde la noche anterior salvo que la propia Ane lo reconozca. Si no lo hace, el daño será irreparable. Nadie te creerá. Todo el mundo te dará por culpable. De ahí lo importante de lo que hagamos desde ahora.

—Solo reconoceré que estuve con ella en el coche y que nos enrollamos sin llegar a más —insistió Miguel—. Esa es la pura verdad.

—Está bien. —El letrado cogió aire para acabar de soltar las malas noticias—. Lo que tú digas. Por otra parte —añadió—, no sé quién es la tal Ane, pero ahí fuera hay un trío de abogados de Bilbao de Zúñiga Asociados que van a asumir la representación de la acusación particular. Vienen tres para acojonar y para ampliar la minuta, supongo, porque solo uno de ellos puede intervenir. Los otros dos serán pasantes que vienen de atrezo. Pero en estas condiciones no puedo mentirte —dijo Mansa a punto de cometer el sincericidio que había intentado evitar—. A su lado soy como un ratoncillo acechado por un águila. No sé si estoy a su altura. Solo puedo prometerte hacerlo lo mejor que me sea posible.

Miguel lo miró en ese momento por primera vez con cierta confianza. También por primera vez veía en su abogado a una persona y no a un hombrecillo disfrazado con un traje malo. Lo peor es que descubrir que era un chaval, como él, le hizo reparar en que Enrique Mansa estaba enormemente asustado, no tanto como él, pero era sin duda la segunda persona con más miedo que había en aquella comandancia.

—Podemos hacer dos cosas, Miguel —concluyó Enrique—. Salgo ahí fuera y digo que quieres cambiar de letrado y designar uno de tu libre elección. Hablo con tus padres y te recomiendo a alguno que haya llevado más casos como este. Esto puede cabrear a la jueza que lleva esperando ya dos días para tomarte declaración y que tendrá que volver a esperar a que llegue el nuevo abogado para hacerlo. La otra opción es que salgamos los dos al ruedo, que prestes declaración judicial y que digas la verdad de lo ocurrido, vamos, lo que me has contado a mí. En este caso te aconsejo que contestes solo a mis preguntas y no a las del fiscal ni a las de la acusación porque podrás declarar posteriormente cuantas veces quieras. De esta manera, minimizamos daños y avanzamos mientras esperamos el resultado de las pruebas biológicas. Entre tanto ya verás, o veremos, qué decisiones tomas.

A Miguel le pareció que estaba decidiendo entre tragar aguarrás o lejía. Ninguna de ellas tenía para él un final feliz. En cualquier caso, tenía su versión guardada en las tripas desde el sábado cuando lo detuvieron y se estaba convirtiendo en un engrudo venenoso que, como ácido puro, le estaba royendo el estómago.

Desde el sábado solo se había sentado donde le habían dicho; había caminado por donde le habían indicado; había escuchado las palabras de otros, oído las versiones de otros, seguido los consejos de otro. Había dormido donde le habían metido y comido lo que le habían servido. Nada había sido decisión suya. Nada fruto de su voluntad.

«Eso es lo que significa estar privado de libertad», pensó.

No se trataba solo de unos barrotes o de que no pudiera salir de un cuarto de hormigón gris pintado de verde. Era carecer de la capacidad de decidir nada más allá de respirar o dejar de hacerlo.

Le habían puesto entre todos una mordaza invisible pero efectiva de la que quería desprenderse como fuera. Necesitaba que sus padres conocieran los hechos de su propia boca y no por lo que les contara el resto.

Por lo demás, estaba en un estado de agotamiento mental tal que la idea de volver un rato al cuartucho de hormigón se le presentó como liberadora. Era señal de que quería acabar con aquello de una vez y ser conducido ante la jueza cualquiera que fuese el resultado.

—Vamos —le dijo a Enrique—. Acabemos con esto de una vez.

A Miguel lo condujeron dos guardias civiles hasta la sala de vistas. Literalmente lo sentaron en un banco haciendo fuerza sobre sus hombros.

Al fondo, no demasiado lejos dado lo reducido de la sala, se encontraba Enrique Mansa, que no dejaba de repasar los papeles con nerviosismo y de tomar apuntes en un folio aparte sin reparar en los demás allí presentes.

Miguel sí que lo hizo. La sala parecía un escenario con sus personajes, sin que supiera el papel que representaba cada uno. Frente a Mansa había una mujer ataviada con una toga con puntillas blancas en los puños que ni se dignaba a mirarlo. Tenía cerca los mismos tomos que Mansa, pero no los hojeaba. Lucía cierto aire de suficiencia y superioridad, como el de César en los juegos a punto de poner el pulgar hacia abajo.

A su lado, un hombre, también togado, entrado en años y en carnes, intentaba acomodarse en una de las viejas sillas aterciopeladas en la que, dada su envergadura, apenas entraban la mitad de sus posaderas. Se lo veía incómodo e impaciente mirando continuamente el reloj.

Por la puerta de enfrente entró una mujer también con toga y puntillas, no mucho mayor que Miguel. Enseguida la reconoció como la jueza, puesto que el oriundo letrado y Enrique se pusieron en pie y la saludaron con una reverencia de cabeza. La otra mujer no se inmutó y permaneció sentada en su silla, hierática como una esfinge egipcia, para terminar saludando a la jueza en silencio con un gesto de la cara y una leve sonrisa, como se saludan dos conocidos.

—Miguel Aresti Ortiz. ¿Es usted, verdad? —dijo por fin la jueza—. Aunque ya lo han hecho, voy a volver a advertirle de los derechos que le asisten. ¿Quiere ser visto por un forense?

Miguel no sabía qué contestar a aquello, por lo que miró a Enrique.

—¿Letrado? —preguntó la jueza dirigiéndose a Mansa.

—No, señoría, no es necesario —contestó Mansa recordando los arañazos.

—Bien, está siendo usted asistido por un letrado del turno de oficio según usted mismo ha decidido. Frente a él se encuentra la señora fiscal, representante del Ministerio Público, y, a su lado, la acusación particular que representa a la víctima. Debo informarlo a usted de que está detenido y se le imputa un delito de agresión sexual cometido con violencia, así como un delito de lesiones. En esta condición puede usted declarar o negarse a hacerlo, así como declarar o contestar solo a aquellas preguntas que usted considere.

—Por consejo de mi abogado solo contestaré a las preguntas que él me formule —dijo Miguel sacando un chorro de voz de las tripas.

—Bien —respondió la jueza con cierto gesto de indiferencia—. Pues proceda, letrado.

13

Septiembre de 1997

La noche olía a alquitrán y a calor. Solo se oía el ruido de algún coche que atravesaba fugaz la calle mientras los camareros de la cafetería del bajo retiraban no muy silenciosamente las sillas y mesas de la terraza. A las dos de la mañana y bajo la escasa luz del flexo, junto a la ventana abierta por la que apenas entraba un soplo de viento, Marta terminaba un proyecto de recurso en el que llevaba trabajando casi tres días, mañana, tarde y noche. Su supervisor se lo había echado para atrás considerando que era insuficiente y le había exigido que introdujera varios motivos de apelación que ella consideraba improsperables. Le habían dejado claro que daba igual lo que ella pensara y, de hecho, que daba igual si los motivos tenían o no futuro. Sometida al criterio de su supervisor no tenía otro remedio que obedecer e introducirlos. Claro que luego le cobrarían al cliente el recurso al peso. A más folios, más minuta, con independencia de su utilidad. Así era el sistema en el que había entrado.

Llevaba nueve meses trabajando para un bufete de Madrid con al menos otros veinte becarios como ella, dieciséis horas diarias, a veces más, a cambio de un sueldo miserable y de la posibilidad, lejana en el tiempo y muy incierta, de llegar a formar parte de este como empleada fija y finalmente como asociada. Nueve meses habían sido suficientes para odiar aquel trabajo.

Le encantaba el derecho, pero para ejercerlo como Atticus Finch en *Matar a un ruiseñor*. Aquella película la había marcado.

Cuando empezó la carrera quería estudiar Derecho para ponerlo en práctica en causas justas y humanas, como cuando Atticus defendió a Tom Robinson de una acusación falsa agravada por los prejuicios raciales. Desde que vio a Gregory Peck en aquella película en blanco y negro no pudo olvidar una frase pronunciada antes de un juicio: «Uno es valiente cuando, sabiendo que ha perdido ya antes de empezar, empieza a pesar de todo y sigue hasta el final pase lo que pase. Uno vence raras veces, pero alguna vez vence».

Eso era lo que le gustaba, la lucha ante el tribunal, la argumentación jurídica, pero en los estrados, no en los papeles.

En su lugar, se pasaba el día en la biblioteca buscando jurisprudencia en los Aranzadi. Apenas le habían dejado ir a dos juicios de faltas y un par de desahucios por impago. Cosas de poco interés económico para el bufete y sin riesgo de que pudiera pifiarla. El resto era todo trabajo de despacho elaborando informes y propuestas de demandas y recursos para lucimiento de los de arriba. Hasta el momento no había salvado a ningún inocente de un final injusto. Se sentía como una rata de biblioteca y ya lo había sido suficiente durante los cinco años de carrera. No era desde luego el futuro que había soñado.

Pero, por el momento, era lo que había y tenía que vivir de algo, y eso a pesar de su brillantísimo expediente. Cuando le ofrecieron el trabajo, al poco de licenciarse, no se lo pensó demasiado deseosa de ganar su dinero y no ser por más tiempo una carga económica para sus padres. En nueve meses de ejercicio había conseguido su soñado traje de chaqueta rojo que alternaba con otro azul marino. Pero lo de su BMW rojo era todavía una utopía que tendría que esperar. Apenas le daba el sueldo para compartir piso y gastos con una compañera en Madrid.

Sus años de carrera habían pasado demasiado rápido. Le daba la impresión de no haberlos disfrutado lo suficiente, autoexigiéndose, como siempre, más de lo necesario.

Durante cinco años poco más había hecho que estudiar. Alguna fiesta de la facultad, alguna de la residencia, pero, en general, poca diversión. De hombres nada. Alguna aventura intrascendente. Poco más.

Había rechazado a dos o tres pretendientes de la facultad. Uno le mandó un ramo de flores con una tarjeta donde ponía: «No sé lo que tienes, pero me retienes».

—Ja, ja —dijo su hermano—. A ese pobre le causas estreñimiento. ¡Menudo poeta!

Luego lo intentaron un par de ellos más, pero todos corrieron la misma suerte. No podía fiarse de ellos. En realidad, ninguno le había atraído lo suficiente como para dejarse llevar. Así que no había ninguna necesidad de meterse en empresas inútiles cuando había otras que merecían mucho más la pena y que la llevaban a puerto seguro.

Ahora, ya licenciada, vivía aún peor que de estudiante. Apenas si le quedaba tiempo para tomar de vez en cuando una caña con los compañeros. Del trabajo a casa a seguir trabajando y de casa al trabajo para más de lo mismo. Claro que allí todos estaban igual intentando realizar el informe perfecto, la demanda perfecta o el recurso perfecto que los distinguiera ante los de arriba del resto de sus compañeros.

Eran las cuatro de la mañana cuando apagó el ordenador y el flexo segura ya de que su escrito no podía mejorarse. Intentaría dormir hasta las siete. Luego a la carrera hasta el metro con su compañera de piso para estar, cinco paradas más tarde, en las oficinas, cerca de plaza de Castilla.

—Bien hecho —dijo el supervisor tras leer el recurso—. A esto me refería. Ningún argumento es desdeñable hasta que no es desdeñado por el juez. Créeme si te digo que me han aceptado motivos de recurso de lo más inverosímiles y en los que no tenía ninguna fe. Los jueces te sorprenden a veces, unas para bien y otras para mal.

Marta puso cara de satisfacción. A pesar de estar segura de que su trabajo era bueno no las tenía todas consigo y no quería pasar más horas con un tema que le había aburrido sobremanera.

—Tengo algo para ti —continuó mirándola fijamente—. No tenemos a nadie en Burgos y la oficina de Valladolid esta sobrepasada en este momento. Tú eres burgalesa, ¿no?

—Sí —contestó Marta algo sorprendida.

—Esto te llevará algún tiempo —dijo el supervisor—. Hay una residencia de ancianos que esperamos que sea un cliente fijo de la empresa. Tienen una interna declarada incapaz. Parece ser que la pensión no es suficiente para el pago de la residencia, pero que dispone de una casa y de tierras. La residencia ejerce de tutora y el director, que es un amigo, quiere promover la venta de esos bienes para satisfacer los gastos de esa mujer. Pero no tienen más que una dirección que les facilitaron los servicios sociales y carecen de documentación alguna. Así que tendrás que iniciar el procedimiento, pero antes deberás hacer acopio de la documentación necesaria en registros y catastros. Si sale bien no será el último encargo que nos hagan —la informó mirándola por encima de sus lentes—. Las residencias de ancianos son una fuente inagotable de clientes.

—Entonces ¿me voy a casa? —replicó Marta.

—Eso parece —contestó el superior—. ¡Qué suerte!, ¿no? —le dijo sonriendo mientras le entregaba un dosier con apenas cuatro papeles—. Si te vas mañana, mejor que pasado.

Marta salió del despacho contenta. La idea de volver a casa unos días y de estar con sus padres la seducía, pero por otra parte sabía que iba a trabajar y el trabajo de papelera y de chica de los recados no le agradaba nada. El encargo no le emocionaba en absoluto. Si se lo habían dado sería porque no era fácil ni cómodo. Una cosa era plantear un procedimiento de jurisdicción voluntaria para la venta de un inmueble de un incapaz, cosa muy simple por otra parte, y otra muy distinta era ir también a buscar el inmueble, las escrituras, si es que existían, y toda la documentación necesaria. Según lo analizaba al otro lado de la puerta del despacho del que acababa de salir, le parecía cada vez peor. Tuvo la tentación de entrar de nuevo, arrojarle el dosier a aquel acomodado abogado y decirle: ¡Hazlo tú si quieres, capullo! Pero su natural prudencia y su carácter reflexivo se lo impidieron.

«Siempre puedo hacerlo mañana», se dijo mientras se imaginaba entrando de verdad en el despacho y sacándole un dedo al hombre que llevaba nueve meses aprovechándose de su trabajo. Tendría que ensayarlo porque de repente y sin preparación previa no sabría ni qué dedo tenía que sacar.

En su lugar se fue a casa e hizo, obedientemente, una maleta para tres o cuatro días. Tenía muchas ganas de ver a su hermano que, siguiendo sus pasos, estaba ya en cuarto de Derecho. Desde que vivía en Madrid apenas había ido dos fines de semana a casa. Hubiera ido más si no fuera por el trabajo que la tenía siempre atrapada. Atrapada por un sueldo miserable en un puesto insatisfactorio. Se acordaba de Paul Newman en *Veredicto final*.

La justicia no podía ser así solo para el cine. Tenía que haber una justicia igual en la vida real, una Justicia, con mayúsculas, en la que ella pudiera participar en un papel protagonista. Para eso había estudiado. Para ser una de los protagonistas, una de esos abogados que ponen todos sus conocimientos, todo su esfuerzo, en buscar la verdad y defender lo justo a pesar o en contra de lo que sea.

Finalmente, llamó a su madre para avisarla de que iba. Revisó su maleta. Metió el dosier en el bolso interior. Al día siguiente cogería el primer autobús. De nuevo no sería Atticus Finch, sino una becaria con un traje malo camino de Burgos, en un autobús, que iba a vender la casa de alguien, si es que encontraba la casa.

14

—Creo que está llorando.

—Deja que vaya la chica. Necesitas descansar un poco —contestó Iker mientras se giraba hacia el otro lado de la cama.

—Da igual, ya me he despertado —dijo Ane al tiempo que se levantaba y se echaba encima una bata. Cuando llegó a la habitación de su bebé de cuatro meses la cuidadora ya lo tenía en brazos.

—No se preocupe —le dijo—. Está bien. Será algún dolorcillo en la tripa.

—¿Le has mirado la temperatura? —preguntó Ane mientras le tocaba la frente.

—No creo que haga falta. El niño está fresquito. No parece que tenga fiebre.

—Bueno, déjame a mí —dijo Ane mientras reclamaba con los brazos a su hijo—. Vuelve a la cama. Yo me ocupo.

La enfermera lo hizo sin rechistar. Eran las tres de la mañana y agradecía poder volver a la cama. Además, conocía de sobra a Ane y su carácter, y era mejor no discutir con ella ni oponerse a sus indicaciones. Si continuaban así, el chaval seguiría llorando cada vez que quisiera atenciones hasta que fuera a la facultad. Pero qué más le daba a ella. Total, le pagarían igual.

Ane cogió a Ander en brazos y comenzó a acunarlo con amor. El llanto ya había cesado, pero ella continuaba dándole un leve masaje en la barriga por si le dolía.

Tenía los ojos abiertos como platos y no parecía que tuviera intención de dormirse fácilmente. Había conseguido la atención de su madre y no estaba dispuesto a perderla tan rápido.

Ane fue al salón y encendió una pequeña luz mientras contemplaba embelesada a su bebé y lo mecía. Nunca había visto nada tan maravilloso y tan frágil.

Hacía ya cuatro años que se había casado con Iker y le había costado mucho quedarse embarazada. Llegó a pensar que nunca lo conseguirían. Eso hubiera sido una terrible decepción, en especial para su padre, que esperaba tener un nieto para convertirlo en el siguiente Jon Celaya. Ane era la encargada de darle un sucesor. Prácticamente esa había sido la única obligación de su vida. Nada más que aquello le había pedido su padre.

Pero Ander también era la constatación de que se había recuperado y de que podía seguir con su vida a pesar de todo lo que pasó, después de aquello... Sentía que con él había retomado su camino, aunque seguramente nunca volvería a ser la que fue.

Le habían insistido en mirar al futuro y Ander era el futuro. Ahora se debía a él.

Caminaba por el salón abstraída mientras el pequeño iba cerrando los ojos. En su paseo por la habitación se detuvo ante las múltiples fotografías de Iker y de ella dispersadas por las paredes. Eran como un resumen gráfico de su vida.

Allí estaba ella con sus amigas, en Andorra, con aquel mono de esquí rojo que tanto le gustaba y que le sentaba tan bien. ¡Qué sonrisa tenía! En aquel momento se sentía poderosa.

Tenía el mundo a sus pies. Claro que ese viaje con amigas fue antes de aquello... Siguió revisando fotos recordando inconscientemente los momentos en que fueron tomadas.

En otras se veía a Iker y a ella en Nueva York, en las Maldivas, en Italia, en mil lugares. Recordaba perfectamente cómo se sintió en cada uno de ellos en el mismo instante en que las fotografías fueron tomadas. Se veía tan guapa y tan joven, tan segura en su mundo perfecto... Claro que esas fotos eran de antes de aquello... Ahora a punto de cumplir los treinta se sentía tan mayor...

Ander se había dormido, pero ella seguía meciéndolo sin descanso. Se miró en el espejo. Escudriñó su rostro en busca de arrugas inexistentes. Su cara era la misma que la de aquellas fotos, pero ella sabía que no era la misma mujer.

Al otro lado del salón, las fotos de la boda. Llevaba un precioso vestido que había diseñado especialmente para ella Oiartzabal, una amiga de la familia, y que no sabía ni lo que había costado porque no lo preguntó. Se miró en aquella foto junto a Iker, tan elegante con su chaqué, tan radiante.

Ella no se veía así. Comparó la sonrisa del día de su boda con la que tenía en las fotos anteriores. No era la misma. No era la suya. Sabía cuál era su sonrisa, la que tenía cuando era feliz. Y aquella no era su sonrisa de felicidad. ¿Dónde estaba? Claro que se casó después de aquello...

Casarse fue una huida hacia delante. Una forma de intentar dejar todo en el pasado.

Antes, casarse con Iker era su mayor deseo. Después, todo había cambiado. Simplemente se dejaba llevar y hacía lo que le decían sus padres, Iker, sus amigas... Todos la aconsejaron que siguiera con sus planes, que no se dejara vencer. Para algo era una Celaya. Era indestructible.

Poco a poco había conseguido sonreír como mostraban aquellas fotos, pero solo ella veía la diferencia entre quien había sido y quien era ahora. Con frecuencia volvía con la memoria a aquella fría habitación de hospital. A veces se despertaba sobresaltada y se tocaba la cara recordando la imagen del espejo. Entonces se levantaba y se miraba de nuevo en el espejo del baño. Su cara estaba bien. Ninguna señal quedaba de lo ocurrido. Ninguna que pudiera reflejarse en un espejo. Iker insistió en que los psicólogos no eran más que unos charlatanes que no hacían otra cosa que mantener los malos recuerdos a flote. Y su padre consideraba que solo la harían sentirse enferma y desgraciada, y su hija no estaba enferma. Ambos se encargarían de cuidarla y de hacerle olvidar mirando al futuro para borrar de su cabeza lo ocurrido.

—Cuanto antes pases página, mejor —decía su padre.

—Aquí estoy yo, Ane —añadía Iker.

Sin embargo, Ane seguía recordando, y ello a pesar del tiempo transcurrido y a pesar de que, de cara a todos, ella había pasado página y era feliz. Aquel era un tema del que, simplemente, no se hablaba.

Pero en su interior seguía vivo, dolorosamente vivo y presente. Nada hubiera ocurrido si no hubiera sido una chica estúpida..., si no hubiera bebido tanto..., si no hubiera ido en busca de aquel chico cuando tenía a Iker que la adoraba..., si no le hubiera dado las llaves de su coche..., si no lo hubiera provocado..., si hubiera actuado de otra manera..., aquello no habría pasado. Alguien le dijo en cierta ocasión, no recordaba quién, poco antes del juicio, que no se sintiera culpable, que ella era la víctima y no la responsable. Que ninguna conducta que ella hubiera podido tener justificaba la violencia. Ninguna.

Después de seis años creía estar casi convencida de ello, pero no podía dejar de pensar que con su forma de ser se había metido en la boca del lobo.

El lobo... El lobo que debía estar pudriéndose en la cárcel... De eso ya se habían encargado su padre y sus abogados. Según todos ellos, aquella era la mejor terapia para ella, saberlo encerrado. Solo ella sabía que eso no era suficiente.

La memoria era cruel y en ocasiones la torturaba con recuerdos.

Se había acostado con él la noche anterior a la agresión. Se había acostado con su violador. Quizá le dio a entender que ella quería... Cómo podía haber sido tan estúpida. Cómo podía haberlo hecho. Cómo podía haberle hecho eso a Iker.

Claro que el pobre Iker no lo sabría nunca. Para qué decírselo. Qué arreglaría con decírselo. Era mejor ocultarlo para no causar más daño a su padre y a su marido. Bastante había sufrido ella. Bastante había llorado como para reconocer además aquella estupidez. Qué pensarían de ella los que más la querían y la habían apoyado.

Recordó cuando lo negó ante a sus abogados. Cuando lo negó ante la fiscal, cuando lo negó ante el juez, y luego ante el tribunal... Ella no se había acostado con él nunca de forma voluntaria. Tampoco la noche anterior.

Ella no había hecho nada. Se lo habían hecho a ella. A ella no la iban a juzgar. Nadie la juzgaría. Ella era la víctima. Haber sido una estúpida no era delito. Aquella negación era necesaria y no cambiaba la realidad de las cosas. No cambia el hecho de que la habían violado. Aquel hombre, aquel animal, aquella noche...

Se dio cuenta entonces de que se aferraba a su hijo con demasiada fuerza, como un náufrago a un salvavidas. Aflojó los brazos y le acarició la cara regordeta y suave.

Ander era su salvación. Ahora tenía alguien por quien vivir, por quien intentar ser feliz. Tenía una razón para recomponer sus pedazos. Ahora era madre. El niño dormía plácidamente hacía ya un rato, pero Ane disfrutaba del calor de su cuerpecito contra el suyo.

Le costó decidirse entre llevárselo a la cama con ellos o dejarlo en su habitación, pero al final optó por lo segundo. Sabía que Iker la reñiría. Le había repetido mil veces que el niño debía acostumbrarse a dormir en su habitación, en su cuna. Aun sabiendo que era verdad mil veces había hecho lo contrario. Ellos no la entendían. Aquella vida era más suya que de nadie. Pero finalmente claudicó de sí misma y de sus deseos y lo depositó con cuidado sobre su cuna.

Iker volaba a Londres por la mañana y quería dejarle descansar. Tras asegurarse de que el aparato que captaba el sonido estuviera en funcionamiento, por si volvía a llorar, se dirigió a su habitación.

—¿Todo bien? —preguntó Iker seguro de la respuesta.

—Sí. Todo bien —contestó Ane arropándose con el edredón.

—Estupendo. Pues vamos a ver si dormimos un rato —dijo Iker mientras abrazaba a su mujer con ternura y le pasaba una pierna por encima de las suyas. Afuera llovía copiosamente. Ane sintió el cuerpo de su marido junto al suyo. Había tardado mucho tiempo después de aquello en aceptar su proximidad física. Mucho más aún en tener sexo de nuevo con él.

«Pobre Iker», pensó recordando otra vez lo acontecido.

Con enorme paciencia él la había acompañado en todo momento desde que la viera deshecha en la cama de aquel hospital de Burgos. No se había despegado de ella, y eso a pesar de que no le dejaba tocarla, ni siquiera soportaba que le diera la mano.

Ahora la tenía abrazada y tenían un hijo. Quizá era momento de olvidar. Si pudiera…

Agotada, se durmió entre los brazos de Iker arrullada por la incesante lluvia.

15

—Ya he llegado, mamá —anunció Marta desde una cabina telefónica apostada fuera de la estación de autobuses—. Voy a hacer una gestión de trabajo para no perder la mañana y luego voy a casa… Sí, mamá, me voy con la maleta. No pasa nada.

Marta, que había cogido el autobús de las siete, se había puesto su traje azul que le hacía parecer, por su juventud, más una azafata de congresos que una abogada.

La noche anterior, después de sacar el billete para Burgos, llamó al contacto que le había facilitado su supervisor para concertar una entrevista con el director de la residencia.

Así que llegada a Burgos se dirigió a la residencia, potencial cliente del bufete. Le pareció buena idea ir andando, ya que llevaba casi tres horas sentada en el autobús y tenía tiempo. A mitad de camino se arrepintió de haberse puesto también sus zapatos de salón. El consuelo fue haberse ahorrado el taxi porque era fin de mes y no andaba boyante de dinero.

En su despacho la recibió el director. No le extrañó que fuera amigo de su jefe. La misma pinta de maduro prepotente y acomodado.

—Hombre —le dijo—. Antonio me ha hablado muy bien de ti. Nos interesa que esto se solucione cuanto antes.

«Como siempre metiendo prisa», pensó Marta.

Luego el director sin más preámbulos le contó los pormenores.

—Verás, esta mujer lleva aquí dos años. Está incapacitada y la residencia ostenta la tutela, lo que supone ya un coste para nosotros. Su marido, que debía de ser su único apoyo, murió de repente y por eso la trajeron aquí. Debe de tener una hija o un hijo, ahora no recuerdo. Eso constará en el expediente. Pero en dos años no ha aparecido y creo recordar que tampoco apareció nadie en el juicio de incapacidad, por lo que nos nombraron tutores casi sin pedirlo. Hasta ahora hemos tirado de su pensión de viudedad y de sus ahorros porque la pensión no daba para pagar la cuota mensual. Pero su cuenta está casi en números rojos. A pesar de las dificultades para hablar con ella, porque vive como en su mundo, en momentos de lucidez dice tener un piso y tierras en un pueblo, no recuerdo ahora cómo se llama. Necesitamos venderlas. Para que pague la cuota. Bueno, y por el bien de la incapaz —añadió—. Además, del juzgado nos acaban de reclamar la elaboración de un inventario que debimos haber hecho cuando asumimos la tutela. Así que eso también está pendiente.

—¿Tenemos algún documento? —preguntó Marta impaciente viendo la que se le venía encima.

—Pocos, me temo. Si te refieres a escrituras y demás, aquí nada.

«Y a qué me voy a referir», pensó Marta para sus adentros.

—Ahora pido el expediente para que te lo lleves. En él consta la dirección del domicilio desde el que la trajeron los de servicios sociales y también la documentación del juicio de incapacidad de la que algo sacarás en claro, digo yo. Entre sus enseres personales hay un llavero, suponemos que del piso que se corresponde con esa dirección.

—Bien —dijo Marta—. Pues en cuanto me lo deis me pongo con ello.

Viendo que prácticamente estaba embarcada en la búsqueda de un tesoro, y para que el tiempo que fuese a tardar no lo achacasen a su incompetencia, no se resistió a advertir a aquel hombre de la dificultad del asunto.

—Verá, a la dificultad añadida de la carencia de documentación que me obligará a ir a los registros para ver quién es el titular registral del referido domicilio y localizar en su caso la notaría que expidió las escrituras que habrá que entregarle a un posible comprador, se une el hecho de que tenga algún pariente que pueda ser cotitular de la vivienda. Eso me obliga a localizarlo y hablar, o incluso negociar con él, la posible venta del piso o la compra de la parte de la incapaz. Lo que le quiero decir es que esto nos llevará algún tiempo. Ello amén de que hay que tasar el bien, etcétera.

—Vaya —respondió el director.

—Sí, vaya —repitió Marta—. En cualquier caso, aún no he visto el expediente. Cuando lo lea y lo estudie podré decirle algo más.

—Muy bien —concluyó el director levantándose de la silla—. Ahora ordeno que te lo entreguen.

—¿Podría ver a la señora? —preguntó Marta—. Quizá pueda darme algún dato o alguna información de interés. ¿Le parece?

—Sí, claro —contestó el director—. Mando a algún auxiliar que te acompañe, aunque ya te digo que es muy difícil sacarle una palabra. No sé cuál es su patología. Constará en el expediente.

«Sí, claro. Tú ordena, ordena —pensó Marta para sus adentros—. Este es bobo».

En cinco minutos reapareció el director por la puerta del despacho con un expediente tan fino que a Marta le entraron escalofríos.

—Te hemos hecho fotocopia de todo lo que tenemos.

—Que no es mucho —exclamó Marta—, por lo que veo.

Luego el hombre se dirigió a una muchacha que le seguía por detrás con bata de trabajo.

—Sonia te acompañará a su habitación. Si eres capaz de sacarle algo es que estas cuidadoras que tengo contratadas no valen para nada —añadió riéndose casi a carcajadas.

Marta miró a la chica con cara de circunstancias. Ambas coincidieron en el gesto de desaprobación, pero el hombre ni se percató de ello. Las dos mujeres salieron por la puerta del despacho sin decir ni una palabra.

De camino a la habitación Sonia la puso en antecedentes.

—Antonia es una mujer encantadora que no da ninguna guerra. Nunca protesta por nada. Todo le parece bien. Es limpia y ordenada. Pero es cierto que vive en su mundo. Apenas habla con nadie. No tiene amigas ni las quiere. Se sienta en una silla y es capaz de pasarse en ella toda la tarde mirando a través de la ventana. A fuerza de cariño y de paciencia, algunas de nosotras hemos conseguido mantener alguna conversación. Nos habla de su marido, de su casa, de la iglesia... Poca cosa. Pero luego se pone muy triste y llora. Así que no sabemos si es mejor dejarla en el mundo lejano en el que vive ella sola. Una pena, la verdad. Es como si estuviera consumida por la tristeza.

Sonia abrió la puerta de la habitación. Una mujer correctamente vestida y aseada, de unos setenta años, estaba sentada en una silla mirando al patio exterior lleno de árboles.

—Hola, Antonia —le dijo Sonia mientras le acariciaba cariñosamente la mejilla—. Te traigo una visita.

Antonia se giró hacia ambas mujeres con cierto sobresalto, seguramente sorprendida dadas las pocas visitas recibidas en los dos años que llevaba allí. Su cara se tornó pura desilusión al ver a una visitante que no reconocía.

Marta le pidió a Sonia que se quedara por si pudiera ayudarla.

—Buenos días, Antonia —dijo Marta sentándose en la cama a falta de otras sillas en la habitación—. Quiero que sepa que, aunque no me conoce, estoy aquí para ayudarla en lo que pueda. Verá, me ha contratado la residencia para encargarme de sus bienes, que pueden estar deteriorándose o desatendidos, y a lo mejor es conveniente hacer alguna gestión, ya veremos cuál, para administrarlos y que pueda usted seguir siendo atendida como es debido. Por favor, considéreme una amiga.

Antonia la miró con cara de extrañeza. No esperaba ninguna visita, pero menos una como esa y de alguien que se presentara como una amiga.

—Yo no tengo amigas —soltó de repente la mujer para sorpresa de la propia Sonia.

—Perdóneme, Antonia —dijo entonces Marta—. No tengo derecho a presentarme así cuando ni siquiera sabe mi nombre. Me llamo Marta y si quiere puede considerarme como una persona a su servicio que está aquí para ayudarla. Lamento avasallarla a preguntas y si este no es un buen día me lo dice y ya vuelvo otro, pero me ayudaría tener alguna información sobre su casa o sobre otros bienes que tenga para poder encargarme de ellos y ver en qué situación están. No queremos que se devalúen.

Antonia se giró de nuevo para mirar al patio exterior.

—Hoy no es un buen día —contestó firmemente la mujer dejando a sus interlocutoras pasmadas.

Marta miró a Sonia y esta se encogió de hombros como diciendo que no había nada que hacer, así que Marta claudicó y se levantó.

—Bueno, Antonia, otro día entonces, y perdone la invasión. Buenos días.

Marta y Sonia salieron de la habitación.

—No sé qué diagnóstico tiene esta mujer para estar incapacitada, pero desde luego lo poco que ha dicho ha sido claro y tajante.

Sonia volvió a encogerse de hombros y acompañó a Marta hasta la puerta.

Ya eran las doce y media cuando salió de la residencia. Estuvo tentada de coger un taxi, pero prefirió destinar el dinero a un pincho de tortilla con una cañita. La mañana estaba soleada y, a pesar de la fecha, el septiembre burgalés a veces regalaba días como aquel. Por eso decidió concederse veinte minutos en una terraza y devoró la tortilla, que le supo a gloria bendita. Sentada en aquella terraza de la plaza Mayor desconectó del mundo mientras admiraba una vez más los capiteles de la catedral que sobresalían majestuosos sobre los tejados de las casas. Allí sentada con su pincho y su caña se sintió la mujer más rica del mundo.

El reloj marcaba la una y cuarto cuando decidió levantarse para dirigirse a casa. Diez minutos más tarde la recibía su padre, quien la esperaba en la puerta del portal para darle un achuchón.

—Vamos a tomar algo, hija —dijo su padre.

—Acabo de tomar una caña, papá. Mamá se va a enfadar si no subo.

Su padre llamó al telefonillo.

—Mari Tere, me voy a invitar a la niña al vermut. ¿Bajas?

—No, que no estoy vestida —contestó una voz al otro lado—. Pero no tardéis.

Media hora más tarde estaban los cuatro a la mesa como si el tiempo no hubiera pasado. Como si Marta y su hermano acabaran de volver del colegio a la hora de comer. La comida se alargó bastante. Había que ponerse al día.

—¿Cuánto vas a quedarte? —preguntó Mari Tere impaciente temiendo que el tiempo con su hija se le pasase demasiado rápido.

—No lo sé, mamá. Quizá toda la semana.

Cuando todos se retiraron a la siesta, costumbre ancestral en la familia, Marta, impaciente, fue a su habitación a echar un primer vistazo al expediente. Empezó por el procedimiento judicial de incapacitación. Quizá le diera alguna pista de por dónde empezar a trabajar.

> Nombre de la demandada: Antonia Ortiz Barcina.
> Parientes más próximos: Miguel Aresti Ortiz, hijo.

Marta se incorporó en la cama en la que estaba semirrecostada. Inconscientemente cerró el expediente de un golpe y lo arrojó al suelo como si las palabras en él escritas pudieran arañarla, como si le quemaran las manos. Lo miró en la distancia temerosa de recogerlo y volver a leerlo. Era imposible. Lo habría leído mal. Seguro que era una broma de su subconsciente.

Finalmente lo recogió y lo mantuvo tan lejos como su brazo lo permitía. Se acercó a la ventana en busca de la luz vespertina. Se puso las gafas. Leyó de nuevo la hoja.

> Nombre de la demandada: Antonia Ortiz Barcina.
> Parientes más próximos: Miguel Aresti Ortiz, hijo.

Era como si un fantasma hubiese venido desde el otro mundo a visitarla a su habitación. Un fantasma del pasado, un mal recuerdo semienterrado en su memoria que aquella hoja de papel había sacado a relucir.

16

—Miguel —dijo el director de la prisión—. Me han dicho que se niega a recibir a una abogada.

Miguel, sentado al otro lado de la mesa del despacho del director, se había preguntado todo el día anterior cuál sería el motivo por el que el director quería verlo. Ahora lo sabía.

—Bueno —contestó—. Mi relación con esa raza no ha sido muy pacífica hasta el momento. No tengo ningún interés en recibir a ninguno.

Carcedo, el director del centro penitenciario, tenía cierta debilidad por Miguel. No era un interno al uso. Había terminado la carrera de Ingeniería estando en libertad provisional. Era un hombre culto que le despertaba curiosidad por su talante reservado. Nunca había dado un problema. Nunca se había levantado un parte contra él. Era a ese respecto un preso modelo.

Además, había desarrollado en el centro penitenciario un interés por la música y, sabiendo que no le permitirían tener un instrumento propio, había propuesto y solicitado a la dirección la creación de un aula de música que ya llevaba seis meses en funcionamiento dotada con instrumentos donados y clases presenciales. Esta iniciativa había sido bien acogida desde la dirección de Madrid y le había dado puntos al director frente a sus superiores.

Sin embargo, Carcedo era consciente del delito por el que Miguel estaba allí cumpliendo una pena de doce años, y eso, junto con las obligaciones de su cargo, le imponían mantener las distancias, más si cabe que los funcionarios de prisiones acostumbrados a un trato más personal con los internos.

—En esa raza —contestó Carcedo—, como en todas, existen buenos y malos especímenes. En este caso creo sinceramente, Miguel, que debería hacer una excepción. He tenido la ocasión de conocer a la letrada y creo que le conviene recibirla.

Miguel lo miró ladeando la cabeza.

—Se ha tomado la molestia de venir a verme para explicarme la situación dado que usted no le ha permitido que viniera ni le ha dado la oportunidad de explicarse.

—No creo que haya mucho que explicar —replicó Miguel—. Lo mío es caso cerrado y…

El director lo interrumpió.

—Es que no se trata de ti —contestó Carcedo tuteando esta vez a Miguel para ser más directo—, sino de tu madre. Pero como te niegas a escuchar pues ha tenido que venir en persona a explicármelo a mí para ver si yo conseguía hacerte entrar en razón.

—¿Le pasa algo a mi madre? —preguntó sobresaltado.

—Está bien de salud, según me ha comentado la letrada —respondió Carcedo en tono tranquilizador—. Pero parece ser que la residencia que ejerce su tutela quiere poner en orden sus propiedades, hacer un inventario y gestionarlas adecuadamente como es su obligación. Para ello, y según me dijo, convenía hablar contigo al ser tú su pariente más próximo.

Miguel, que había respirado aliviado tras saber que su madre estaba bien, trataba de asimilar la información que le transmitía Carcedo.

—¿Y dice que es una letrada? —preguntó Miguel.

—Sí —contestó el director del centro—. Muy jovencita, pero, la verdad, me ha dado muy buena impresión. Una persona muy decidida. Otra en su lugar no hubiera venido a hablar conmigo y hubiera pasado de ti directamente. Esta gente de los grandes bufetes de Madrid no está para perder el tiempo con cabezonadas.

El director miró a Miguel directamente mientras se recolocaba la corbata y se levantó poniendo fin a la reunión.

—¿Qué dice entonces? ¿La dejamos venir?

—Qué remedio —dijo Miguel encogiéndose de hombros mientras se dirigía hacia la puerta del despacho. Antes de salir y de cerrar la puerta se volvió reclamando la atención de Carcedo—. Gracias.

Carcedo asintió con la cabeza.

De camino al patio, acompañado de un funcionario, Miguel no estuvo muy hablador. No era lo habitual, porque los funcionarios de prisiones tenían un discurso distendido y relajado con él dado su comportamiento.

—¿Todo bien, Miguel? —preguntó el funcionario—. ¿Hay algún problema?

—Todo bien —respondió Miguel—. Solo que parece que tendré una visita que no me atrae mucho.

Llegados al patio, Miguel se dirigió a la cafetería a tomar un café en solitario. El recuerdo de su madre había perturbado su mente habitualmente ordenada. Había conseguido con el tiempo tener un control de sus pensamientos para gestionar así mismo sus frustraciones e intentar no volverse loco. Tenía treinta y un años en este momento. Llevaba cuatro cumpliendo condena y le quedaban otros ocho, con lo que saldría con treinta y nueve, igual un poco antes con la condicional. Necesitaba no enloquecer porque tenía que salir de allí y seguir viviendo. Para ello necesitaba no perder la razón, y en ocasiones había estado a punto de hacerlo. Pensar en lo ocurrido no lo llevaba a ninguna parte más allá de la locura y el hundimiento mental. Él no se hundiría.

No se relacionaba demasiado con el resto de los internos porque no le interesaba cultivar amistades allí. Cuanto menos lo conocieran, mejor. Pero a pesar de ello mantenía un trato correcto, aunque solitario. Los presos lo respetaban porque no daba problemas. A varios los había ayudado con sus estudios básicos, y la creación del aula de música lo hizo muy popular porque había conseguido que se organizara algún concierto y ya había algún compañero que insitía en crear la banda de rock de la prisión y en grabar un disco.

Miguel trabajaba en solitario. Se había agenciado un bajo y disfrutaba aprendiendo a tocarlo. Siempre le habían gustado la música instrumental y el jazz, y pasaba las horas vacías en aquella aula que sentía un poco como suya.

Pero hoy el recuerdo de su madre lo había alterado. La última vez que la vio fue después del juicio, antes de entrar en prisión. El recurso de apelación no impidió su entrada dada la pena a la que había sido condenado. Le dijeron que era por el riesgo de fuga, aunque él no pretendía irse a ninguna parte.

La imagen que Miguel tenía de su madre guardada en el corazón era la de una mujer que había perdido toda su belleza, consumida por la tristeza. La pérdida de peso era evidente y sus ojos azules resultaban enormes en medio de un rostro absorbido por el dolor. Su padre mantenía algo mejor la compostura, aunque las ojeras le llegaban a la altura de la mandíbula. Les había prohibido a sus padres ir a visitarlo. No quería que la imagen que tuvieran de su hijo fuera detrás de unas rejas.

Como les prometió, les mandaba dos cartas semanales contándoles lo que hacía y que estaba bien, minimizando la soledad que soportaba y el impacto mental que suponía para él estar allí. Les contaba sus planes de futuro y los consolaba diciéndoles que después de aquello le quedaba toda una vida por delante para resarcirlos de todo.

El gran palo había llegado hacía dos años con la muerte de su padre. Ni siquiera pidió permiso para acudir al funeral. No quería que nadie lo viese. No quería avergonzar a su madre y prefirió hacerle pasar el trago de vivir aquello sin su presencia, acompañada eso sí de parte de su familia y de los amigos de Miguel que seguían siendo fieles a su amistad y no la habían descuidado en todo aquel tiempo.

Sus padres esquilmaron gran parte de sus ahorros en los gastos jurídicos de la apelación para contratar a un abogado que les habían recomendado por ser casi infalible. Infalible fue solo a la hora de vaciar la cuenta corriente de sus padres.

Su padre era un hombre fuerte y de lágrima difícil que en ningún momento vaciló a la hora de defender a su hijo, del que se sentía enormemente orgulloso. Siempre había trabajado duro en el campo y se mantenía en forma. Pero el día que conoció el resultado de la apelación se fue a la huerta que tanto había cuidado para su hijo, porque era la herencia de su madre, cogió un hacha y taló uno a uno los cerezos a los que había dedicado tantos cuidados.

Aquella fue su forma de gritar, descargando hachazos contra los indefensos y mudos troncos. Así que taló los cerezos. Solo uno de los árboles se libró de la pena de muerte al llegarle la muerte a su padre. Lo encontraron muerto con el hacha a su vera. Había fallecido de un infarto junto al único cerezo indemne.

La noticia le impactó tanto que Miguel estuvo días sin hablar y sin salir de la celda, nada más que cuando era obligatorio. Tenía que buscar la manera de que aquello no lo matara a él. En parte se sentía responsable de la muerte de su padre y de la situación de su madre, que ahora estaba sola con su dolor. Debía apartar ese sentimiento de su cabeza porque culpable o no de todo aquello tenía la imperiosa necesidad de sobrevivir.

Sus amigos, especialmente Óscar, estuvieron a la altura. Ellos gestionaron la pensión de viudedad de su madre y se pusieron en contacto con los servicios sociales, porque, dado su estado, como ajeno a la realidad, se hubiera dejado morir si hubiese vivido sola.

De ahí su ingreso en la residencia a la que Miguel seguía mandando dos cartas semanales de las que nunca obtenía respuesta.

Óscar lo visitaba siempre que podía, pero ya tenía dos niños y cada vez se le hacía más cuesta arriba ir a Burgos desde Amurrio, donde vivía.

Miguel le pidió que no perdiera el tiempo con él y que, si iba a Burgos, fuera a visitar a su madre. A pesar de ello, Óscar, cada vez que iba, se las apañaba para hacer la doble visita.

También le escribían algunos de sus amigos que habían asistido a los juicios y estado pendientes de él en todo momento. Ellos eran su único vínculo con la libertad y con su vida pasada, la que debería estar viviendo.

Quizá, pensó finalmente, no fuera tan malo al fin y al cabo recibir a la abogada esa. Al menos le daría información sobre su madre y se la exigiría cada vez que tuviera que hablar con ella para cualquier gestión.

Pensó en escribir una carta extra a su madre aquella semana y entregársela a la letrada.

Recordó entonces a Enrique Mansa, el abogado inexperto del turno de oficio con su traje grande y su cartera de cuero nueva y poco desgastada.

Se imaginó algo así, pero en mujer. Mucho peor aún. Su relación con la raza jurídica había sido malísima, pero su relación con las mujeres era nefasta. De hecho, estaba allí por una mujer. Por su relación absurda y efímera con una mujer que apenas conocía y que no significó nada para él, solo sexo vacío y frío.

Así que «letrada» y «mujer» eran los dos peores atributos que podían acompañar a un ser humano.

Sorbió lo poco que le quedaba de su café y fue a la biblioteca a escribir. Allí volvió a pensar en la joven abogada. Sería una novedad. Las mujeres no eran muy abundantes en el centro penitenciario. Eran pocas las funcionarias de prisiones, y las psicólogas eran otra raza con la que no había querido tener relación. Solo pretendían convencerlo y hacerle arrepentirse del daño que había hecho. Pero él solo había hecho lo que ella quería, es más, en lo que ella insistía. Aunque decirle eso a las psicólogas era como cavar su tumba. Lo aprendió tras su primera evaluación.

«Miguel, así no vamos a avanzar», le dijeron. Desde entonces las escuchaba, pero no colaboraba demasiado con ellas.

Sabía que aquello afectaba a sus permisos, aunque tampoco los deseaba ni los pedía. Saborear por unos días la libertad perdida podía destruirlo y no había nadie afuera a quien quisiera ver más que a su madre. Eso lo haría cuando fuese libre de nuevo y no tuviera nada de lo que avergonzarse. Cuando pudiera mirar a la cara a cualquiera y decirle:

—Soy Miguel Aresti Ortiz, un hombre libre.

Volvió a imaginar a la abogada. Sería alguna flacucha resabida, que le hablaría mirándolo con conmiseración y sobrada de sí misma. Al fin y al cabo, ella era letrada y estaba hablando con un delincuente, y de los malos. Lo miraría por encima del hombro y usaría legalismos y latinismos incomprensibles. No soportaba que le hicieran de menos de esa manera. Durante los años anteriores había tenido que aprender a vivir sometido a reglas y por personas que no eran mejores que él, pero que se creían mejores que él.

Volvió a recordar a Enrique Mansa.

«Ponle una falda, el pelo largo y será algo así», pensó.

17

Marta llegó temprano a la prisión y se acomodó como pudo en el locutorio. Ordenó sus papeles y sus ideas con la intención de dirigir la conversación y limitarla exclusivamente a lo que la había llevado allí para acabar lo antes posible. Le había costado conciliar el sueño el día anterior. La idea de ver a Miguel la perturbaba. Cierto era que habían pasado seis años desde la última vez que lo vio, cuando unos guardias civiles lo escoltaban esposado hasta un furgón oficial.

Al día siguiente de la detención había acompañado a su padre a la puerta del cuartel de la Guardia Civil en Briviesca. Su padre era amigo de Aresti desde la infancia. Con aquella excusa se acercó a Óscar y se interesó por Miguel. Entonces se enteró de los hechos que le imputaban.

—¿No creerás que es capaz de hacerlo? —le había preguntado Óscar mirándola fijamente.

Marta se había encogido de hombros y vuelto al lado de su padre. Sabía que Miguel era muy capaz de mentir.

Luego supo de la acusación. Su padre acudió más de un día a la puerta de la audiencia para acompañar de alguna manera a su amigo, aunque no le dejaron entrar a las sesiones del juicio por orden del tribunal, que no admitió público. Ella, sin embargo, prefirió mantenerse al margen para dejar de pensar. Más tarde se enteró por la prensa del resultado del juicio y de su entrada en prisión.

Seis años sin hablar con él eran tiempo suficiente como para matar cualquier recuerdo. Sin embargo, desde que leyó el nombre de Miguel Aresti en aquel expediente de incapacidad, estaba reviviendo el pasado sin ninguna fisura.

«Así de cruel es la memoria —pensó—. Se obstina en dificultarte lo que quieres aprender y te obliga a recordar lo que quieres olvidar».

Ella había sido casi testigo de los hechos. Lo había visto aquel fin de semana con aquella rubia que aún podría reconocer si la viera de tanto como la había examinado por ser el tipo de mujer que había que ser para atraer a Miguel, alguien que no tenía nada que ver con ella, alguien a quien había envidiado por tener a Miguel.

Luego aquella mujer apareció a la mañana siguiente apaleada y resultó que había sido violada con brutalidad. Aunque la había odiado inconscientemente, sintió lástima por ella. Diez minutos antes hubiera podido ser Marta la víctima. Diez minutos antes era ella quien estaba en brazos de Miguel. Quizá Miguel tenía esa doble cara. De buena se había librado.

Nunca habló con nadie de aquello ni nadie le preguntó. Afortunadamente, nadie se fijó en ella. Al fin y al cabo, era solo una niña de diecisiete años que poco o nada podía saber.

Después, su natural espíritu práctico la hizo convencerse de que lo mejor era desentenderse. No debía pensar ni preguntarse si Miguel había sido capaz de hacerlo. Él había sido una decepción que no merecía ni uno solo de sus pensamientos y de descubrir la verdad ya se encargaría la justicia en la que ella confiaba. Por eso estaba estudiando Derecho.

Al final la sentencia dijo lo que dijo y eso era suficiente para ella. Y la sentencia de apelación lo confirmó.

«Un juez puede equivocarse, pero tantos no», pensó.

Así que Marta, sentada en aquel locutorio, tenía ordenados prudentemente sus pensamientos. Miguel no era sino un desconocido a quien tenía que comentar ciertos aspectos relativos a las necesidades de su madre incapacitada, un trabajo que hubiera preferido no hacer, pero que ya era tarde para rechazar. Miguel era un preso con el que tenía que tratar, y ella, una abogada.

Al abrirse la puerta del locutorio echó de forma inconsciente una mirada rápida viendo solo unos vaqueros y un jersey oscuro que se acercaban al otro lado del cristal y se sentaban frente a ella.

Marta se aclaró la voz carraspeando un poco y elevó los ojos sin levantar la cabeza. Aún creyó posible que no la reconociese.

—Gracias por recibirme, señor Aresti —dijo Marta sin perder tiempo tan pronto como Miguel estuvo sentado—. Ya le han explicado, según creo, la razón de mi visita, que no es otra que gestionar los bienes de su madre para poder atender a sus necesidades. Aunque contratada por la residencia donde vive, debe usted verme como alguien que vela por los intereses de ella.

Marta manipulaba papeles sin mirar a Miguel. Los miraba como buscando algo que en realidad no buscaba. Quizá si no lo miraba seguiría siendo el extraño que ella pretendía que fuese.

—Bien, si le parece, empecemos por las tierras. He comprobado que son de titularidad exclusiva de su madre —continuó Marta, que había cogido carrerilla intentando que aquel encuentro fuera lo más breve posible—. Verá —siguió diciendo—. El problema que se nos plantea…

—¡Marta! —dijo Miguel al otro lado del cristal.

Marta se supo descubierta abandonándose finalmente como el ladrón que es pillado in fraganti. Lo miró y reconoció la cara de aquel hombre que hacía muchos años le había dicho que la quería haciéndola feliz por unos minutos, el tiempo que tardó en acabar besando a otra mujer en la puerta de un bar para luego violarla.

—Hola, Miguel —saludó Marta por fin levantando la cabeza y enfrentándolo como pudo.

Rápidamente recordó al chico del que estuvo tonta e infantilmente enamorada. Aquellos ojos verdes, aquella nariz poderosa, aquellos labios que una vez la besaron. No había perdido nada de su atractivo físico, aunque no irradiaba aquella seguridad que lo hacía tan irresistible. A pesar de ello, seguía sin poder sostenerle la mirada.

—Vaya sorpresa, ¿eh? —dijo finalmente esbozando una leve sonrisa.

—¿Qué haces aquí? —preguntó Miguel, que había retirado su silla hacia atrás como tratando de tomar distancia entre él y la persona que tenía enfrente.

—Mi trabajo —dijo Marta fingiendo serenidad—. Resulta que me han encargado el inventario y la gestión de los bienes de tu madre. Una jodida coincidencia.

Miguel la miraba de una forma demasiado directa, escudriñando su cara y la parte de su cuerpo que podía verse frente al cristal del locutorio.

Era sin duda ella, aunque más rubia y más delgada. Sus facciones infantiles habían dejado paso a una cara algo más angulosa y más madura. Sus profundos ojos verdes seguían siendo inmensos y absorbían en su profundidad a cualquiera que los mirara. La blusa verde clara que llevaba incentivaba su color.

Era como si hubiera salido el sol al otro lado del cristal y él lo viera por primera vez. No podía dejar de mirarla. En cambio, ella lo observaba de forma intermitente.

Se hizo un silencio incómodo.

—La Marta que conocí nunca hubiera utilizado la palabra «jodida» —dijo Miguel rompiendo el silencio.

—La Marta que tú conociste poco tiene que ver con la que tienes enfrente —contestó ella.

Miguel seguía mirándola de una forma tan directa y tan descarada que Marta se incomodó como cuando tenía diecisiete años.

—Oye —dijo por fin ella—. Te juro que si llego a saber que es tu madre hago lo posible para endosarle esto a otro compañero. Cuando lo descubrí ya era tarde. Pero la cosa es tan fácil como que tú manifiestes que no estás de acuerdo con que lo lleve yo y con ello es posible que nombren a otro abogado, aunque no puedo asegurártelo.

Miguel continuaba mirándola sin decir ni una palabra; observaba con descaro los botones de su blusa, lo que la sacó de quicio e hizo que se levantara y se dirigiera hacia la puerta de salida del locutorio.

Fue entonces cuando Miguel la vio por completo. Llevaba un pantalón de pinzas de cintura alta que le marcaba el talle. Era sin duda una mujer preciosa con un cuerpo precioso que Miguel observaba de arriba abajo sin ningún pudor haciéndolo ahora de forma inconsciente y no de la manera estudiada que utilizaba cuando era un hombre libre.

Marta estuvo tentada de abrir la puerta y marcharse, huyendo de Miguel como lo hacía cuando era una niña, pero trató de recuperar la compostura y se sentó de nuevo frente al cristal del locutorio. Debía ser profesional.

—Pues creo que no has cambiado apenas —exclamó Miguel buscando sus ojos.

—Bueno, Miguel. El shock ya ha pasado —dijo Marta espontáneamente—. Créeme que para mí tampoco es cómodo ni agradable. Te juro que hubiera preferido no estar aquí en esta situación y espero que sea lo más breve posible. ¿Podremos hablar de tu madre o prefieres que me vaya y pida que me releven?

Miguel cambió el semblante al oír hablar de su madre y salió del trance mental que le había producido ver a Marta de repente.

—¿Cómo está ella? —preguntó.

—Bueno, no me dirigió más que un par de palabras cuando la vi, pero parece que está bien de salud, aunque según dicen vive en su mundo. No sabría decirte más.

—¿No la reconociste al verla? —preguntó él.

—¿A tu madre? No. Apenas te conocía a ti. La vi por primera vez en la residencia —dijo Marta mintiéndole y omitiendo que había estado en la puerta del cuartel cuando lo detuvieron—, pero como te digo parecía tener buena salud. Verás, Miguel —continuó Marta tratando de parecer una abogada que hablaba con un cliente al que no conocía—. En la cuenta corriente solo entra la pensión de viudedad. No le quedan ahorros y el subsidio no cubre los gastos de la residencia. La opción es vender las tierras, pero nuestra gestora piensa que no se sacará mucho de ellas. Parece que están yermas y que los cerezos han sido talados y habría que arrancarlos. Nos queda la casa de la que tú eres, por herencia, dueño al cincuenta por ciento. Aquí se abren varias opciones que queríamos comentarte. Está la venta, el alquiler…

—Haz lo que quieras —dijo Miguel imaginando la finca huérfana de cerezos donde su padre había sido tan feliz y donde había perdido la vida.

—Si quieres conservar la casa, quizá podamos gestionar un alquiler que se ingrese en la cuenta de tu madre —dijo mientras lo miraba—. Aunque quizá prefieras venderla y repartir el precio.

—Haz lo que sea mejor para ella —respondió Miguel—. No quiero nada y no deseo volver a esa casa.

—Entiendo —dijo Marta.

—Tú no entiendes nada —contestó Miguel en tono serio y censurador.

—Perdona, solo digo que entiendo que autorizas entonces la venta.

—Sí, véndela si quieres.

Marta se levantó mientras recogía los papeles y los metía en una carpeta.

Luego se dirigió a la puerta del locutorio dando por terminada la reunión. Se giró hacia Miguel, que continuaba sentado inmóvil frente al cristal.

—Adiós, Miguel —se despidió—. No diré que me alegro de verte aquí.

—Un funcionario te dará una carta —contestó él sin mirarla—. Quisiera que se la hicieras llegar a mi madre.

—Lo haré sin duda —contestó Marta—. Mañana mismo, antes de salir para Madrid. Cuando estén hechas las gestiones necesitaré que me firmes algunas cosas.

—Aquí estaré —dijo Miguel.

Marta abandonó el locutorio y corrió hacia el exterior buscando desesperadamente el aire de la calle. El pasillo se le hizo larguísimo. Le costaba respirar. Una vez fuera tiró sus cosas al suelo e inspiró aire hasta llenar sus pulmones. Le temblaban las manos y las rodillas, y el corazón le palpitaba a un ritmo descontrolado.

Tras varias respiraciones profundas consiguió recuperar la compostura y el ritmo cardiaco. Se sentó en el bordillo de la acera y recogió su bolso y su carpeta. Ver un cadáver con los ojos fuera de sus órbitas y sus vísceras colgando la hubiera perturbado menos.

—¿Se encuentra bien? —preguntaron dos funcionarios que al verla correr habían salido tras ella—. ¿Le ha dicho alguna inconveniencia? ¿La ha amenazado?

—No, no. —contestó—. Ha sido muy correcto. Es ese locutorio, este lugar tan cerrado.

—Bueno, aquí todo está cerrado, señorita —le dijo uno de ellos con cierta ironía—. Es una prisión. De eso se trata.

Miguel se quedó solo en el locutorio mirando de forma inconsciente su reflejo en el cristal. Había pasado frente a él un recuerdo de su vida. Marta había sido una parte bonita.

Ella seguía viviendo allí afuera. Había crecido. Había avanzado.

Él no vivía. Él no avanzaba. Estaba estancado en aquel verano de 1991. Solo respiraba. Pero respirar no era vivir. Respirar era respirar. Un acto autónomo e inconsciente. Solo era un reflejo encerrado en un cristal, un reflejo que no reconocía.

18

—Pobre chico —exclamó Germán, el padre de Marta, al enterarse durante la cena del trabajo de su hija—. Nunca lo creí capaz de tal cosa.

—Bueno —contestó Mari Tere con su habitual tono sentenciador—. Si dos veces han dicho que es culpable será que lo es. No se van a equivocar tanto.

Marta, que había sentido la necesidad de contarle a su familia su visita a la prisión, guardaba silencio.

—Pues te repito que sigo sin creérmelo, Mari Tere. Su padre era una bellísima persona.

—Sí, sí. El padre. Pero el chico llevaba muy mala vida. Bebía mucho y estaba por aquí y por allá con unas y con otras, dando la nota todo el día, sin una pizca de discreción —replicó Mari Tere—. Yo misma lo vi bebido más de una vez, que daba vergüenza ajena. Si llego a ser su madre, me lo llevo a rastras a casa. El alcohol en exceso es peor que la droga, y un chico de esa clase y borracho cree que todas están dispuestas para él.

—¿Y cómo es la prisión? —preguntó su hermano Germán lleno de curiosidad.

—Un sitio frío y triste —contestó Marta recordando a Miguel en aquel locutorio asfixiante.

—¿Y cómo te lo has encontrado? —exclamó Germán padre tratando de incordiar a su mujer—. Una pena. Un chaval tan alegre con un futuro tan brillante...

—Alegre, alegre... mira dónde lo ha llevado tanta alegría —insistió ella.

—Pues no sabría decirte —contestó Marta—. Desde luego alegre no estaba —exclamó mirando a su madre con cierto aire de desaprobación—. Era una mezcla de ostensión y resignación. Como si se hubiera rendido. De todas formas, hablé muy poco con él y no fue para nada agradable. Estoy deseando acabar con esto.

—No me extraña, hija —dijo Mari Tere protectora—. Cuanto antes acabes, antes pasas a otra cosa.

Al día siguiente Marta volvía a Madrid con toda la documentación recopilada y el consentimiento verbal de Miguel para vender la casa. Ahora debía encargarse de redactar la solicitud de autorización judicial de venta del inmueble. La labor de venderla ya no era cosa suya, sino de la gestoría del bufete. Había pensado en mandarle el papeleo a prisión para que se lo firmara. Desde luego no tenía la intención de regresar en persona. Pero antes debía entregar una carta. Con ello se libraba de la única responsabilidad que le quedaba en aquel asunto.

Tras despedirse de su familia, Marta se dirigió en taxi a la residencia. Entregaría la carta y se iría. Pensó en dejarla en recepción, pero finalmente optó por entregarla en mano. Sería lo último que haría por Miguel.

Se dirigió a la habitación donde había estado días antes con la esperanza de encontrarse a Antonia sola, entregarle la carta de Miguel y salir pitando hacia la estación.

Junto a Antonia vio una cara conocida. Después de unos segundos de desconcierto, cayó en que era Óscar, el amigo de Miguel. Marta simuló no conocerlo y decidió no presentarse.

—Hola —saludó Marta—. Vengo a entregar esta carta a Antonia —exclamó alargando la mano y colocó el sobre en la mesilla de noche—. Bueno, pues ya está. Buenos días —dijo mientras salía de la habitación como si la estuvieran persiguiendo.

Óscar fue detrás de ella.

—¡Marta! —gritó desde la puerta de la habitación. Marta no tuvo más remedio que detenerse. La había reconocido. Para cuando se decidió a girarse, Óscar ya estaba a su altura.

—Me alegro de verte, Marta —dijo.

—Hola —se limitó a decir ella haciendo ver que no compartía la misma alegría.

—Ayer me llamó Miguel —explicó Óscar—. Tu visita lo desconcertó bastante.

—Sí, bueno —dijo Marta—. Supongo que no se lo esperaba después de tanto tiempo. También fue raro e incómodo para mí.

Claro que «raro» era un eufemismo. Había sido asfixiante, perturbador.

—Él no está bien, Marta. Finge estarlo, pero no lo está. Me temo que si sigue mucho tiempo allí acabará deprimido, loco o algo peor.

—Bueno —contestó Marta—. La cárcel no es un crucero. Supongo que ninguno de los de allí lo está pasando bien.

—Pero en su caso es una tortura porque él no hizo nada.

—Claro —dijo Marta con una sonrisa sarcástica mientras miraba el reloj—. Oye, perdóname, pero llevo prisa. Te honra preocuparte por él. Eres muy buen amigo. Pero no es mi amigo, no es mi problema, y tengo que irme ya, de verdad.

—Pero tú sabes que él no hizo nada —insistió Óscar.

—Mira, Óscar. Yo no sé nada ni quiero saberlo, ¿entiendes? Por lo que yo recuerdo pudo ser él perfectamente y, en lo que a mí respecta, su palabra vale menos que el papel mojado. Es más, me da igual si lo hizo o no lo hizo. Me trae sin cuidado.

—Eso no es verdad —dijo Óscar—. No te da igual. Y, es más —continuó—, a él tampoco le da igual lo que pienses. Por eso estoy aquí. Sabía que vendrías a entregar una carta. Me ha pedido que hable contigo y que te pida que revises el caso. No para que hagas nada por él. La sentencia es firme, y él ha asumido que le quedan muchos años de cárcel. Pero creo que lo ayudaría a sobrellevarlo que tú creyeras en él, que fueras capaz de ver la verdad donde otros no la han visto, que hablaras con él de vez en cuando…

—A él le importa un pito lo que yo crea igual que a mí me importa un pito lo que él quiera —respondió Marta enfadada—. Si no llega a ser por esta sorprendente coincidencia, ni él se acuerda de mí ni, desde luego, yo de él. Y por lo que a mí respecta aquí acaba cualquier tipo de vínculo que creas que puede existir entre nosotros. Voy a encargarme del papeleo de su madre, y eso es todo.

Marta anduvo unos metros hacia la salida.

—Él estaba enamorado de ti —dijo finalmente Óscar en la distancia.

Marta se detuvo bruscamente y deshizo el trayecto avanzado para acercarse de nuevo acalorada por el cariz de la conversación.

—¿Ah, sí? ¿Y eso cuándo? ¿Mientras le metía la lengua a aquella chica hasta la campanilla delante de mí? ¿O cuando se la llevaba en el Porsche quién sabe a dónde? —preguntó Marta perdiendo la compostura que había tratado de mantener—. Mira, te respeto y te entiendo, pero, de verdad, me voy a mantener al margen de todo esto como he hecho hasta ahora. Lamento haber vuelto a saber de Miguel. Lamento haber perturbado su vida carcelaria. Me parece increíble que sea capaz de pedirme algo después de tantos años. No tiene ningún sentido, y ya tuve la ocasión de comprobar la fugacidad de sus caprichos. No vuelvas a mencionarlo nunca más.

Óscar se sorprendió de la fuerza con la que hablaba Marta, a quien recordaba como una niña tímida y timorata. Ella misma se sorprendió a su vez de su vehemencia.

Ya fuera de la residencia, Marta cogió un taxi para llegar a la estación. Aún tuvo que recomponerse y abrir la ventanilla para tomar aire. Estaba totalmente sofocada, furibunda. Si no hubiera sido por el taxista, habría gritado hasta dolerle la garganta. Habría pataleado como una niña rabiosa.

Miguel Aresti era un sinvergüenza, el mayor sinvergüenza del mundo. Un sinvergüenza peligroso, tal y como decía su madre. Después de seis años sin ningún contacto se atrevía a... Él, que no tenía derecho ni a mirarla. Él, que se había comportado como un puerco mentiroso. Él, que le había hecho daño. Un hombre del que no te podías fiar, que mentía más que hablaba. ¡Cómo podía atreverse! ¡Cómo podía pensar ni por un instante que se iba a plegar a sus peticiones! ¡Menudo cabrón!

Llevaba varios días sabiendo de Miguel más de lo que hubiera deseado, alterada por su culpa. Se sentía de nuevo como la niña que fue a los diecisiete años y odiaba a aquella niña tímida y temerosa. Quería dejarla atrás. Creía que ya lo había logrado.

Desde luego no estaba dispuesta a desperdiciar su tiempo dos veces con alguien que no lo merecía. Tropezar no era malo, pero encariñarse con la piedra sí.

Camino de Madrid, ya en el autobús, cansada de todos esos agotadores y contradictorios sentimientos, consiguió dormir, al menos parte del trayecto.

19

—Deja al niño en paz —dijo Iker algo alterado—. Está perfectamente, cariño.

—Pero ha tosido varias veces y está llorando más de lo habitual —contestó Ane.

—Por favor, Ane —le rogó Iker cogiéndole la mano—. Se queda con la enfermera. No puedes dejar de venir a otra fiesta de la empresa. La gente empieza a comentar. No sé cuántas veces te he disculpado ya. No es bueno que te apartes de esta manera de la gente que te quiere. Así lo único que haces es preocuparnos a todos. Sobre todo a tu padre y a mí.

—Quizá va siendo hora de que lo hagáis —dijo Ane entre dientes, pero lo suficientemente alto como para que la escuchara.

—¿A qué te refieres? —contestó Iker mirando a su mujer.

—Pues a que no estoy bien, Iker; a que me paso el día vigilando en exceso a Ander; a que estoy de los nervios y en tensión continua; a que no duermo bien por las noches; a que necesito ayuda y tú casi nunca estás.

—Porque estoy trabajando para tu padre. ¿Recuerdas? —respondió Iker—. No quiero decepcionaros a nadie. Sabes que dejé el fútbol antes de tiempo para dedicarme a la empresa.

¿Y ahora me lo reprochas? Te recuerdo que hice lo que tú me pediste. Solo voy donde tu padre me manda y hago lo que me dice. Como un muñeco con mando a distancia. Trato de hacer lo que se espera de mí, Ane, y de ganarme el puesto. Sé de sobra que muchos piensan que solo soy el yerno de Celaya y tengo que cerrarles la boca. ¿Me entiendes, cariño? —terminó Iker agarrando a su mujer de la barbilla de forma cariñosa—. Tengo mucho trabajo.

—Entonces le pediré a papá que te libere de trabajo.

—No lo harás —replicó Iker con mayor seriedad—. No voy a ser un mantenido ni voy a trabajar menos que él. La que tienes que liberarte eres tú, que no dejas en paz al crío a pesar de que tienes toda la ayuda del mundo —respondió en un tono algo más duro de lo habitual—. Dos enfermeras a turno para cuidar de un niño sano… ¡Es desquiciante!

Ane se echó a llorar. Últimamente lloraba mucho y era bien consciente de ello. Tenía las lágrimas a flor de piel y cualquier cosa le provocaba el llanto sin saber muy bien por qué. Pasaba mucho tiempo sola. Sacaba a Ander a pasear, pero evitaba quedar con sus amigas de toda la vida a pesar de que ellas también habían tenido hijos. Ni siquiera los centros de belleza y los comercios de Bilbao la atraían como antes. Había perdido el interés por todo aquello que la ilusionaba en el pasado. Incluso había descuidado algo su imagen, lo que hacía unos años era inconcebible, cuando se admiraba continuamente frente al espejo. Y ella era consciente de todo. Sabía que no estaba bien y que le costaba dormir, y aquella noche le estaba pidiendo ayuda a su marido.

—Solo digo, Iker, que necesito pasar más tiempo contigo. Quizá unas vacaciones los tres juntos en algún sitio tranquilo, sin gente que nos moleste.

—A mí la gente no me molesta —respondió Iker mientras se anudaba la corbata—. Y a ti tampoco te molestaba antes… De lo de las vacaciones hablaremos a mi regreso de Londres, si te parece —sentenció tomando de nuevo de la mano a su mujer—. Mañana por la tarde cojo un avión. Tu padre me manda a una reunión otra vez. ¿O quieres que no vaya aprovechando que soy su yerno?

Ane no contestó porque la respuesta no hubiese sido del agrado de Iker. Solo se encogió de hombros y se resignó. Finalmente, Iker la miró y le propinó un beso dulce en la mejilla. Quizá estaba siendo demasiado duro con ella.

—Venga, mujer, vístete —le dijo mientras le mostraba un vestido largo negro de fiesta—. Tengo muchas ganas de que vengas conmigo y tu padre está esperando también que vayas. Me lo ha sugerido hoy mismo tras decirme que te ha oído algo apagada cuando lo has llamado esta mañana por teléfono. Ander está bien. Y la enfermera nos llamaría si fuese necesario. Tu marido también te necesita —dijo finalmente besándola en los labios.

Ane claudicó ante la petición de su marido. Se duchó y se puso aquel vestido negro de Carolina Herrera que le había elegido Iker. Ahora le quedaba algo más prieto que antes, aunque consiguió cerrar la cremallera con algo de esfuerzo. Aquel gesto le disgustó profundamente al mirarse al espejo. Había ganado unos kilos. Luego se arregló el pelo arrepentida de no haber ido a la peluquería por la mañana. No estaba en sus planes acudir a ninguna fiesta. Aquello también le disgustó. Estuvo tentada de desvestirse, ponerse el pijama y quedarse con Ander en la cama viendo la televisión, pero no quería volver a discutir con Iker. Así que se vio atrapada en su vestido de marca inconsciente de que aquellos dos kilos de más y aquel peinado improvisado e informal le hacían más atractiva que nunca, mucho más natural.

—Estás preciosa —le dijo Iker antes de salir da casa.

Ane le agradeció el cumplido con una sonrisa y volvió a mirar con desagrado la pequeña barriguilla que le marcaba el vestido y que antes no tenía.

En otro momento hubiera pensado que aquello se arreglaba en el gimnasio. Pero ahora tampoco tenía ganas de entrenar. En realidad, no tenía ganas de nada. Una apatía insana se había adueñado de ella. Solo quería que pasasen los minutos y las horas, las noches y los días. Y así lo hacían mientras ella buscaba algo a lo que agarrarse que no fuera el pobre Ander, al que tenía consumido a besos, abrazos y caricias. Sin darse cuenta habían llegado al hotel Abando.

Jon Celaya, en cuanto la vio llegar, se acercó a besarla y la convirtió de inmediato en su invitada estrella.

—Qué bien que hayas venido, hija —le dijo—. Necesitas oxigenarte. Eso de la maternidad te tiene absorbida. Nunca la vi a tu madre así contigo.

Ane le devolvió el beso.

Aquello era verdad. Nieves nunca había sido una madraza. No recordaba haber jugado nunca con ella ni haber ido de paseo, ni siquiera haber ido de compras juntas cuando era una adolescente. Nieves había sido una madre ausente que cumplió con ella el día que dio a luz.

Al paso de su marido llegó Nieves luciendo más joyas de las necesarias y menos arrugas de las normales a su edad. Ane la miró con desgana.

—Hola, hija —le dijo—. Deberías haberte puesto un collar con ese vestido. ¿Qué tal Ander? —preguntó después y se fue a continuación a saludar a una amiga tan enjoyada como ella sin esperar respuesta. Ane se echó la mano al cuello. Era cierto que no se había puesto collar y a punto estuvo de salir sin pendientes si Iker no se lo hubiera recordado.

Su padre, acostumbrado al carácter de su mujer, le ofreció el brazo y la condujo a la sala sin dejarla ni un momento, y se la presentó a los pocos que allí no la conocían como su mayor orgullo y heredera de los Celaya.

En un momento Ane se vio rodeada de los viejos amigos y conocidos que llevaba un tiempo intentando evitar, excusándose con unos y con otros con el tema de la maternidad, que la tenía enormemente ilusionada y ocupada.

Se sentó en la mesa entre su padre e Iker. Cenó. Bebió dos vasos de agua con la cena. Hacía tiempo que no probaba el alcohol. En realidad hacía seis años que no lo probaba. Escuchó los discursos de los directivos. Aplaudió. En general representó honrosamente su papel de burguesa feliz y despreocupada.

Durante la cena, Iker le agarró un par de veces la mano y le dio un beso en la mejilla que ella entendió como una recompensa a su esfuerzo.

Cuando por fin se sintió liberada de protocolos, se levantó de la mesa con la excusa de ir al baño.

De camino llamó a casa y preguntó por Ander. Estaba bien. Dormido como un bendito. Le pidió a la enfermera que no le dijera a Iker que había llamado.

Ya de vuelta observó un balcón abierto con vistas a la Gran Vía y decidió esconderse en él durante unos minutos, respirando el aire húmedo y frío de la calle.

Protegida en su escondite de cortinas de terciopelo las lágrimas volvieron de nuevo a sus ojos, sin especial motivo, sin que hubiera nada en concreto que las provocara. Sabiéndose lejos de miradas curiosas, las permitió fluir por sus mejillas sin contenerlas ni secarlas.

—¿Estás bien? —oyó decir a una voz de mujer cerca de ella.

La interrupción le disgustó, se enjugó rápidamente las lágrimas y miró a su interlocutora tratando de fingir frente a quien la había descubierto.

Era su vieja amiga Almudena, una de las incondicionales de todas sus fiestas de juventud. Pero tras aquel terrible episodio la amistad entre ellas se había enfriado bastante. Después del juicio, en el que Carla y Almudena fueron testigos, habían coincidido en alguna boda y en alguna fiesta. Poco más.

Posteriormente Almudena la había invitado a su boda, pero Ane no fue. No recordaba ni la excusa que había puesto. Simplemente había tratado de alejarse de todo lo que le recordase aquel momento de su vida.

Luego Almudena la había llamado alguna vez, cuando nació Ander, para verse con los niños, pero Ane siempre le había dado largas.

—¿Qué haces aquí? —quiso saber Ane.

—Tu padre ha tenido la amabilidad de invitarnos —contestó—. ¿Estás bien? —volvió a preguntar Almudena, que sin duda la había visto llorar.

—Sí, estoy bien, gracias. Es que la maternidad me tiene agotada.

—Bueno, es que es agotadora. Samuel tiene ya tres años y aún me cansa, así que con Ander, que todavía es un bebé…

—Sí —dijo Ane—. Así es —añadió sin poder evitar que de nuevo las lágrimas humedecieran sus ojos. El no tener el control de sus sentimientos la irritaba enormemente. No quería mostrar su fragilidad a su examiga. Quería dar la imagen de siempre, pero lo conseguía a duras penas.

—Oye —le dijo Almudena mientras rebuscaba algo en su cartera—. Yo acudí a un profesional después del parto. Estuve al borde de una depresión de esas. Ten —le insistió entregándole una tarjeta—. Es muy buena. A lo mejor te vendría bien hablar con alguien.

Ane cogió la tarjeta que le ofrecía y la leyó.

—¿Una psicóloga? —preguntó mientras se secaba las lágrimas—. No. No creo que sea necesario —afirmó mientras le devolvía la tarjeta a su examiga.

—No, quédatela —dijo Almudena—. Por si acaso.

—A Iker y a mi padre no les haría ninguna gracia que fuera al psicólogo —añadió mientras acababa de secar sus mejillas.

—Bueno —contestó Almudena—. No se la estoy dando a ellos. Nadie tiene por qué enterarse. A mí me vino muy bien y nadie se enteró. Bueno, ahora lo sabes tú —añadió llevándose el dedo índice a la boca pidiendo discreción.

—Gracias —respondió Ane y guardó la tarjeta en su bolso de fiesta.

—Cuanto antes, mejor —añadió Almudena mientras se alejaba.

20

Sobre las siete de la tarde llamaron al telefonillo. Solo tras una segunda llamada insistente levantó los ojos del expediente.

—Un paquete —dijeron desde abajo.

Marta se miró en el espejo de la entrada y trató de mejorar su desaliñado aspecto. Un chándal y una coleta eran su atuendo de trabajo en casa.

El repartidor le entregó una caja cuidadosamente envuelta con un grueso papel marrón. Dudó que fuera para ella, pero el destinatario estaba bien claro identificado y subrayado con rotulador negro sobre el papel. Era para ella.

Nunca había recibido un paquete en aquella dirección. Ni siquiera sus padres le habían enviado nunca nada.

Fue a la cocina a por un cuchillo para intentar cortar la cinta de embalaje que habían dispuesto con afán por todas partes para asegurar la integridad del envoltorio.

No tenía ni idea de lo que podía haber allí.

Una vez retirado el papel accedió a una caja de cartón sellada con la misma cinta marrón hasta que por fin pudo acceder a su contenido. Papeles. Eran papeles y más papeles. Cuatro dosieres plastificados, a cada cual más voluminoso. Sobre la carátula del primero de ellos le llamó la atención la marca que había dejado un vaso, seguramente de café, que alguien había apoyado ahí. Finalmente, en la carátula acertó a leer:

> Atestado n.º 1233/91 Comandancia de la Guardia Civil
> Delito: Agresión sexual y lesiones.
> Denunciado: Miguel Aresti Ortiz.
> Letrado: Enrique Mansa Castillo.
> Víctima: Ane Celaya Uriretagoyena.
> Letrado: Andoni Aramburu Urrutia.
> Lugar y fecha de los hechos: Oña, 26 de agosto de 1991.

Pegado a la carátula había un sobre cerrado que contenía una breve misiva:

> A la atención de Marta González Olarte.
>
> Estimada compañera:
>
> Por petición de mi cliente te remito copia del procedimiento que obra en mi poder, incluida la segunda instancia que me ha hecho llegar otro compañero. Como ves, la sentencia es firme. No llegó a interponerse recurso de casación, pero mi cliente insiste en que te lo envíe. Para cualquier consulta quedo a tu disposición en el teléfono de mi despacho de Burgos (947213031).
>
> Un cordial saludo,
>
> ENRIQUE MANSA CASTILLO
> Colegiado n.º 34453

No llegaba a entender cómo había llegado aquello a sus manos. Pero allí estaba. Estuvo tentada de cerrar la caja y envolverla de nuevo con una nota que dijera:

No me interesa. Gracias.

MARTA GONZALEZ OLARTE
Colegiada n.º 97297

Sin embargo, en contra de su propia voluntad, Marta extrajo los cuatro dosieres de la caja y los dispuso sobre la mesa. Revisó el primero por encima y volteó con rapidez las hojas como hacen los niños cuando buscan ilustraciones en un libro lleno de palabras.

Entre las muchas páginas aparecieron unas fotografías. Dudó si mirarlas. Le pareció que si las observaba le sería luego muy difícil no revisar el resto del procedimiento, que era exactamente lo que estaba decidida a hacer. Devolverlo sin echarle ni un vistazo.

Sin embargo, no pudo resistirse a mirar aquellas fotos de una chica en el hospital. Tenía la cara tan hinchada que apenas le quedaban facciones reconocibles. Uno de los ojos estaba tan inflamado que parecía que reventaría a sangrar en cualquier momento. Hematomas en los costados. En ambos, especialmente grandes en el costado derecho. Hematomas en la parte interior y exterior de los muslos y un moratón especialmente intenso en la parte baja del vientre. Hematomas en ambos brazos, a la altura de los antebrazos, señal de que la habían sujetado a la fuerza. Incluso se veían hematomas digitiformes a ambos lados del cuello.

El forense había hecho un buen trabajo con aquellas fotos que por sí solas describían la brutalidad de la agresión. No había ser humano que no sintiera compasión por aquella chica convertida en un saco de boxeo. No creía haber visto nada semejante en su vida. Quizá en el cine alguna vez, pero desde luego nunca una realidad tan dura se había exhibido tan abrupta ante sus ojos. Aquella era la chica a la que había odiado cuando era una cría de diecisiete años por unos estúpidos celos absurdos. Ahora solo le provocaba compasión y empatía.

Buscó la imagen de Ane en su memoria. Guardaba la imagen de una chica delgada, de pelo largo y rubio, rizado, con una nariz especialmente respingona y unos intensos ojos azules. La recordaba a la perfección, vestida de vaquero con un top rojo muy escotado y unas sandalias de tacón. Coqueteaba desenfadada con Miguel, echada sobre él, besándolo en la trasera de un bar mientras él le agarraba el pelo.

Marta cerró inmediatamente el legajo y lo depositó en el suelo.

¿Para qué le mandaban aquella porquería? Un sentimiento de cólera se adueñó de ella. ¿Cómo sabía su dirección el tal Enrique Mansa? ¿Con qué derecho se permitía Miguel, como si fuera alguien, pedirle que revisara el procedimiento? Si había sido capaz de cometer tal brutalidad era el peor de los hombres. No. El peor de los animales.

Marta se dio cuenta de que, en su afán por no saber nada del tema, no se había formado ni tan siquiera una opinión sobre lo sucedido, ni sobre la culpabilidad o inocencia de Miguel. Tras ver aquellas fotos sintió que lo mejor era mantener, como había hecho hasta aquel momento, la mayor de las distancias con él.

Tenía que hablar con el tal Enrique Mansa que, desde luego y como colega, tenía que haberla llamado antes de enviarle aquel libro de los horrores. Sin pensarlo dos veces marcó el número que constaba en la carta mientras trataba de calmarse para no convertir al abogado en la diana de toda su ira.

—Un momento —le contestaron al otro lado del teléfono—. Le paso.

—Buenos días —la saludó cordialmente una voz—. Marta González, supongo.

—Sí, soy yo. Buenos días. ¿Hablo con Enrique Mansa?

—Sí, señor. El mismo. Imagino que ya has recibido el paquete.

—Aquí lo tengo. Recién llegado. Me preguntaba cómo había conseguido mi dirección.

—Nos tuteamos si te parece —dijo el letrado al otro lado—. Somos colegas. Pues la verdad me la hizo llegar Óscar, un amigo de Miguel con una carta del propio Miguel en la que me pedía que te lo enviase. Lo cierto es que es un milagro que lo conserve porque es un caso cerrado hace tiempo con sentencia firme. Creo que lo conservaba por cariño porque fue mi primer juicio en la audiencia. Todo un reto para mí en aquel momento.

Marta guardó silencio durante un momento mientras pensaba de qué manera Óscar había conseguido su dirección.

—¿Y qué se supone que tengo que hacer yo con esto si como muy bien dices hay sentencia firme? —preguntó Marta.

—Te lo envío porque eres letrada colegiada y por orden de mi cliente. Ahora eres tú quien tiene la obligación de custodiarlo adecuadamente o bien de destruirlo.

—¿Y qué es lo que puedo esperar si lo reviso? —preguntó Marta con cierta curiosidad.

—Pues un caso bastante claro de una brutal agresión sexual con todas las pruebas señalando directamente a una sola persona —explicó Mansa—. La verdad es que hice lo que pude, aunque era bastante poco lo que se podía hacer. Había numerosos testigos que los vieron irse juntos en el coche de ella a altas horas de la madrugada. Cuatro o cinco horas más tarde la guardia civil encontró a la chica medio inconsciente y brutalmente apaleada en ese mismo coche. Había restos de semen de una sola persona que coinciden con el ADN de Miguel. Y lo único que Miguel me dio para su defensa fue que él no la había forzado y que el semen era de la noche anterior en la que tuvo sexo consentido con la chica.

—¿Y qué dijo ella? —preguntó Marta.

—Negó esa relación anterior y lo malo es que resultó del todo creíble su testimonio porque más que acusarlo ella lo acusaba la evidencia de las pruebas. Ella no negó estar muy borracha y tener lagunas, aunque recordaba que estuvieron juntos en el coche y no se acordaba de haber estado con nadie más aquella noche. No conocía a nadie más en el lugar. Había además restos de ADN de Miguel en sus uñas. Parece ser que lo arañó para defenderse. Aún recuerdo el arañazo que tenía el chico en el cuello.

—Pues, así resumido, parece claro y sin fisuras —afirmó Marta ante las explicaciones de su colega.

—Sí —contestó Mansa—. Yo era un novato por aquel entonces, pero creo que no lo hice del todo mal. La contundencia de las pruebas fue tal que la defensa era casi imposible y no podía basarse en la existencia de consentimiento dada la magnitud de las lesiones. Así que lo basé en lo que el propio Miguel me dijo. Que él no fue, que no mantuvo relaciones sexuales con ella aquella noche y que el semen procedía de una relación anterior consentida. Claro que dicho argumento no coló, como era de esperar.

—¿Y qué se pretende que haga yo con esto? —volvió a preguntar Marta.

—Ya te digo que no lo sé. Eso te lo dirá Miguel. Supongo que lo conoces.

—Apenas, en realidad —contestó Marta—. Solo he llevado un asunto civil relativo a su madre.

—Ah, sí. Pobre mujer —exclamó el abogado haciendo memoria—. Pobres padres. Los recuerdo perfectamente. Gente humilde y buena. Tiene que ser difícil convivir con la idea de que has traído al mundo y educado a alguien así.

Marta recordó entonces a Antonia, mirando al horizonte desde la habitación de la residencia, que vivía sin vivir porque no le quedaba otro remedio y recibía las cartas manuscritas que su hijo le mandaba. Ambos en la misma ciudad, pero en distintas prisiones. Sintió en aquel momento una verdadera compasión hacia ella. Pensó en Mari Tere y en cómo estaría si Miguel fuera su hermano Germán.

—¿Sigues ahí, Marta? —preguntó Mansa al otro lado del auricular.

—Sí, sí, perdón —contestó Marta—. Es que estaba observando estas fotografías y…

—¿Las has visto? Hablan por sí solas. Pobre chica. Bueno, pobre precisamente no es. Menudo séquito de abogados venía cada vez que había que practicar alguna diligencia. Pero sí, las fotos son terribles. El caso es que Miguel es una persona educada y siempre sostuvo la misma versión. En algún momento llegué a pensar que quizá defendía a un inocente. Pero eran breves momentos… Luego ves las fotos y revisas las pruebas y… Vamos, que no lo invitaría a comer a mi casa. Tengo una hija.

—Ya, ya, claro —coincidió Marta—. Yo tampoco. Pero es que sigo sin entender qué pretende. Qué más dará que le dé otra vuelta al procedimiento.

—Igual ves algo que a mí se me pasara por alto —sostuvo Mansa con poco convencimiento—. Pero detrás de mí hubo otro abogado y han sido dos instancias judiciales y…

—Ya lo sé —constató Marta convencida de la inutilidad de revisarlo—. Más bien veré lo mismo.

Marta colgó el teléfono y miró los dosieres sobre su mesa. Temía descubrir si los leía al verdadero Miguel. Sabía que años atrás lo había idealizado, que se había creado una imagen perfecta de él que no era real, pero no quería sustituirla por la verdadera cuando la realidad parecía tan cruda.

Hubiera preferido seguir con su ceguera.

21

A pesar de la fecha el día amaneció brillante. A punto de culminar noviembre el amanecer anunciaba un día espléndido de sol. El cielo azul de Burgos parecía haber sido coloreado por un niño con una Plastidecor. El aire frío, que era, como la catedral, un vecino más de la ciudad, se había tomado un respiro.

Aun con todo había tenido suerte. Su celda se encontraba en el pabellón izquierdo, orientado al sur. El frío edificio de ladrillos construido a finales del XIX a duras penas dejaba entrar los rayos del sol más allá del patio, donde, si te ibas moviendo, podías recibirlos generosamente en verano y algún día que otro el resto del año. Algún día como aquel.

Desde su ventana enrejada se veían las copas de los árboles que bordeaban el río. Aquella mañana las hojas de los castaños permanecían inmóviles. La mayor parte de las veces bailaban ajetreadas al son que les marcaba el aire. En ocasiones se imaginaba recorriendo libremente la orilla del Arlanzón, tumbándose a placer en la hierba de la orilla mientras sentía el sol, el frío, la humedad del campo y, sobre todo, la libertad. Aun privado de ella hoy, todo presagiaba que sería un buen día. Y lo sería sin duda porque hoy venía Óscar, el mejor de los amigos. Era en sí mismo la personificación de la palabra amigo. Si no hubiera sido por él, se habría hundido hacía tiempo en aquella jaula de ladrillos donde lo tenían encerrado como si fuera un animal peligroso.

Si no fuera por Óscar, ya se habría colgado de alguna tubería. Habría encontrado la manera. Ya tenía controladas más de una, muy serviciales, que le hubieran hecho un buen apaño en caso de decidirse. A punto estuvo de hacerlo cuando supo que su padre había muerto. En el baño, sobre la ducha. Se había colgado de ella con los brazos un par de veces para comprobar su resistencia. No estaba demasiado bien sujeta. Si lo hacía, había que asegurar el resultado. No podía fallar y convertirse además en el hazmerreír de la prisión. Y encima provocar una avería en el suministro de agua y mojar el piso inferior. Y él mientras en la enfermería, con una marca inútil en el cuello que le recordaría su torpeza y soportando la perorata de alguna psicóloga de esas que le tenían ganas y querían redimirlo. Pero ahí estaba Óscar, puntual cada quince días, exigiéndole que aguantara y que luchara. Exigiéndole que le devolviera, viviendo, toda la confianza que había depositado en él. Su amigo había estado en el juicio desde el primer segundo hasta el último. Fue de las pocas personas que consiguió entrar junto con sus padres. Había oído a todos los testigos. Había visto las fotografías convertidas en filminas que explicó el forense en detalle. Había oído los alegatos de la acusación, contundentes, como si presentaran al tribunal una verdad insoslayable e indiscutible. Como diciendo que el que no lo viera como ellos era poco menos que tonto, o ciego. A pesar de todo, nunca dudó de su versión. Miguel se había acostado con ella el día anterior. Jamás la hubiera golpeado de esa forma tan brutal. No necesitaba tomar por la fuerza lo que las mujeres, de ordinario, le ofrecían gustosamente. Alguna vez lo había visto en un arranque de furia, pero siempre había sido por alguna razón, como para defender a un amigo. Si alguna vez lo había visto violento siempre había sido con cierta justificación.

Así que a Óscar le debía estar vivo. Por ello se había refugiado en su bajo, que aporreaba cada día, y en el gimnasio para mantener la salud del cuerpo a pesar de la flaqueza del espíritu.

Aquella mañana cumpliría con sus rutinas de supervivencia hasta las doce cuando tenía su visita, su bálsamo de fierabrás que lo convertía en un superviviente capaz de soportarlo todo. Decir gimnasio era mucho decir. Apenas había cuatro máquinas, de las que aquella mañana tres estaban ya ocupadas, y cuatro colchonetas, por lo que se conformó con la cinta andadora que completó con unos abdominales.

Luego al aula de música otra hora. Llevaba meses intentando tocar con el bajo los acordes de «Sultans of Swing», pero aún se le resistían. Siempre le habían atraído las metas altas. Siempre, cuando era libre.

A las doce su ángel de la guarda estaba puntual en el locutorio. Como siempre, Óscar lo saludó con una sonrisa.

—Qué pasa, tío. ¿Cómo estás?

—Aquí, en el campamento, ya ves. Como siempre. ¿Hiciste lo que te pedí? —preguntó Miguel impaciente.

—Claro. Marta ya tiene todo el procedimiento. Su padre me dio su dirección. La verdad que es majo ese hombre. En cuanto le dije que era tu caso no se lo pensó dos veces. Me dijo que siempre había creído en tu inocencia.

—Vaya, un alma cándida —contestó Miguel con ironía—. Sin duda no está en sus cabales. ¿Y has hablado con ella?

—No. No lo he hecho. Pero me ha dicho Enrique Mansa que lo llamó y que estuvieron hablando un rato para contarle sus impresiones —explicó Óscar—. No he querido presionarla otra vez. Cuando hablé con ella en la residencia de tu madre no estaba muy receptiva. Insistió en que no deseaba saber nada del tema. Más aún, y siento decírtelo así, pero no me gustaría que te llevaras a engaño, dijo que le era indiferente si lo habías hecho o no, si eras culpable o inocente.

—Pero no es así, Óscar —exclamó Miguel—. La conozco y sé que no le es indiferente. Lo sé porque es curiosa y sin duda ya lo habrá leído al menos una vez y habrá revisado las pruebas. Le gustan los retos.

—Pues hay unas fotos que no es que ayuden, precisamente —dijo Óscar recordando el juicio y la exposición del forense—. En cualquier caso, no sé qué es lo que quieres sacar de todo esto cuando ya no hay nada que hacer.

—Lo necesito —respondió Miguel—. Creo que ella me veía como nadie más. No sé por qué, pero era así. Veía más en mí de lo que veían los demás. Esperaba más de mí que cualquier otra persona. Si era capaz de verme así por encima de mi fachada, de verme incluso mejor de lo que era, quizá sea capaz de encontrar algo que no han visto los demás, como ya hizo entonces.

Óscar miró a su amigo con cara de no entender nada mientras trataba de dar un sentido a sus palabras.

—Que me aspen si te entiendo, Miguel. Pero que sea así si es lo que necesitas —continuó—. Ahora que si no vuelves a tener noticias de ella tampoco te extrañes. Ha pasado mucho tiempo, y Marta ya tendrá su vida y tú no estás en ella.

—Está guapa —afirmó Miguel.

—Muy guapa —contestó Óscar sonriendo a su amigo.

Después de darle noticias de su madre, a la que había visitado justo antes que a él, y de su buen estado de salud, Óscar abandonó el centro con la misma sensación de tristeza con la que siempre lo hacía.

Dejar allí a su amigo le resultaba cada vez más duro. Era algo a lo que no podía acostumbrarse, a pesar de llevar haciéndolo ya varios años. No había fallado nunca. Incluso organizaba sus vacaciones en virtud de las fechas de visita.

La verdad es que tenía que agradecer a su mujer lo comprensiva que estaba siendo. Otra ya hubiera puesto el grito en el cielo. Tanta dedicación a un amigo que estaba en prisión y del que un juez había dicho que era un violador, un agresor sexual, no resultaba fácil de entender. A veces se sentía culpable. Quizá tenía que haber hecho algo más. Quizá si hubiera hablado cuando lo detuvieron... Pero todo fue tan rápido... Así que se sintió obligado a cuidar de él y de su madre. Se lo había planteado a su mujer como una obligación moral que debía cumplir necesariamente. Era como el que tiene a su padre en coma en un hospital o quien cuida de una persona dependiente. Era para siempre. O al menos hasta que Miguel saliera de prisión. Tenía miedo de que hiciese alguna locura, y eso no podría tenerlo sobre su conciencia. Iría a prisión una vez cada quince días mientras la salud y su mujer se lo permitiesen. Incluso si ella empezaba a quejarse seguiría haciéndolo. Pero ese momento aún no había llegado. Ya cruzaría ese puente cuando lo tuviera delante.

Mientras Óscar abandonaba el edificio de vuelta al mundo de los libres, Miguel hizo el camino contrario, hacia la biblioteca.

La visita de Óscar le había dejado un sabor agridulce.

Por una parte, sabía que Marta había recibido el procedimiento y que lo tenía en su poder. No tenía ninguna duda de que lo leería. Una abogada es por naturaleza curiosa, y la Marta que él recordaba estaba ávida de conocimiento y de experiencias. Y, como enamorada del derecho, que no de él, no podría resistirse a un caso como aquel.

Pero, por otra parte, su amigo le había dicho una gran verdad. Marta tenía su propia vida y él no formaba parte de ella. Aquella era una realidad en la que él no había caído porque su tiempo se había detenido en agosto de 1991. A pesar de que no había pensado demasiado en ella en estos años, porque no había pensado demasiado en nada para no volverse loco, verla de nuevo le había provocado revivir todo lo ocurrido. Todo se había actualizado de forma inconsciente. Todos los sentimientos de aquellos días habían regresado y, aunque trataba de ignorarlos, para no revisar tuberías otra vez, ahí estaban, martilleaban con fuerza su cabeza, desmontando la coraza que había fabricado para resistir.

Para Marta, sin embargo, era noviembre de 1997, y ella sí había vivido esos seis años. Había ido a la universidad. Seguramente había tenido novios, más aún, amantes. Ahora tenía un trabajo. Habría viajado como había hecho él en aquellos años felices. Y era una profesional con sus problemas, con sus amigos y con sus inquietudes. Él no tenía cabida en todo aquello. Seguramente era solo un recuerdo desagradable del que una chica lista, como ella, se habría deshecho ya hace mucho tiempo.

Marta no podía pensar nada bueno de él tal y como la trató aquel verano. Él se divertía cortejándola para luego montárselo con las demás. Sonrió por un momento al pensar en el tipo de hombre que había sido, en su vida desenfadada de estudiante de Ingeniería. Nada tenía que reprocharse de aquella etapa. No había hecho otra cosa que estudiar y divertirse, como correspondía a su edad. Solo podía reprocharse cómo la había tratado a ella. El haberle mentido, el haberle dicho que la quería para luego irse con otra. Pero lo hizo por ella y, para qué mentirse, también por él. No quería atarse a nadie ni a nada porque estaba en búsqueda continua. Y resultó que aquella búsqueda frenética de libertad lo había atado a aquel edificio de ladrillos rojos y piedras blancas, privándolo, precisamente, de lo que buscaba.

Marta lo recordaría como un cerdo mentiroso del que no podía fiarse.

Quizá era cierto que no quería saber nada, que lo había odiado de tal manera que había pasado del odio a la indiferencia. El odio es una emoción fuerte. Pero la indiferencia es aún más fuerte porque es la falta de sentimiento. La indiferencia es la nada. Del amor al odio hay un paso, pero del amor a la indiferencia había un paseo bien largo. Un paseo ya recorrido de seis años.

Y la indiferencia podía ser devastadora y sin duda la mayor de las venganzas.

22

La lluvia repiqueteaba sobre la ventana del ático. El sillón estaba situado justo debajo de la claraboya y era difícil permanecer ajena a aquel soniquete repetitivo y perturbador.

Distraída con aquel sonido martilleante y al mismo tiempo relajante, Ane llevaba un par de minutos sin escuchar a la psicóloga.

—¡Ane! —repitió Nuria por tercera vez en un intento de conseguir su atención—. Esperaba que después de cuatro sesiones pudiéramos hablar de aquel episodio que me comentaste.

—¿Qué episodio? —preguntó Ane volviendo al mundo de los presentes.

—Aquel episodio por el que decidiste no volver a beber. Dijiste que la bebida te había llevado a tomar decisiones nefastas y que habías terminado muy mal en una ocasión.

—Prefiero no hablar de ello —indicó Ane mirando de nuevo las gotas de lluvia caer en el cristal sobre su cabeza. Pensó que aquello estaba hecho así a propósito; que era una estrategia de matasanos, una técnica de despiste para sacarle todos los secretos que ella quería enterrar. Claro que lo de la lluvia no podía ser cosa de la psicóloga.

—Algún día tendrá que ser —insistió Nuria—. Eso si queremos avanzar con el tratamiento. Además, ya sabes que aquí no se juzga a nadie. Solo se escucha y se pregunta. ¿Se lo has contado a alguien alguna vez?

—Sí, a un montón de abogados y a varios jueces distintos. Y no fue fácil —respondió Ane captando la atención de la psicóloga.

Aunque Nuria estaba acostumbrada a oír de todo, aquella respuesta la impactó. Como buena profesional puso su muy ensayada cara de gato, absolutamente inexpresiva. Hasta ahora habían tratado temas diversos relativos a la familia y el entorno de Ane. Su relación con sus padres y con su marido, el temor casi enfermizo de que le pasara algo a Ander... En las sesiones anteriores había descubierto una relación un tanto insana y fría con su madre y una sobreprotección hacia su hijo algo exagerada, incluso para una madre primeriza. No había adicción a tóxicos ni a somníferos, a pesar de que los tomaba de vez en cuando, y ni siquiera a alcohol, ya que la propia Ane le refirió que llevaba años sin probar ni gota a raíz de un episodio del pasado. Nuria tenía la intuición de que debía tirar de ese cabo si quería llegar al fondo del asunto y ello porque hasta el momento era el tema con el que Ane se bloqueaba por completo. Tampoco podía esperar mucho más para abordarlo porque notaba que su paciente se le resistía y corría el riesgo de que dejara el tratamiento que estaba siguiendo a escondidas de su familia.

—Vaya —dijo la psicóloga—, puedo imaginarlo. Nunca es fácil hablar en un juicio. Lo he hecho en alguna ocasión, y el ambiente no es precisamente cercano ni cómodo. Me refería más bien a si se lo has contado a alguien de tu confianza como tu padre, tu marido, alguna amiga...

Ane seguía mirando a la claraboya tratando de eludir el tema.

—¿Se lo has contado a alguna amiga, Ane? —preguntó de nuevo Nuria con un tono de voz suave y afectivo.

—No —contestó finalmente mirando a su interlocutora—. Todos saben lo que pasó, pero nadie habla de ello. Nadie quiere hablar de ello. Nadie me ha preguntado nunca por ello. Solo los abogados, un fiscal y varios jueces.

—Entiendo —dijo Nuria tratando de continuar con la conversación y de que su paciente no perdiera la confianza. Tenía que abordar el tema de forma indirecta—. ¿Y por qué crees que no han querido hablar de ello?

Ane se miró las uñas pintadas de rosa pastel. Las repasó todas una a una antes de contestar.

—Supongo que porque hay cosas que es mejor ignorarlas y olvidarlas como si no hubieran pasado. Así desaparecen y puedes seguir adelante con tu vida como he hecho yo; como hemos hecho todos.

Se hizo un silencio entre ambas. Nuria no quería agobiar a su paciente, así que se tomó su tiempo para cambiar de postura y servirse un vaso de agua al tiempo que le ofreció otro a Ane.

—Y, dime, ¿tú lo has olvidado? Quiero decir, el no hablar de ello, el ignorarlo, ¿te ha ayudado a olvidarlo?

Ane no contestó. La respuesta era clara. Nunca lo había olvidado. Lo recordaba, de hecho, demasiadas veces. Vivía con ello cada día, cada mañana al levantarse y cada noche al acostarse. Lo recordaba cuando daba un beso a su hijo y cuando abrazaba a su marido. Lo recordaba cuando estaba en una fiesta, cuando se lavaba la cara y cuando se cepillaba el pelo. Lo recordaba cuando veía fotos, cuando se montaba en su coche, cuando veía un río o a su padre tomar una copa de Macallan. Nunca lo había olvidado.

La psicóloga tomó su silencio por una negación.

—Verás —dijo Nuria rompiendo el silencio—. Es posible que no lo olvides nunca. Pero puedes superarlo; puedes vivir con ello. Pero para eso tienes que enfrentarlo en lugar de ignorarlo. Si ignoras un cáncer, te mata. Si un trauma no se trata, también puede acabar contigo.

Ane seguía callada, aunque ahora prestaba atención a las palabras de la psicóloga y ello a pesar del ruido de la lluvia que seguía martilleando en la ventana.

—Olvidar es muy difícil. Imposible, diría yo. Nuestra memoria, si está sana, está programada para recordar. Ese es el motivo por el que no bebes. Porque recuerdas ese episodio traumático y lo relacionas con la bebida. Tú misma me lo dijiste. —Nuria seguía dando sus argumentos ahora que sentía tener la atención de su paciente—. Y, como vas a seguir recordándolo por mucho que tú lo ignores o por mucho que tu entorno lo ignore, es mejor enfrentarse a ello y aprender a vivir con ello. Solo entonces podrás seguir adelante. Por eso, cuando estés preparada, deberías hablar de ello conmigo o, si lo prefieres, con alguien de tu confianza.

De nuevo se hizo el silencio. El silencio era bueno. Era de hecho un instrumento útil de la terapia. Había momentos en los que hablar y momentos en los que callar para dejar que el paciente asimilara lo que se le decía y lo sometiera a su propio criterio. Le acababa de traducir a Ane una máxima de Sigmund Freud: «Las emociones inexpresadas nunca mueren. Son enterradas vivas y salen más tarde de peores formas». Ahora era el momento de que se convenciera de ello. Quizá entonces pudieran entrar en materia.

El silencio duró más de tres minutos. Nuria estuvo a punto de rendirse y ya había preparado otro par de preguntas para rodear el tema e intentar abordarlo desde fuera.

—Me violaron —dijo de repente Ane—. Me violaron de una forma tan brutal que no era capaz de reconocerme en el espejo del hospital.

Los ojos se le humedecieron de repente sin llegar a llorar. Lo había soltado por primera vez en muchos años y ahora tenía que sacarlo de dentro como quien vomita una serpiente.

Ane miraba a su interlocutora, que, de nuevo, a pesar de lo impactante de la confesión, mantenía su ensayada cara de gato. Para Nuria era el momento de callarse y dejar hablar.

—Me violaron en mi coche —siguió Ane—. Hace casi siete años. Y yo estaba tan borracha que apenas pude reconocer a mi agresor. Es curioso porque no puedo olvidarlo y tampoco puedo recordarlo, aunque en esto último no me he esforzado nada en todos estos años. Pero sé que pasó porque me lo recuerda cada día alguna pequeña marca en la cara y en el cuerpo fruto de la paliza que recibí. Y también recuerdo muy bien el estado en que quedé con toda la cara deformada y las costillas rotas. De la agresión en sí apenas recuerdo nada por lo mucho que había bebido. La policía y los abogados tuvieron que ir conectando las piezas del puzle y ellos me dieron la historia reconstruida. Las piezas encajaban a la perfección. Recuerdo montar en el coche con aquel hombre y estar con él bebiendo… Pero luego todo es confuso. Es posible que me desmayara o que perdiera el conocimiento porque a partir de ahí son todo lagunas hasta que me desperté en el hospital.

De nuevo se hizo el silencio.

—Y era incapaz de reconocerme en el espejo —repitió—. Recuerdo llorar y gritar hasta que me sedaron. Luego hablé con los policías, con los forenses, con los abogados, con la fiscal, con la jueza. Contesté a todas las preguntas que podía contestar y luego, de nuevo, las contesté en el juicio. Estaba harta de interrogatorios, harta de palabras… Solo quería irme a mi casa y meterme en la cama y dormir y no despertarme nunca.

Ane volvió a examinar sus uñas rosadas mientras Nuria la escuchaba en silencio.

—Y pasamos página. Todos. Mi madre casi no me miraba a la cara. Supongo que estaba avergonzada de que encontraran a su hija desnuda en su coche envuelta en su propio vómito. Claro que eso solo lo saben unos pocos, que ya se encargaron mis padres de que no estuviera nadie de nuestro círculo social ni de la prensa en el juicio. Aún hoy no me mira a la cara. Me echa un vistazo general y solo le interesa que vaya bien adornada para que no se note cómo estoy por dentro. Cuando volví a casa no pasó ni una noche conmigo, no se preocupó de mis heridas. Contrataron a una enfermera. Ella siguió con su vida social, como si nada hubiese pasado, tratando de que nadie supiera lo que había sucedido. Mi padre como siempre se ocupó de todo, de los abogados, de la prensa, de mis amigas... Había que ocultarlo en la medida de lo posible. Aun ahora, cuando algún amigo me saluda, me pregunto si lo sabrá o no; si estará pensando mientras me sonríe «Pobre chica» o, por el contrario, «Ella se lo buscó»; si no lo sabe o si finge no saberlo... Claro que mi padre lo hizo por mí, para que no sufriera, para que no tuviera que avergonzarme delante de nadie. Soy una Celaya, y a una Celaya no puede pasarle algo así. Somos indestructibles, fuertes. Nosotros arreglamos nuestros asuntos sin ayuda y sin lágrimas...

Mientras Ane decía esto las lágrimas contenidas rebosaban las cuencas de sus ojos resbalando por sus mejillas. Pero ni siquiera era consciente de que lloraba.

—Y luego Iker... que tuvo una enorme paciencia..., que nunca me culpó de nada... y que esperó más de un año a que yo pudiera, siquiera, soportar que me tocara... Mi padre insistía en que nos casáramos cuanto antes, pero cómo me iba a casar si no podía admitirlo en mi cama... Aún esperó otro año a que estuviera preparada para aceptar una relación sexual... Nosotros..., que éramos los amantes perfectos..., con los mismos gustos... El sexo con Iker era... explosivo..., impulsivo..., maravilloso. Pasó a ser solo un medio para tener un hijo. Ahora apenas nos tocamos. Desde que nació Ander lo he apartado de mí de nuevo. Tanto que no me extrañaría que... Prefiero no pensarlo...

Ane se secó inconscientemente con las manos las lágrimas que le humedecían la cara. Sintió una liberación, como si hubiera arrojado una carga que llevara arrastrando muchos años.

Nuria, con gesto felino, solo pensaba en el trabajo que quedaba por hacer. Ane estaba hecha pedazos y suponía un reto para ella poder recomponerlos.

23

«No creo que exista nadie más estúpido que yo», pensaba mientras se preparaba otra jarra de café.

—De verdad que soy estúpida estúpida —se dijo en alto a sí misma consciente de que, a pesar de todo, seguiría revisando el procedimiento.

Y es que llevaba días quitándose horas de sueño mientras leía minuciosamente cada página, subrayando lo que antes había subrayado Mansa y tomando notas en una libreta comprada al efecto. Aquel domingo llevaba trabajando desde las diez de la mañana en lugar de irse a correr por el Retiro. Se perdería también el habitual vermut de compañeros de los domingos.

«Si soy más tonta, no nazco», se repetía cada vez que sonaba el despertador para ir a trabajar con un déficit de sueño. Y así llevaba quince días después de hablar con Enrique Mansa y de llamar a su padre y echarle la bronca por haberle dado su dirección a Óscar. Luego se arrepintió. La bronca a su padre fue la reacción ante la petición de Miguel de que revisara el asunto. Se había pasado. Su padre no se lo merecía. El que se merecía toda su ira era Miguel, que seguramente solo pretendía volver a tenerla pendiente de él, jugando con ella como cuando era una cría. El muy egoísta... Pero cuando su padre le pidió que lo leyera después de escuchar los sapos y culebras que ella le profirió, argumentando que no tenía nada que perder y que era un caso digno de ella, se dio por vencida.

—¿No era lo que querías, Marta? —le preguntó Germán—. Un caso de verdad. Se lo debo a su padre. Era amigo mío. Era una buena persona.

Lo cierto es que Germán y Aresti habían sido siempre buenos amigos. De pequeños habían jugado juntos y se habían corrido más de una juerga de jóvenes. Luego las mujeres y los hijos, la vida en general, hicieron que se distanciaran. Germán se fue a Burgos a trabajar y Aresti se quedó en el pueblo. Pero era ese tipo de amistad que soportaba la ausencia y el paso del tiempo. De hecho, Germán estuvo en el juicio. No en las sesiones, porque por algún motivo era muy difícil entrar. Pero estaba a la entrada y a la salida para que lo viera su amigo. Un simple gesto de cabeza servía para decirle: «Oye, estoy aquí. Cuenta conmigo».

Luego, cuando Aresti murió, ir a su funeral fue como si terminara una etapa de su propia vida. Habían muerto ya varios amigos, unos por accidente, otros por el terrible cáncer... Todos ellos demasiado jóvenes. Y Aresti fue uno más al que enterrar, también antes de tiempo. Frente a la opinión de su marido, Mari Tere mantenía que lo que dijera la sentencia era lo que había. Nunca le dio al chico el beneficio de la duda tras conocer el fallo. En realidad, Mari Tere, a la que no se la escapaba nada que tuviera que ver con sus hijos, había notado en su día que su niña miraba a aquel chico más de la cuenta y no le gustaba nada el asunto. Miguel no era lo que ella quería para su hija. Por eso le cogió cierta manía, aunque en realidad hubiera cogido manía a cualquier hombre que se hubiera acercado a su niña. Marta era tan buena y tenía un futuro tan prometedor que nadie era lo suficientemente bueno para ella. Pero en todo caso aquel sinvergüenza que estaba cada día con una, que bebía más de la cuenta y que hacía el tonto en público era, de todos, el menos indicado. Y veía que él también le ponía ojitos a Marta.

Por eso no le hizo ninguna gracia que Germán le diera a Óscar la dirección de Marta. Pero Germán lo hizo, aun a riesgo de ganarse una bronca de aúpa de las dos mujeres de la familia, como de hecho fue. Las soportó estoicamente, como un perro abroncado que baja la cabeza en señal de sumisión ante su amo. Pero se salió con la suya, como de costumbre. Era la táctica del «dame pan y llámame perro».

Y ahí estaba Marta dedicándole a Miguel horas de su descanso. Revisar el expediente era como leer una novela de la que ya habías leído algunos capítulos y conocías el final. Y estaba descubriendo ahora los detalles ignorados, los capítulos no leídos, aun sabiendo que el final sería necesariamente el mismo. Miguel era culpable para siempre. Ese era el fin de la historia.

A pesar de ello había leído minuciosamente cada declaración y había revisado cada prueba. La de Ane, como le había anticipado Mansa, parecía una declaración sincera y por ello verdadera. Solo hablaba de lo que recordaba y reconoció que bebió muchísimo aquella noche y tuvo lagunas. Pero derrumbó la defensa de Miguel porque en todo momento negó haber tenido relaciones íntimas el día anterior. El juez dio por buena su declaración, a pesar de que había muchos testigos que el día previo a la agresión los habían visto irse juntos en el Porsche.

El juez manifestaba en la sentencia que irse con ella en el coche no acreditaba la consecuencia de una relación sexual, pero sí era acreditativo de que Miguel y Ane ya se conocían el día de los hechos y de que tenían, al menos, una cierta relación.

Leyó luego la versión de Miguel. Dijo que se habían acostado la noche anterior. Él se arrepintió a la mañana siguiente porque no habían usado protección. Eso fue un gran error, pero los dos tenían ganas de sexo y ella le aseguró que tomaba la píldora. Al día siguiente reconoció estar con ella a la puerta de un bar. Reconoció que estaban besándose en público y también que se fue con ella en el Porsche, como señalaban los testigos. Pero después de aparcarlo a la orilla del río, y a pesar de que ella insistía, él no quiso seguir y la paró. Estaba muy borracha. Ella se enfadó. Lo arañó y lo echó del coche a patadas. Entonces se fue a casa. No vio a nadie por el camino. Era ya muy tarde y la carretera del río estaba solitaria.

Los testigos del pueblo corroboraban que ambos días se habían ido juntos en el coche. Que los habían visto besándose. Que nadie conocía a Ane y que solo la vieron con él. Que se fueron muy tarde en el Porsche. Que había acabado la verbena, luego eran más de las cuatro de la mañana.

Dos amigas de Ane, Carla y Almudena, declararon que sabían que se había liado con él el día que llegaron. Que ellas lo vieron, pero que estaban en un bar y no llegaron a más. Que también se fue con él en el coche la noche siguiente mientras ellas esperaban a que volviese a recogerlas. Que el día antes de la agresión se enfadaron con ella por haber dejado sola a una amiga y que no estuvieron presentes el día de la agresión porque se habían vuelto a Bilbao. Que no sabían lo que había hecho Ane ese día a partir de las ocho de la tarde, hora en que ellas cogieron un autobús. Las periciales biológicas indicaban que había restos de semen en la vagina de Ane y que el perfil de ADN coincidía en un 99,99999999 por ciento con el de Miguel Aresti Ortiz.

En las uñas de la víctima había también restos de ADN que coincidían con el de Miguel. El informe forense, aparte de incorporar aquellas terribles fotos y de tomar las muestras vaginales y de uñas, constataba la existencia de varias fracturas costales bilaterales con amplios hematomas más grandes en el lado derecho, lo que indicaba que el autor era zurdo, como Miguel. Grandes hematomas en ambos muslos compatibles con un mecanismo de agarre y sujeción con las manos. Hematomas en ambos brazos también compatibles con un mecanismo de sujeción con las manos. Un hematoma con leve sangrado en el lateral derecho del abdomen, compatible con un mordisco. En la cabeza, un hematoma periorbitario derecho de grandes dimensiones y diversos hematomas en ambos lados faciales compatibles con un mecanismo contuso. Hematomas digitiformes a ambos lados del cuello. Todo ello constataba una agresión sexual cometida con violencia.

Apartado, en un portafolios, bajo la rúbrica INÚTIL, Mansa guardaba una serie de documentos. Él mismo le había explicado que eran diligencias de las que no se había extraído ninguna conclusión relevante y que por ello no habían sido utilizadas por ninguna de las partes.

En su interior, la declaración de dos empleados de Ane, los guardeses de la casa, Margarita y Julián, quienes declararon que las chicas llegaban tarde todos los días y que dormían hasta bien entrada la mañana. Que el día de la agresión Ane se fue sola. Que ellos justo volvían de Bilbao de llevar a una de sus amigas cuando ella se iba en el Porsche. Que no les dijo nada. Que ni los saludó. Que no saben dónde iba. Que tampoco sabían dónde estaban el resto de sus amigas. Que habían discutido entre ellas. Efectivamente, aquellas declaraciones no aportaban nada.

Por otro lado, estaba la inspección ocular del Porsche con su correspondiente informe fotográfico.

En la parte delantera del vehículo unas gafas de sol propiedad de la víctima y una caja de chicles de menta. En la guantera, varios tíquets de autopista, otro de limpieza del vehículo y la documentación.

En la parte de atrás, donde se encontró a la víctima semidesnuda, parcialmente cubierta con una manta, tiradas en el suelo del vehículo, dos botellas vacías de Macallan, una camisa blanca de mujer con los botones arrancados, un pantalón vaquero de mujer, una braga y una manta granate. También un bolso con la documentación y diversos efectos personales de la víctima. Se hallaron varios cabellos de distintos tonos y larguras que se recogieron para su análisis.

También había una prueba biológica relativa a los cabellos encontrados que arrojaban restos de ADN con el perfil de, al menos, cuatro mujeres y tres varones distintos. No se pidió el análisis de dichas muestras. El motivo fue que, conforme declararon tanto Ane como sus amigas, días antes de ir a Briviesca habían estado de fiesta en Bilbao y en aquel coche se había montado todo el mundo, amigos y amigas de Ane. Así que identificar esas muestras no servía de nada, máxime cuando el propio Miguel reconocía haber estado en el vehículo. Uno de los perfiles masculinos era suyo sin duda, y los otros dos podían pertenecer a cualquiera de los amigos de Ane que no estaban relacionados con el asunto.

Ciertamente también era absurdo analizar los ADN de personas que no tenían nada ver con los hechos. Además, no había con quién compararlos y resultaba una diligencia cara e inútil.

Tenía todo el procedimiento extendido por el suelo de su habitación para no molestar a su compañera.

Por más que lo revisaba, no encontraba ninguna fisura en la acusación. La sentencia era intachable y estaba profusamente motivada, y la presencia de semen de Miguel era, sin duda, la prueba estrella. Todo encajaba a la perfección. Si Miguel quería su veredicto, coincidiría con el del juez…

Por desgracia, Miguel no era como ella había imaginado, o más bien como ella había deseado. No era solo un hombre joven brillante y libre que vivía y disfrutaba de la vida sin esconderse porque podía hacerlo. Era, sin embargo, alguien que tenía capacidad de hacer daño, de hacer mucho daño… No era capaz de ver ya nada bueno en él. De repente, Marta volvió sobre sus pensamientos. Cogió el portafolios INÚTIL.

«Un momento… ¿Qué había en la guantera del coche?», se dijo.

24

Los días habían pasado muy rápido esta vez entre consulta y consulta. El hecho de pronunciar la palabra «violación» como algo real, como algo que le había ocurrido, el hecho de verbalizarlo por primera vez en tanto tiempo, le había dado un poco de libertad y algo de sosiego. Aquello de «La verdad os hará libres» tenía su punto de razón. Aquellas últimas semanas había estado mucho más serena y, desde luego, más tranquila. Había dormido mejor, se había relajado con Ander y hasta había quedado con Almudena para tomar un café y agradecerle la recomendación.

En realidad, la ocurrencia de quedar con ella no fue suya, sino de Nuria.

Después de varias sesiones trabajando en la idea de que ella no era culpable, sino víctima, de que no tenía nada de qué avergonzarse, de que no tenía nada que ocultar por vergüenza, Nuria le había recomendado que intentase hablar del tema con alguna amiga de las que mejor la conocían, de las que compartieron los momentos anteriores a la agresión. Le pidió que intentara verbalizarlo hasta donde se viera capaz, sin necesidad de entrar en detalles. Era suficiente con que lo mencionara.

Quería que comprobase que su amiga no la estaba juzgando ni la culpaba de nada, porque no era, en realidad, culpable de nada. Tenía que darse cuenta de que estaba totalmente equivocada. Nadie pensaba que se lo buscó o que lo provocó cualquiera que hubiese sido su comportamiento. Ella era su juez más severo. Y, como hablarlo con su familia le resultaba imposible, una amiga le vendría de perlas. Nuria le había dicho que aislarse socialmente no la hacía más fuerte, sino más vulnerable. Que esa misma soledad que buscaba para preservarse de muchos peligros le estaba llevando al borde de la depresión. Y que nada nos hace más solitarios que nuestros secretos.

Lo cierto es que aquella psicóloga era una fábrica de frases.

—Nuria está siendo bastante útil —afirmó Ane.

—Me alegro. En realidad, medio mundo debería ir al psicólogo —contestó Almudena.

—Y el otro medio al psiquiatra.

Las dos rieron abiertamente durante unos instantes. Luego hablaron de sus hijos, de su rutina, de temas intrascendentes en general. Hacía tiempo que Ane no mantenía una conversación así con una amiga.

También recordaron viejos tiempos, algún baile, alguna fiesta, sus vacaciones en Menorca, alguna borrachera compartida...

—Como la que me cogí cuando íbamos a aquel pueblo y te vomité todo el coche —dijo Almudena.

—Sí, aquello fue asqueroso.

Almudena se dio cuenta de que se había acercado demasiado a un tema intratable. Se lo había prometido hace años a Jon Celaya. No hablar de este tema con nadie, y mucho menos con Ane.

—Lo siento —dijo Almudena—. No debí hablar de eso.

—No, en realidad me alegro de que lo menciones. En aquella época yo andaba muy pasada.

—No más que las demás —dijo Almudena tratando de justificar a su amiga.

—Muchas veces he pensado que yo misma me metí en la boca del lobo. Fui una estúpida. Casi fui en su busca.

—No digas tonterías, Ane. Quién iba a pensar que aquel chico sería en realidad un...

—Un violador, dilo sin miedo —afirmó Ane pronunciando la tan temida palabra.

—Podríamos haber sido cualquiera de nosotras, Ane. ¿Nunca lo has pensado? Yo muchas veces —contestó Almudena—. Fuiste tú, pero podría haber sido yo. Me alegro de que esté donde está y espero que se pudra entre rejas —sentenció.

Ane nunca había pensado eso. Nunca se lo había planteado así. Si en lugar de ella le hubiera gustado alguna de sus amigas, o si alguna de sus amigas se hubiera encaprichado con él como hizo ella, como parte de un mero juego, podían haber sido ellas. Simplemente se dio de frente con un depredador y ella fue una presa fácil. Ane agradeció las palabras de su amiga.

—Me pasé mucho con vosotras, especialmente con Iratxe. Nunca debí dejarla tirada. Y también debí llevaros de vuelta a Bilbao. Nada de aquello hubiera pasado.

—Por mí puedes estar tranquila, Ane. No puedo ni imaginar lo que tuviste que sufrir. Muchas veces he tenido la tentación de hablar contigo, de tener una conversación como esta, pero tu padre e Iker nos dijeron que era mejor olvidarlo todo y no hablar nunca del tema. Yo, por mi parte, se lo juré a los dos. Acabo de romper mi promesa. También tengo que disculparme por no haber estado contigo. No sabía cómo actuar, así que hice lo que me dijeron que era mejor para ti. Es liberador poder hablar contigo por fin.

—Es cosa de Nuria —dijo Ane—. A ella debo agradecérselo. Ojalá pudiera hablar también con Carla y con Iratxe. Debería disculparme con ellas, especialmente con Iratxe. No tiene nombre lo que le hice.

—Bueno, ya sabes que Carla está en Alemania e Iratxe en Londres. En cualquier caso, no creo que debas disculparte con ella. Ya se tomó su revancha y créeme que no se merece tus disculpas —dijo Almudena con firmeza—. No se las merece en absoluto.

Ane la miró sorprendida.

—¿A qué te refieres? —preguntó inquieta—. ¿Qué clase de revancha?

Almudena contestó de inmediato. Iratxe no era santo de su devoción. Siempre había pensado que la trataba con un cierto aire de superioridad y no perdió la oportunidad de hablar mal de ella.

—Mira, a mí me pareció fatal lo que le hiciste aquel día dejándola tirada. Aún no sé por qué te dio ese arrebato. Pero ella no se quedó atrás. Y ya que estamos sincerándonos te lo diré porque creo que debes saber cómo es Iratxe —dijo Almudena con la intención de que Ane la viera como su nueva mejor amiga—. ¿Recuerdas que ella volvió a Bilbao por la mañana con la guardesa esa mal carada, no me acuerdo cómo se llamaba, y su marido, y que nosotras cogimos un autobús esa misma tarde?

Ane asintió con la cabeza.

—Pues al día siguiente fuimos a verla y a ponerte verde entre las tres, para qué negarlo. Claro que aún no sabíamos lo que te había pasado —dijo disculpándose por su sinceridad—. Pues, bien, ella nos confesó que se había vengado y que según llegó a Bilbao aquella mañana consiguió hablar con Iker. Llamó al hotel de Fuerteventura donde estaba alojado con los demás de la pandilla y lo localizó. Y entonces le contó lo zorra que eras y cómo te estabas tirando a un tío en un pueblo prácticamente en público.

A Ane le cambió el color de la cara. Se puso blanca en cuestión de segundos y un sudor frío le recorrió todo el cuerpo. Se sintió como el ladrón al que pillan cuando ya se siente a salvo, después de mucho tiempo. Iker sabía que se había estado liando con aquel hombre. Sabía que se había arrojado a los brazos de aquel delincuente como una loca borracha e infiel. Así que, a pesar de haberlo ocultado en el juicio, Iker era consciente. Iker lo sabía desde el principio… Y, sin embargo, en todos estos años nunca le había dicho nada, nunca le había reprochado nada… Nada en su comportamiento había dado a entender que lo sabía…, que sabía que le había puesto los cuernos, que le había sido infiel con el hombre que la violó…

—Nos pareció fatal, claro —continuó Almudena interrumpiendo los apelotonados pensamientos de Ane—. Y Carla y yo estuvimos de acuerdo en decírtelo cuando volvieras… Pero luego nos llamó la guardia civil para declarar, nos enteramos de lo ocurrido y ya nada tenía sentido.

Ane seguía pensando mientras su amiga se explicaba. Pensaba cómo iba a mirar a los ojos a su marido cuando lo viera, cómo reaccionaría, cómo le compensaría por todo el cariño y la paciencia con los que había pagado una traición.

—Y luego vimos que Iker estaba contigo al pie del cañón, que te acompañaba en el juicio, que te agarraba de la mano y te apoyaba, y pensamos que, o bien no la había creído, o bien te había perdonado. En cualquier caso, era absurdo decírtelo para añadirte una preocupación más. Si ahora te lo digo es para que no confíes en Iratxe. En ella no se puede confiar. Yo no me he fiado nunca de ella.

Ane seguía muda mirando al infinito mientras intentaba tomar decisiones que era incapaz de tomar en aquella cafetería y con Almudena hablando por los codos de lo infame que era Iratxe.

—A mí me la ha montado un par de veces —continuó—. Así que he perdido todo el contacto con ella, y ni ganas que tengo de recuperarlo.

En ese momento a Ane se le hizo insoportable la compañía de Almudena, su voz, su perfume. Necesitaba salir a la calle a respirar. Necesitaba huir de aquel confesionario improvisado en que se había convertido la cafetería.

—Lo siento, Almudena. Tengo que irme ya. Se me está haciendo tarde y necesito abrazar a Ander.

Las dos mujeres salieron de la cafetería. Ane se despidió con prisas y dejó a Almudena con la palabra en los labios.

—Nos vemos otro día —exclamó en la distancia al tiempo que veía desaparecer a Ane en la oscuridad de la tarde.

De camino a casa solo podía pensar en Iker. Agradeció por esta vez que de nuevo hubiera viajado a Londres por encargo de su padre. Así no tendría que enfrentarlo directamente. Cómo podía haber sido tan bueno con ella sabiendo lo que había hecho. Cómo podía haber sido tan generoso. Ella, en su caso, no lo hubiera sido. Ella lo hubiera aborrecido. Si hubiera sido él el infiel, habrían discutido infinito, se habrían peleado. Pero en su lugar él estuvo con ella, la cuidó, la mimó y la esperó el tiempo que fue necesario. Él había sido maravilloso, seguramente conmovido por el estado en que ella quedó. Siempre lo había visto como un hombre inteligente, atractivo, emprendedor, resuelto, decidido. Tenía muchas cualidades que lo convertían en un buen marido y un buen compañero de viaje. Pero nunca había pensado que tuviera la capacidad de perdonar algo así, algo que ella seguramente no le perdonaría. Se sorprendió de lo poco que conocía a su marido.

Pensó en llamarlo aquella noche, en hablar con él un rato, en decirle que lo echaba de menos y que lo quería. Hacía tiempo que no se lo decía. En realidad, se lo había dicho muy pocas veces. No era de esas, y él tampoco. Pero él se lo había demostrado con creces todos estos años. Aun ahora, cuando ella lo había apartado tras el nacimiento de Ander, él seguía, pacientemente, soportando su difícil carácter.

Al llegar a casa llamó a su padre y le preguntó por el hotel donde Iker se alojaba. Eran las diez de la noche cuando lo llamó.

—*Sorry, lady. He doesn´t answer the phone.*

25

Hacía dos días que Marta aguardaba recibir noticias de su hermano. Germán le había pedido que esperara a que hiciera el examen de Derecho Procesal y que luego se pondría a ello.

—¡Qué gozada! —comentó Germán al recibir el encargo—. Es como jugar a los detectives. Me llevaré a papá conmigo. Ahora que está jubilado tiene mucho tiempo y seguro que lo disfruta.

Desde su mesa de trabajo en casa, Marta miraba insistente el teléfono esperando una llamada. Si su intuición era buena, las cosas no estaban tan claras como parecía. Pero para ello había que confirmar esa intuición. Estaba tan nerviosa que no podía dejar de pensar en ello. ¿Era posible que se hubiera pasado algo por alto? ¿Fue posible en su día generar una duda y no se hizo? ¿Aquella factura de limpieza fechada a día 24 de agosto de 1991 podía tener algún valor? La espera la estaba matando. A pesar de tener kilos de trabajo, y a su supervisor encima como una garrapata chupasangre, le resultaba imposible concentrarse y el retraso empezaba a acumularse. No tenía horas en el día suficientes para tanta carga de trabajo. Comenzaba a sentirse ya no insatisfecha, sino explotada en un puesto que no le gustaba. Encima se había dejado en el despacho las fotocopias del Aranzadi que necesitaba aquella tarde para poder avanzar.

Por fin sonó el teléfono. A pesar de estar esperando la llamada, Marta se sobresaltó. Por fin saldría de dudas.

—Marta —dijo Germán al otro lado del auricular—. Misión cumplida.

—Por favor, Germán, ve al grano, que estoy en ascuas. ¿Qué has averiguado? ¿La empresa sigue existiendo? ¿Te han aclarado algo?

—Pues sí. Ha habido suerte. La empresa existe y sigue estando en el lugar que constaba en la factura. De hecho, les enseñé la factura que me mandaste por fax y me confirmaron que era suya.

—¿Y?

—Pues que es una factura por importe de veinte mil. Quinientas pesetas equivalen a una limpieza integral del vehículo con desmontaje completo de asientos incluido. Vamos, que limpiaron hasta la primera papilla. Tuvieron que dejar el coche como salido del concesionario. Así me lo aseguraron, como nuevo.

—¿Y les preguntaste lo de sus trabajadores?

—Sí, déjame seguir, impaciente —dijo Germán—. Ahí estuvimos papá y yo en plan Sherlock Holmes y Watson. Por supuesto sin que se enterara mamá, que ya riñó bastante a papá cuando le dio a Óscar tu dirección. De hecho, te estoy llamando desde una cabina porque en casa estaría en territorio hostil.

—¡Germán! —insistió Marta—. Al grano.

—Bueno, a lo que vamos —continuó su hermano—. Le pregunté al encargado si era posible que al limpiar el vehículo pudiera quedar algún pelo de alguno de los trabajadores. Me contestó que era de muy difícil a imposible, porque trabajan con productos químicos, algunos muy potentes, y tienen que protegerse. Además, me dijo textualmente: «No sabes lo que podemos encontrar en algunos coches incrustado en la moqueta. Te sorprenderías». Le dije que podía hacerme una idea porque no sé si recuerdas cómo estaba el Chrysler de papá cuando éramos niños, que llevábamos allí juguetes, había migas de bocadillos, gusanitos, gominolas pegadas en la moqueta…

—¡Germán! —dijo Marta cortándole.

—OK. Bueno, pues el encargado, un tío muy majo, nos enseñó cómo trabajan. Me llevó donde estaban lavando un vehículo, el tipo de lavado que se corresponde con el importe de la factura. Estaba todo desmontado. Todos los asientos sacados, los delanteros y los traseros. El coche totalmente vacío. Lo que es la carcasa, el volante y la palanca de cambios. Y el operario que estaba al asunto, de la limpieza, quiero decir, llevaba una especie de mono de plástico duro, calzas de plástico en los pies, guantes, gafas y una especie de escafandra en la cabeza, como las de las películas de la NASA. Bueno, no tanto, pero para que me entiendas. Lo usan, según nos dijo, tanto para asegurar la limpieza completa del vehículo como para garantizar la salud de los trabajadores, ya que algunos productos pueden producir irritaciones y alergias mientras están limpiando. La verdad es que el olor era bastante fuerte en ese momento.

—Lo que quiere decir… —insinuó Marta a su hermano.

—Lo que quiere decir que cualquier cabello que se encontrara en el vehículo después de la hora en que este salió de la empresa de limpieza el día 24 de agosto de 1991 tiene que corresponderse con personas que estuvieron en ese vehículo después de ese momento y no antes —afirmó Germán.

—Por lo que los cabellos encontrados en el vehículo de tres varones diferentes determinan que al menos tres hombres pudieron estar en ese vehículo entre el veinticuatro y el veintiséis de agosto —sentenció Marta tan satisfecha como si hubiera descubierto la misma penicilina—. Sin embargo, esta circunstancia se descartó sin tener en cuenta que el vehículo había sido limpiado a fondo y por profesionales, y por lo tanto los cabellos no son de los amigos que Ane llevara en su coche en Bilbao antes del día veinticuatro.

—«Elemental, mi querido Watson» —contestó Germán satisfecho—. Papá está flipado, como si hubiéramos descubierto América —dijo riéndose.

—Pues dile a papá que se calme porque solo es una posibilidad. El cabello puede llegar a un vehículo no solo porque alguien entra en él. También por contagio, es decir, porque alguien que entró en el coche lo llevara en la ropa, por ejemplo. Pero sí es cierto que es un hilo de donde tirar.

—¿Se lo vas a decir a Miguel? —preguntó Germán.

—Para nada. Ni siquiera le he dicho que estoy revisando el asunto. No he hablado con él desde que lo vi en prisión por el tema de su madre, que ya está casi resuelto, por cierto. La verdad es que no sé qué hacer con todo esto ni tampoco sé para qué lo hago. La sentencia es firme. Y por otra parte ni soy la abogada de Miguel ni puedo serlo porque tengo firmada una exclusividad con estos mamones del bufete. Lo malo es que estoy picada con este asunto como no lo he estado con ninguno hasta ahora y me gustaría saber la verdad. Luego no sé qué haré con ella. Quizá escupírsela a la cara a Miguel, que a pesar de todo esto sigue pareciéndome culpable.

—Bueno, pues si me necesitas llama, que aquí tienes a tu investigador privado en prácticas —contestó Germán.

—Tú estudia, hermano. A ver si acabas y podemos trabajar los dos juntos, que yo estoy harta de este trabajo y de su sueldo miserable, y sobre todo del gordo de mi supervisor.

—Vaya, hermana, te estás convirtiendo en una macarra —dijo Germán riéndose.

Los hermanos se despidieron al oír la señal de que se agotaban las monedas. Marta volvió a su mesa de trabajo donde tenía desplegado un procedimiento civil de propiedad horizontal. Era el mayor coñazo en el que había trabajado hasta ese momento y cualquier distracción le parecía buena excusa para dejarlo. Lo malo es que en dos días tenía que presentar un proyecto de demanda a su supervisor y los documentos que le habían entregado los clientes se apelotonaban desordenados sobre su mesa. Lo más importante en derecho era tener las ideas ordenadas. Luego, establecido ese orden, presentar los hechos y las pruebas en las que se basaban para rematar con la argumentación jurídica.

Sin embargo, en su cabeza aquella tarde solo reinaba el caos, pues sus pensamientos pasaban del artículo 16 de la Ley de propiedad horizontal al Porsche rojo y las fotografías que tenía desplegadas por el suelo de su habitación. Estaba descubriendo que le gustaba mucho más el derecho penal que el derecho civil. Finalmente, se levantó de su silla y se tiró al suelo lleno de fotos, papeles, declaraciones, informes forenses e informes biológicos extraídos todos de la caja enviada por Enrique Mansa.

A pesar de lo endeble del indicio, existía la posibilidad de que alguien más, además de Miguel, hubiera subido al coche en esos días. Pero aquello no la llevaba a ninguna parte porque, aunque hubiera unos perfiles de ADN, no había con quién compararlos. No había existido ningún otro sospechoso aparte de Miguel. El pueblo estaba lleno por aquellos días y al ser fiestas había gente de todas partes. Así que, pese a la duda generada por aquella factura encontrada en la guantera del coche que le había parecido, hacía unos días, un hallazgo singular y relevante, ahora no tenía un sendero de migas de pan por donde seguir. Solo había encontrado una intranscendente miga con la que no sabía qué hacer. Volvió a revisar el portafolios de Mansa con la rúbrica INÚTIL, buscando una segunda miga de pan. Los tíquets de autopista, la ropa de Ane, la manta granate, las botellas de whisky... Nada de aquello le decía nada... El informe biológico...

ADN de tres varones y cuatro mujeres distintas... Ane y sus amigas eran cuatro en total... tres varones... Miguel y quién más...

Allí estaban las declaraciones de los guardeses Julián y Margarita rechazadas también por intrascendentes, porque no sabían nada del día de los hechos. Era posible que Julián hubiese llevado el coche a lavar. No se imaginaba a la rubia de sandalias doradas y vaquero de Versace llevando a lavar un coche si tuviera a alguien a su servicio que pudiera hacerlo por ella. Quizá Julián era la siguiente miga de pan. Quizá Julián fuera el segundo hombre que subió al Porsche entre los días 24 y 26 de agosto. Solo era una hipótesis, pero cuanto más lo pensaba más posible le parecía.

Localizar a Julián no debía de ser demasiado difícil. En las declaraciones aparecía siempre el domicilio del testigo. Marta buscó su declaración. Ahí estaba, Julián García Bárcena con domicilio en la calle El Arenal s/n de Briviesca.

Era posible que todavía viviese allí, que siguiera trabajando en la casa de Ane. Si no era así sería imposible localizarlo. Quizá lo fuera. Había pasado mucho tiempo. Las cosas cambiaban mucho en siete años. La vida podía dar mil vueltas en ese tiempo. Ahora hacía falta que tuviera teléfono y que apareciera en la guía telefónica de Burgos.

«Esto se lo pido a papá», pensó mientras marcaba el número de su casa. Después de veinte minutos de conversación con su madre interesada por saber cómo le iba en el trabajo, si ya había ido a algún juicio con su toga y si estaba comiendo bien, Mari Tere le pasó por fin el teléfono a Germán.

—Papá, búscame este número en la guía. A ver si hay suerte. No le digas nada a mamá. Si lo encuentras, me llamas.

A los cinco minutos Marta tenía el número de teléfono al que contestó una mujer.

—Buenos días. ¿Es la casa de los Celaya en Briviesca? Quisiera hablar con el guardés, Julián García.

—No, señora —contestó Margarita con su natural retintín al otro lado del auricular—. Es la casa de los García y don Julián es el dueño, no el guardés.

«Pues sí que han cambiado las cosas», pensó Marta.

26

Cuando la nieve caía sobre Burgos la ciudad parecía una estampa de cuento. Las agujas de la catedral arañaban majestuosas el cielo blanco y rosado del amanecer de los días nevados. El arco de Santa María presidía la legión de plátanos de Indias entrelazados del paseo del Espolón que parecían formar en posición de firmes para saludar al transeúnte, quien podía pasarles revista asombrándose del poder de sus ramas centenarias, ahora desnudas de hojas y cubiertas por la nieve. Algún puesto de castañas estaba abierto ya a las nueve de la mañana cuando la ciudad se desperezaba. De su interior surgía un agradable olor a calor. Las márgenes del Arlanzón, cubiertas por un manto blanco, permitían transcurrir entre sí al río que parecía de plata. Los sauces de las orillas, abrumados por el peso de la nieve, rendían sus ramas que se descolgaban elegantemente sobre las barandillas y las pasarelas. Algún intrépido burgalés se arriesgaba a circular en bici.

Sin embargo, Marta había decidido andar entre su casa y el centro penitenciario. Como bien decía su madre, en Burgos no había distancias, y le apetecía sentir el fresco de la mañana sobre la cara. Porque en Burgos al frío lo llamaban fresco.

Ataviada con un abrigo azul de botones dorados, unas botas katiuskas del mismo color y unos serviciales guantes de lana, Marta avanzaba por el paseo del Espolón y luego por el de la Isla disfrutando una vez más del paisaje que no por conocido resultaba menos admirado. En su camino atravesó el parque del Parral, vecino de las Huelgas y de la ermita de San Amaro, encerrado entre sus muros de piedra, donde en otro tiempo descansaron pobres y enfermos que eran atendidos en el Hospital del Rey. Pasó después frente a la Facultad de Derecho y la de Química. Más allá la prisión.

Marta había pensado utilizar el paseo para ordenar sus ideas y ensayar sus palabras, pero se había distraído observando la belleza de su ciudad. Se había reservado una semana de vacaciones para pasar la Navidad tranquilamente en casa y se sentía relajada a pesar de la tarea que emprendería una vez que traspasara la puerta del centro penitenciario. Hablar con Miguel era algo que la alteraba, pero había llegado a la convicción de que, aunque no le debiera nada, humanamente estaba obligada a darle una contestación. Al fin y al cabo, era un hombre que pasaría un largo tiempo privado de libertad y su situación era merecedora de cierta compasión cristiana. Y, sobre todo, que su padre se lo había implorado.

Una vez roto el hielo tras su anterior visita, esperaba que esta vez se le hiciera menos difícil mantener una conversación adulta con él. Para ello la táctica era mirarlo como el hombre que era hoy y no como aquel que fue y al que un día admiró injustificadamente.

—Me alegro de verte, Marta —dijo Miguel al otro lado del cristal del locutorio—. ¿Cómo estás? ¿Cómo está tu familia?

—Miguel, esta no es una visita de cortesía y tampoco he venido a felicitarte la Navidad —respondió Marta con cierto aire displicente. Se arrepintió de inmediato de su brusquedad. Al fin y al cabo, él no había dicho nada malo ni desagradable—. Perdona, este sitio me pone algo nerviosa

—explicó, aunque bien sabía que lo que la ponía nerviosa era Miguel.

—No me extraña. No se respira igual aquí dentro que fuera. A veces tengo sensación de ahogo. Supongo que es por el tiempo que llevo aquí.

—¿No te han concedido ningún permiso? —preguntó Marta.

—No los he solicitado. Me da miedo la libertad transitoria. Es una fantasía pasajera que me descuadraría definitivamente y me volvería loco.

Se hizo un silencio entre los dos en el que uno y otro se miraron directamente a los ojos. Seguía existiendo cierta magia y complicidad entre ellos. Era algo que ambos podían sentir, pero que ninguno reconocería. A los pocos segundos Marta apartó la mirada como cuando era niña.

—He venido —dijo Marta intentando acabar con la intimidad generada involuntariamente entre sus miradas— porque he revisado tu caso y necesito hacerte unas preguntas.

—De acuerdo. Dispara.

—Te advierto que, si en algún momento descubro que me mientes, no, corrijo, si en algún momento siento que me mientes, desapareceré por esa puerta y no volverás a verme.

—Y por qué te voy a mentir. No tengo nada que perder.

—Por eso mismo, juegas con ventaja —contestó Marta.

—No veo ninguna ventaja desde este lado del cristal. Y hace tiempo que perdí las ganas de jugar a nada.

—Está bien. Primera pregunta —dijo Marta mirándole directamente a los ojos intentando descubrir en ellos la verdad—. ¿Te acostaste con ella el día anterior a la agresión?

—Sí —contestó Miguel de inmediato—. Y no es fácil contestar siendo tú quien lo pregunta.

—¿Por qué? —dijo Marta arrepintiéndose de inmediato de su pregunta. Lo último que quería era entrar en intimidades olvidadas.

—Porque estaba absolutamente irritado después de verte con aquel tío. Me sentí absurdamente traicionado y abandonado. Esa mujer fue mi escape. No fue nada más para mí.

—¿Traicionado y abandonado tú?

—Ya has oído que he dicho que me sentí así absurda e injustamente.

Marta recordó las luces del Porsche apuntándola directamente a ella en la plaza y cómo después Miguel arrancó el vehículo acompañado de aquella mujer. Estaba claro que Miguel no había mentido. Sus ojos se lo confirmaban. Hasta ahí podía creer su versión de los hechos. Era Ane Celaya la que por algún motivo negó esa anterior relación sexual.

—Muy bien. Segunda pregunta. —Marta volvió a mirarlo fijamente a los ojos—. ¿Aquel día veintiséis te acostaste con ella? ¿La forzaste? ¿La golpeaste? ¿Le hiciste todo eso que aparece en esas fotografías?

—No, no, no y no —contestó Miguel arrimándose al cristal del locutorio, acercándose a Marta hasta donde el frío vidrio se lo permitía.

Marta se echó hacia atrás sin dejar de mirarlo. Dicen que los ojos verdes son mentirosos, pero aquellos no parecían mentir. Sin embargo, esos mismos ojos ya le habían mentido antes, por lo que estaba decidida a poner en cuarentena cualquier cosa que Miguel le dijera.

—No tengo por qué creerte —contestó Marta finalmente—. Ya me has mentido antes.

—Lo sé. Y entiendo que pienses así. Entiendo que eso es lo que pudiste deducir de lo que hice. Pero en realidad no te mentí. Nada de lo que dije fue falso, pero tenía que alejarme para no hacernos daño.

—O sea que me hiciste daño para no hacerme daño —contestó Marta de forma inconsciente al tiempo que se arrepentía de lo dicho. Estaba entrando en terreno pantanoso. No quería reconocer ante él que sí la había dañado ni la desilusión que supuso en aquel momento ni lo ridícula y estúpida que se sintió. Así que intentó corregir sus palabras—. No debiste preocuparte por mí. Solo fue una desilusión infantil. Nada que merezca la pena recordar.

—Mira, Marta —comenzó Miguel mirándola de nuevo a los ojos—. He tenido mucho tiempo para pensar. Demasiado tiempo. Por más que examino mi conciencia no encuentro en mi pasado ningún pecado que justifique este castigo. Es cierto que era un vividor, quizá un donjuán de pacotilla, pero jamás mentí a ninguna mujer y jamás tomé de ellas más que aquello que quisieron darme. —Miguel hablaba pegado al cristal. Necesitaba que Marta lo entendiera—. Marta, he consumido mujeres, una tras otra, como un adicto. Las he encendido como los cigarros que me fumo nada más levantarme. Disfrutaba de su sabor y luego las apagaba, como las colillas que apago en el alféizar de mi ventana. Allí están abandonadas, cada una con sus cenizas. Pero no le hice daño a ninguna o no lo pretendí. Si lo piensas bien, yo también era como un cigarro para ellas. Algo pasajero que consumir y tirar. Eso fui para Ane Celaya, un juego, un pasatiempo. No había nada romántico en todo aquello. Era solo sexo apagado en un cenicero. Lo único de lo que me arrepiento es de que aquella conducta mía me ha traído hasta aquí. Si hubiera sido un hipócrita, si hubiera dado otra imagen, si hubiera sido un donjuán discreto y beato o si tan solo hubiera usado un condón aquella tarde, quizá no me vería ahora como me veo.

Marta lo miraba sin apartar la mirada. Tenía los ojos clavados en los suyos, verde contra verde. Efectivamente, aquel autorretrato coincidía con la imagen que ella tenía de Miguel. Se sintió feliz de no ser una de esas colillas consumidas y abandonadas, y por primera vez lo vio como a una colilla abandonada en el alféizar de la ventana de alguna mujer. Por primera vez lo vio vulnerable. Sintió que era la única que había salido indemne de todo aquello. La única que no se había convertido en cenizas.

—Marta, no podía hacerte eso a ti. Tú merecías mucho más y yo no podía darte lo que querías.

Parecía tan sincero que resultaba creíble. Por breves instantes volvió a ser la niña de diecisiete años... Pero ya no lo era y no estaba en Oña, sino en el frío locutorio de la prisión hablando con un hombre sin presente y sobre todo sin futuro, por el que no podía permitirse tener ni un solo sentimiento.

—Supongamos que te creo, Miguel. Supongamos que no lo hiciste. He visto tu declaración. Te fuiste con ella. Aparcaste el coche en la carretera del río. Bebisteis, os liasteis. Tú la paraste. Ella se enfadó, te arañó y tú te bajaste del coche.

—Eso fue exactamente lo que pasó aquella noche.

—¿Y después?

—Me fui directo a casa caminando.

—¿Y en el camino viste a alguien acercarse al coche, a alguien caminando hacia él? ¿Algún ruido? ¿Algo que indicara que detrás de ti entró alguien en el vehículo?

—¿Me crees por fin? —preguntó Miguel.

—Solo estoy haciendo preguntas.

—No vi a nadie. No había nadie. Era ya muy tarde. Había coches aparcados junto a la panadería. Se veían desde donde estaba el Porsche. Pero no había nadie en ellos. Todo tranquilo y solitario.

—¿Muchos coches? Quizá había alguien escondido tras ellos.

—No. Uno, quizá dos. Pero ya digo que no vi a nadie dentro ni alrededor.

—El horario de visita ha terminado —dijo un funcionario golpeando con los nudillos la puerta del locutorio.

Marta se levantó y se abotonó el abrigo que no se había quitado por el frío. Dentro del locutorio al exhalar se formaba vapor.

—Aún no sé quién eres —dijo Marta mirando a Miguel por última vez.

—Solo soy lo que queda de mí —contestó Miguel.

27

Ane llamó a Nuria solicitando una sesión. Nuria se había convertido en más que una psicóloga. Era alguien a quien acudir cuando no sabía cómo actuar, y ello a pesar de que le había explicado varias veces que ella no le podía decir lo que hacer. Solo podía ayudarla a ver las cosas desde otra perspectiva para que luego ella tomara sus propias decisiones. A Ane le daba igual lo que le dijera. Nuria de Prado era como un manual de instrucciones que la ayudaba a sentirse menos perdida. Por la tarde volvía Iker de su viaje y necesitaba de su manual personal y personificado. Se alegró de que no le hubiera cogido el teléfono la noche anterior. Así no metería la pata. Nuria le diría qué hacer. Por eso aquel día le contó lo que había descubierto sobre Iker, lo que le había revelado Almudena y que se sentía como una traidora que engañaba a su marido y le mentía durante años mientras él le devolvía la mentira con respeto y con cariño. No sabía cómo se enfrentaría a Iker cuando volviera de Londres. Le preguntó si debía tratar el tema o dejarlo estar e intentar compensar durante el resto de su vida el gran amor que le había demostrado él a pesar de todo.

Nuria le hizo ver que nadie estaba exento de cometer errores y que si Iker conocía la verdad y nunca lo había mencionado era porque quizá él lo prefería así. Era posible que la hubiera perdonado. Ahora ella tenía que valorar si necesitaba o no pedirle perdón; si era necesario para ella, entonces debía hacerlo. Si lo hacía con palabras o con obras, eso ya era cosa suya.

—Vaya respuesta, Nuria —dijo Ane—. Me has contestado con mi pregunta.

—Porque buscabas una respuesta que no puedo darte. Solo quiero que pienses que la revelación de tu amiga, lejos de ser algo malo, te ha abierto los ojos y te ha hecho ver cualidades en tu marido que antes ignorabas. Míralo de esta manera. Quizá esto te ayude a acercarte a él de nuevo. Si es lo que quieres.

—También me ha hecho mirarme al espejo. Necesito contarte algo más.

Nuria la miró con su cara de gato, lista para escuchar lo que Ane se disponía a contarle. Se había convertido en uno de los casos más interesantes de sus últimos años, lleno de recovecos, de mentiras, de secretos y de relaciones basadas en ellos.

—Para ocultar lo que Iker ya sabía, para pasar por una novia fiel, omití algo en el juicio.

Nuria tuvo que esforzarse por mantener su cara inexpresiva para evitar que su paciente se bloqueara y dejara de hablar.

—No fue una mentira trascendente. No creas que hay un inocente en la cárcel por mi culpa. Ese animal está encerrado con todas las de la ley. Solo que, si hubiera dicho la verdad, no habría ganado nada más que avergonzar más a mis padres, al propio Iker y a mí misma, que ya estaba bastante destrozada. —Ane tomó aire y bebió un poco de agua antes de seguir con su confesión—. El día antes de la agresión me acosté con el hombre que me violó. Nos fuimos a mi coche y tuve relaciones sexuales con él totalmente consentidas. Eso no cambia que al día siguiente él me golpeara y me forzara, aprovechando que estaba muy borracha, y que me dejara malherida y medio desnuda, abandonada en mi vehículo. De qué servía reconocer la relación anterior. No cambiaba nada. Mis padres hubieran sufrido más. Mi madre me ignoraría de por vida, dejaría de ser la niña de papá y quizá hubiera perdido a Iker. Una cosa es cogerte una cogorza con veintitrés años. Otra es ir acostándote con desconocidos, y más si son carne de presidio. No ganaba nada con reconocer aquello y nadie se veía afectado por negarlo. Y yo estaba ya bastante destrozada y aturdida como para aguantar más dolor.

—Entonces, no solo se lo ocultaste a Iker, sino a todos.

—Pero nadie resultó herido por ello —afirmó intentando justificarse.

—«Nadie puede apartarse de la verdad sin dañarse a sí mismo» —dijo Nuria parafraseando a Lope de Vega. Era una de las frases que tenía siempre en su recámara para soltarla en el momento oportuno—. Solo fíjate lo que te ha costado reconocerlo —continuó—. Has tenido ese secreto en tu cabeza todo este tiempo. Si es cierto que a nadie más ha perjudicado, a ti te ha estado carcomiendo como una enfermedad. Si es cierto que con ello no has hecho daño a nadie más que a ti misma, siéntete liberada por fin.

Ane salió de la consulta algo mejor de lo que había entrado, pero igual de nerviosa. Su oráculo no le había dicho qué hacer. No era capaz de decidir si hablar directamente con Iker o no hacerlo. Quizá un sincericidio era la forma más brutal, pero al mismo tiempo más valiente y directa de volver a acercarse a su marido. Lo notaba cada día más alejado de ella. Era cariñoso, atento, pero buscaba cualquier excusa de trabajo para irse. No podía reprochárselo. Ella no estaba receptiva. Apenas tenían una conversación que durara más de diez minutos. «¿Qué tal el vuelo?», «¿Qué tal el trabajo?», «¿Cómo ha estado Ander?». Y en la cama… El tema de la cama era aún peor.

«Culpa mía —se dijo Ane—. Soy yo la que lo he apartado».

La nueva imagen que tenía de Iker le hizo sentir unas renovadas ganas de retomar el sexo con su marido. Aunque ahora no pensaba en aquel sexo salvaje y al mismo tiempo apaciguador de cuando eran novios, sino en uno más tierno. Quizá podía recuperarlo. A lo mejor no era demasiado tarde. A lo mejor podían volver a ser felices partiendo de la verdad, cuando ya no hubiera secretos entre ellos. Eran los secretos, el silencio y los remordimientos lo que los había alejado.

Era media mañana, así que decidió ir a la peluquería. Después fue de tiendas. Compró un vestido nuevo, con un abrigo a juego y un camisón de raso. No preguntó el precio. Ni siquiera los pagó. En la tienda tenía cuenta y estuvieron encantados de verla entrar. Sentía unas ganas renovadas de verse guapa, de arreglarse para él.

Volvió a casa y besó a Ander. Dejó que la enfermera le diera de comer. No preguntó si estaba bien o si había tenido fiebre. A la legua se veía lo sano y alegre que se encontraba el niño. Llevaba ya semanas de terapia y parecía que iba haciendo progresos.

Luego llamó a su padre y le preguntó en qué vuelo volvía Iker. Había pensado en ir a buscarlo al aeropuerto.

—No te preocupes, Ane. Ya he dicho que vaya un coche a buscarlo a Sondika.

—No, papá —suplicó—. Anula el coche. Déjame ir a mí. Y... si en una temporada evitas que Iker viaje a Londres o a cualquier otra parte, me harías un favor. Pasamos muy poco tiempo juntos los tres. ¿No podrías ponerle a cargo de algo aquí sin necesidad de que viaje tanto?

—Claro, hija. Es cuestión de hacer cuatro ajustes. Lo mando a Londres porque sé que tiene allí un par de viejos amigos del Athletic y por eso no le importa viajar. Suele quedar con ellos a cenar. Pero buscaré en qué ocuparlo aquí.

—Papá, pero no puede enterarse de que esto ha sido cosa mía. Se enfadaría mucho. Y lo único que pretendo es estar más tiempo con él.

—Y yo que me alegro, hija. Y sobre todo de verte más animada. ¿A qué se debe este cambio?

—A la necesidad de ser feliz —contestó Ane dispuesta a intentarlo—. El otro día quedé también con Almudena a tomar un café.

—Buena chica. Muy buena chica. Una amiga fiel. ¡Cómo me alegro, cariño! —exclamó Jon sinceramente contento—. Tú déjame lo de Iker a mí. Lo haremos pasar como un aumento de responsabilidad y una necesidad de la empresa de que asuma el control de algún departamento nacional. Si lo quieres siempre en Bilbao, aquí lo tendrás. Mañana mismo se lo planteo. Deja que le dé una vuelta.

Ane se encontraba cada vez más animada. Después de comer se echó una siesta con Ander. Durmió como una niña durante casi una hora sintiendo el calor y el olor de su bebé. Entre mil olores podría reconocer sin margen de error el de su niño. Una vez despierta veló su sueño. No podía haber nada más precioso. Una combinación perfecta de Iker y ella.

Cuando creciera sería un Otaegui-Celaya, con todas las virtudes de su padre y de su abuelo. Era el futuro de todos y ella era su madre. Eso le daba razones para sentirse orgullosa. Era algo bueno y real, algo verdadero e importante que había hecho en la vida.

Se vistió para ir a buscar a Iker. Se puso el vestido azul noche que acababa de comprar y que pronunciaba el color de sus ojos. Se miró en el espejo. Hacía tiempo que no se veía tan guapa. Se comparó de nuevo con la Ane de las fotos del salón, aquella Ane rebelde, despreocupada y caprichosa, ocupada solamente en hacer su voluntad costara lo que costara. La que veía ahora en el espejo era mejor, una que se estaba liberando de mentiras y pesos muertos. Una Ane que volvía a sonreír. Una madre ocupada en cuidar y educar a su hijo. Una esposa que podía ser feliz con su marido. Un marido que no se merecía, pero que iba a merecerse. Cogió el coche en dirección a

Sondika. Había tráfico. Los días anteriores había caído un poquitín de nieve. Nada que cuajara. La lluvia se la había llevado por delante.

«En cuanto Ander se lo suficientemente mayor lo llevaremos a esquiar —se dijo—. Seguro que esquía tan bien como sus padres. También hay que pensar en llevarlo a la guardería en cuanto tenga la edad. Tiene que relacionarse con otros niños. Tiene que jugar. Está demasiado encerrado en casa… No puedo aferrarme tanto a él para seguir flotando. Tengo que flotar por mí misma…».

Todo eran ideas nuevas durante el camino al aeropuerto. Todo eran proyectos. Sentía que salía de un pozo oscuro agarrándose con las manos a los ladrillos, trepando con dificultad, pero trepando. Era una subida difícil, pero arriba se veía la luz. Y hacía tiempo que no veía la luz.

Antes de salir del coche se miró en el espejo. Estaba guapa. Sus facciones tensas se habían relajado. Parecía más joven. Se sentía más joven. Se había sentido una anciana con treinta años.

Una vez en el aeropuerto se apostó frente a la puerta de llegada del vuelo de Londres. Era 22 de diciembre y la gente se arremolinaba buscando la cara de sus seres queridos que regresaban a casa para celebrar las fiestas. Recordó otros momentos, hace ya años, cuando novios, en que Iker la buscaba a ella o ella lo buscaba a él al aeropuerto y se abrazaban y se besaban en público como las parejas de las películas. Hacían una pareja de película sin duda. Hoy pensaba hacer lo mismo. Iker se sorprendería al verla, pero se alegraría. Luego correría hacia él y lo abrazaría y lo besaría. Igual no era necesario pedirle perdón. Quizá bastaba con abrazarlo y decirle «Te quiero».

Los pasajeros de Londres empezaron a salir por la puerta, pero Iker se resistía a aparecer. Ane sentía los potentes latidos de su corazón. Por fin lo vio. Iba a gritar su nombre cuando se dio cuenta de que detrás de él salía otra cara conocida. No era la de un ser querido. Iker se volvió y le dio un beso en la mejilla. Un solo beso, no dos, un beso largo en la mejilla, cerca de la comisura de la boca. Un beso como los que le daba a ella cuando iban a dormir. Luego le acarició la mejilla como la acariciaba a ella, con ternura.

—Feliz Navidad, Iratxe —dijo Iker a la mujer.

—Feliz Navidad —contestó ella.

28

Marta recogió a su hermano en la Facultad de Derecho en su camino de vuelta a casa. Habían quedado para ir a la champanada de la plaza Mayor a tomar algo por el centro con Sonia, la novia de Germán, y los amigos del colegio. Aunque se llevaban dos años y medio tenían amigos comunes.

—¿Qué tal ha ido? —preguntó Germán al ver a su hermana algo descompuesta.

—No lo sé —dijo ella—. No sé qué pensar. Él niega los hechos y parece sincero, pero no acabo de fiarme de él. No me merece confianza. Podría estar engañándome y yo podría estar haciendo el tonto.

—A mí me parece un reto.

—Pues a mí me parece que me está haciendo perder el tiempo. No sabes lo que he tenido que trasnochar para ponerme al día con el trabajo. Por poco me tengo que quedar en Madrid un par de días más para acabar un informe. Menos mal que mi supervisor se apiadó de mí. Será el espíritu navideño.

Los dos hermanos caminaban tranquilos por el paseo de la Isla en dirección al centro. Había dejado de nevar y los servicios de limpieza habían creado caminos para los transeúntes.

Marta iba por el camino, mientras que Germán iba dando patadas a la nieve aquí y allá como un chaval, un chaval que terminaba aquel año la carrera.

—¿Conseguiste hablar con los guardeses? —preguntó Germán.

—Sí que lo hice, sí. Resulta que ya no son los guardeses, sino los dueños de la casa. No sabes qué ínfulas se dio la tal Margarita. Que si la casa era de don Julián. Que si allí no vivía ningún guardés. Creí que me iba a colgar el teléfono. Tuve que disculparme y todo. Parece ser que los Celaya quisieron deshacerse de la casa rápidamente y los guardeses la compraron con los ahorros de toda su vida. Me da a mí que obtuvieron una rebaja considerable a cambio del silencio porque me costó un triunfo hacerles hablar. Se abrieron un poco más cuando les dije que no era de la prensa y que no mencionaría sus nombres en ningún momento.

Germán escuchaba a su hermana mientras fabricaba disimuladamente una bola de nieve.

—El tal Julián me confirmó lo que intuíamos. Que fue él quien llevó a limpiar el coche a Burgos por encargo de Ane. Que lo recogió el día veinticuatro de la empresa de limpieza y lo condujo hasta Briviesca. Así que se confirma que es uno de los tres hombres que, según nuestra hipótesis, montaron en el Porsche. Me reconoció que el coche tenía un fuerte olor a productos de limpieza y que la propia Ane se quejó de ello al montarse y abrió las ventanas. El coche estaba como nuevo. Luego se puso ella, su mujer, que prácticamente le arrancó el teléfono de las manos. Ella tenía más ganas de hablar que él. Empezó a despotricar de que no querían saber nada de esa familia; que si Ane era una maleducada, malcriada y caprichosa que los trataba como basura, siempre quejándose de todo. Que dejó abandonada a una amiga en Oña sin documentación y sin cartera y que la pobre acabó durmiendo la mona en el cuartel de la Guardia Civil. Que luego ellos tuvieron que ir a dar la cara al cuartel y llevarla a Bilbao. Les pregunté si durante aquellos días se pasó alguien por la casa o vieron a alguien extraño o si alguien llamó interesándose por Ane, pero me contestaron que no. También les pregunté si sabían de algún otro hombre conocido que pudiera haberse montado en el coche aquellos días, pero afirmaron que por allí Ane no tenía ningún amigo.

—Lo que nos lleva a buscar a un tercer hombre —dijo Germán—. Como la novela de Graham Greene.

—Eso si no estamos haciendo el tonto y, como te dije, en ese coche hay cabellos llevados por contagio. El propio Miguel me ha dicho que cuando salió del coche no vio a nadie ni se cruzó con nadie. Así que otra vez estoy sin un camino que seguir. Creo que de este cabo ya no se puede tirar más.

Germán tenía ya su bola de nieve fabricada, no demasiado dura para no hacer daño. Se acercó a su hermana que estaba absorta en sus pensamientos.

—¿Sabes lo que necesitas, hermana? Un poco de diversión —dijo mientras le estampaba la bola directamente en la cara.

Marta sintió la fría nieve sobre la cara mientras las risas de su hermano resonaban en sus oídos. Era imposible enfadarse con Germán. Tenía un espíritu infantil que era capaz de conquistar a cualquiera. Siempre hacía comentarios divertidos, rápidos y agudos, pero educados, con un toque de cariño, por lo que nadie salía herido ni humillado. Era el alma jovial y divertida de la familia.

Marta, desde luego, se sentía desprovista de aquel don del ingenio rápido. Ella era mucho más tímida y, por ende, mucho más seria y comedida que Germán. Sentía adoración por su hermano. Ambos compartían los mismos valores y las mismas inquietudes fruto, sin duda, de la esmerada y recta educación impartida por su madre. Pero Germán poseía esa capacidad de relacionarse y caer bien rápidamente desde niño, mientras que ella había ido adquiriendo sus dotes sociales poco a poco, conforme iba creciendo y enfrentándose a la vida.

—Te voy a... —dijo Marta quitándose la nieve de la cara y haciendo acopio de otra tanta de una servicial barandilla—. Esta me la pagas, Germán —exclamó mientras corría hacia su hermano, que aguardaba, con cara de chiquillo, el débil y poco certero impacto de la bola de su hermana.

—¡Ay! —gimió Germán tirándose de espaldas a la nieve blanda que cubría la hierba del parque de la Isla—. Qué fuerza tienes.

—¡Qué payaso eres! —le dijo Marta riéndose y tendiéndole la mano para ayudarlo a levantarse mientras miraba a uno y otro lado para asegurarse de si alguien estaba viendo cómo hacía el payaso.

Germán se incorporó y le propinó un beso en la mejilla a su hermana.

—¿No te has preguntado por qué tiene Miguel tanto interés en que revises el caso? —comentó Germán mientras continuaban andando hacia el centro. En realidad, era una pregunta retórica porque era él quien iba a contestarla. Era una forma de romper el hermetismo de su hermana mayor.

—Vamos, Marti, a ti siempre te ha gustado, y no digamos tú a él.

Marta se quedó sin palabras ante la afirmación de su hermano. Nunca le había confesado a nadie lo que había sentido por Miguel, pero parecía que, a pesar de su silencio, sus sentimientos habían sido demasiado evidentes para quienes la conocían.

—No negaré lo primero —dijo Marta—. Al fin y al cabo, ya tengo veinticuatro años y me cuesta menos reconocerlo. Pero lo de siempre lo corrijo. Me gustó hace muchos años. Lo de que yo le gustara a él es otra historia. Siempre fue un mujeriego poco de fiar.

—¡Aj, Marta! Esa palabra es del vocabulario de mamá. ¿A qué llamas mujeriego? ¿A ligar con muchas chicas? ¿Consideras que yo soy poco de fiar?

—En absoluto —afirmó Marta tajante.

—Pues antes de salir con Sonia yo también he hecho mis pinitos con otras chicas. Puedo afirmar que no tengo un mal *ranking* —dijo Germán mientras ajustaba la cremallera de su chamarra y estiraba el cuello en señal de fingido orgullo.

Marta lo miró sonriendo, mostrando una cierta ingenuidad ante la confesión de su hermano.

—Lo que pasa es que uno no va contando sus conquistas en casa. Antes bien, mis juergas las he hecho a escondidas de mamá… Porque tú no has sido de gran ayuda abriéndome el camino. Has sido siempre tan formal… Has salido tan poco… has sido siempre tan tú…

Marta escuchaba a su hermano sin contestar. Sabía que no se lo estaba diciendo en tono de reproche. Era la realidad. Ella había sido la niña perfecta, siempre tan correcta, siempre tan educada, siempre tan bien mandada.

—Oye, que te adoro tal y como eres, Martita. Pero lo que digo es que no se puede juzgar a todos por tu propio rasero, sobre todo si es tan exigente como el tuyo. Miguel en realidad no es tan diferente a tu hermano, al que sé que adoras —dijo mirándola de reojo y sonriendo—. Si te fijas bien, somos dos chicos de familias modestas, que han estudiado una carrera y que disfrutan en la medida que pueden de la edad que tienen y quieren divertirse. Bueno, eso yo, porque Miguel ya ni disfruta ni se divierte. Lo que pasa es que Miguel, cierto es, tal y como yo lo recuerdo, se exponía demasiado, en mi opinión, y eso hacía que estuviera en boca de todos. Ya sabes cómo son en los pueblos pequeños. Todo el mundo habla del otro… Pero yo soy más listo.

Marta miró sorprendida a su hermano. No podía concebir que tuviera formada una opinión tan madura sobre Miguel a quien conoció escasamente hacía siete años, cuando él tenía quince.

—Papá afirma que es un buen chico, lo que a mis ojos no le hace, por supuesto, ni culpable ni inocente. Pero lo que puedo afirmar, porque de ello he sido testigo, es que tú le importabas de alguna manera. Aún recuerdo el día que metió un coche en la plaza y encendió los focos. Por cierto, que casi me desmayo al ver a aquel chico besándote.

—¡Germán! —exclamó Marta de repente.

—Ja, ja, ja… Valgo más por lo que callo que por lo que digo —replicó su hermano—. Anda, vamos a buscar a Sonia, que estará que trina. Llegamos media hora tarde. A ver si la encontramos donde hemos quedado. Y que sepas que es mi media naranja. Pero que para encontrarla he probado algunas mandarinas —le dijo mientras le guiñaba un ojo.

29

Iker esperó durante media hora el coche de la empresa que debía ir a buscarlo. Supuso que el tráfico y las fechas navideñas serían la causa del retraso. Pero su paciencia tenía un límite, corto en general, y media hora era suficiente para colmarla. Así que llamó al chófer.

—Me dijeron que no era necesario ir a buscarlo —dijo el chófer.

—¿Eso quién y por qué? —preguntó Iker.

—Ni idea. Soy un mandado. Tendrá que preguntarlo usted —se defendió el conductor elevando el tono para equipararlo al de Iker. Iker desistió de pedirle al chófer que lo recogiera. Seguramente habían recibido alguna información errónea sobre su llegada. En cualquier caso, era más rápido pillar un taxi. Estaba cansado y tenía ganas de llegar a casa y darse una ducha. Solo esperaba que Ane conservara el buen humor de las últimas dos semanas. Recientemente la encontraba más animada y resultaba más fácil convivir con ella. Había abandonado por fin esa cara triste y ese aire de atormentada. Además, había dejado de sobreproteger tanto a Ander.

Lo tenía al pobre niño amargado con tanto control y tanto termómetro.

Cada vez se le había hecho más cuesta arriba la convivencia. Ane estaba esquiva. Apenas tenían sexo desde que nació Ander. Había dejado de ser la chica divertida que en su día fue. Por eso sus viajes a Londres eran en realidad una liberación.

Pero ahora venían las fiestas y era difícil volver a huir hasta después de Reyes. Porque sus suegros eran más de Reyes que del Olentzero, así que las fiestas navideñas se alargaban hasta el día 6 de enero.

Tenía por delante comidas, cenas, fiestas de empresa... Todo con su familia política.

Con sus padres no se llevaba y hacía años que no hablaba con ellos, desde que se fue de casa a los dieciocho. Así que prácticamente lo habían adoptado sus suegros. Las comidas familiares le resultaban tediosas, pero al mismo tiempo era agradable sentirse parte de algo, especialmente tratándose de los Celaya.

Aún recordaba aquellas Navidades en Aspen con toda la cuadrilla, cuando se sentía el rey del mundo, como el resto de sus amigos. Entonces sí que era feliz con Ane. Eran iguales, el uno para el otro. Quizá no debió casarse con ella. Debería haber tenido el valor de dejarla en aquel momento cuando Iratxe le contó todo... Una simple llamada desde Fuerteventura y se habría acabado. Le habría puesto fin. Lo intentó. Intentó dejarla por teléfono aquel mismo día tan pronto como lo supo. Ella no se merecía más que una llamada. Pero cuando la llamó a Briviesca se pusieron sus amigas porque ella estaba durmiendo la mona. Si hubiera llegado a estar sobria, quizá la habría dejado. Habría seguido con el fútbol y quién sabía... Quizá ahora sería entrenador de algún equipo. Aquello era lo que le gustaba.

Toda su vida a partir de ahí había sido un error..., porque después de lo que pasó ya no tuvo el valor para dejarla... En parte porque se sentía responsable de ella y en parte porque, tras aquel episodio, todo el mundo lo miraría con lupa.

Cómo iba a dejarla... Cómo explicarlo... ¿Les decía a sus suegros que su hija era una cualquiera que se acostaba con otros a sus espaldas?... ¿Se marchaba, dejándola en aquel estado, y quedaba ante todo el mundo como un villano o permanecía a su lado a pesar de los pesares y ejercía de amante esposo?... La quería, pero no sabía si lo suficiente como para vivir con ella después de aquel engaño. Finalmente optó por la segunda opción, y la fortuna de su suegro, a cuyo disfrute ya se estaba acostumbrando, era un buen premio de consolación. Trataría de olvidar lo ocurrido... Al fin y al cabo, nunca había querido a otra mujer tanto como a ella. Así que tomó la decisión que tomó. Equivocado o no, había elegido su camino.

Y ahora había llegado Ander y había cerrado el resto de opciones que en ocasiones había estado tentado de tomar. Por lo que solo le quedaba vivir aquella pequeña farsa de matrimonio y, entre tanto, tratar de endulzarse la vida como pudiera usando los mismos medios que Ane empleó en su día. Se sentía con pleno derecho para ello.

Finalmente, consiguió un taxi para llegar a casa una hora más tarde de lo esperado. Al contrario de lo que pensaba, Ane no estaba en casa. Había salido muy arreglada, le dijo la chica de servicio. Así que Iker se dio una ducha, cogió a Ander en brazos y se sentó con él en el sofá del salón a ver la televisión. Era raro que Ane no estuviera en casa con el niño. Pero, pensándolo bien, era una buena señal.

Ane había salido del aeropuerto casi por instinto. En un momento sus planes de regeneración se habían derrumbado como un castillo de naipes. Cogió el coche y condujo de vuelta hasta Bilbao. Aparcó en el aparcamiento del ensanche y se puso a deambular como una autómata en dirección a los jardines de Albia sin tener una dirección fija, simplemente se dejaba llevar por sus pies. Al final se vio frente al café Iruña y descubrió al fondo una mesa apartada que parecía llevar su nombre. Tentada estuvo de pedir un whisky, pero finalmente no sucumbió y escogió en su lugar un abstemio café con leche. No podía volver a casa sin tener las ideas claras. Rememoró por un instante lo que había visto. Había sido un casto beso en la mejilla seguido de una caricia. Desde luego aquella no era la forma en que se despedían los amantes. A una amante se la despedía con un beso apasionado. No. Iker e Iratxe no eran amantes. Seguramente se habían encontrado en el aeropuerto de Londres, o incluso más tarde, en el avión. Lo más probable era que Iratxe volviera, como todo el mundo, a pasar las vacaciones con la familia. Y se habían encontrado por casualidad. Luego se habían despedido como dos amigos que se reencuentran después de mucho tiempo sin verse y se habían felicitado la Navidad. Su marido era un hombre bueno que la había querido y cuidado a pesar de su infidelidad, sin reprochárselo nunca. Él iba a Londres solo cuando su padre se lo pedía y no le disgustaba ir porque allí tenía amigos de los tiempos del fútbol. No iba porque allí viviera Iratxe. Cuando ayer llamó al hotel y él no estaba era porque estaba cenando con sus amigos, no con ella.

Pero igual Iker le había dado un beso en la mejilla porque alguien podía verlos y reconocerlos en el aeropuerto, como, de hecho, había sido el caso. Ya se habían besado de otra forma mucho menos casta durante los tres días que Iker había pasado en Londres. Iker viajaba a menudo a Londres para encontrarse con Iratxe. Allí no tenía ningún amigo del fútbol. Seguramente era él el que le había propuesto a su padre encargarse del área británica. Iratxe e Iker eran amantes hacía mucho tiempo. Quizá desde siempre, desde que Iratxe lo llamó para contarle que Ane lo había engañado con otro, con aquel monstruo. Iratxe siempre había querido quitárselo. Por eso la odiaba tanto. Por eso la dejó tirada en aquel pueblo. Porque ella no merecía ninguna confianza. Iker e Iratxe eran amantes. Cuando el día anterior había llamado al hotel y él no estaba era porque se encontraba con ella. Se estaban acostando. Iker se la estaba devolviendo. Aquella era su venganza. Y con Iratxe era la peor de las venganzas. Aunque quizá se estaba precipitando. En realidad, no estaba segura de nada. Aun, si era una infidelidad, ¿qué derecho tenía ella a reprochárselo? ¿Con qué legitimidad podía ir a casa como una mujer despechada exigiendo explicaciones? ¿No era ella tan culpable como él de convertir su matrimonio en una farsa? No había nadie fiel en esa relación.

Pero a lo mejor los estaba juzgando mal a ambos. A ella porque la despreciaba desde hacía mucho tiempo. Más ahora que sabía de su infame traición. Y con Iker no podía cometer más errores. Si era inocente, y era muy posible que lo fuera, no podía condenarlo solo por un beso en la mejilla. Era incapaz de decidir qué hacer ni qué decir cuando llegase a casa, y ya habían pasado dos horas desde que entró en aquella cafetería. Eran las once de la noche y los camareros empezaban a mirarla mal. Dos horas con un café con leche, y ella era lo único que les impedía cerrar el establecimiento. Ane se levantó y dejó sobre la mesa dos billetes de cien pesetas, para compensar. Luego cogió el coche y se dirigió a casa. Había tomado la única decisión prudente. Tendría que consultar con su oráculo. Y hasta entonces hacer como si nada. Hacerse la tonta un día no parecía muy difícil teniendo en cuenta que Iker había sido capaz de soportarlo durante años. Así que iría a casa y trataría de comportarse con normalidad. Más aún, trataría de que Iker la viera contenta y animada tal y como había planeado. Tenía que ofrecerle el beneficio de la duda, la presunción de inocencia que merecía cualquier acusado. Quizá era el hombre bueno que no hacía mucho había descubierto.

Iker oyó la llave en la cerradura sobre las once y veinte. Se levantó del sofá y se dirigió hacia la puerta con Ander en brazos. Vio a Ane. Le hizo un gesto con el dedo para que guardara silencio y fue a acostar al niño.

A Ane le enterneció la imagen de su marido con el niño en brazos. Sin duda lo había juzgado mal. Sin duda era un padre y un marido amoroso y dedicado que no hacía otra cosa que trabajar y ganarse su puesto en la empresa.

Se dirigió a su habitación para descalzarse. Estaba agotada.

—Hola, cariño —dijo Iker dándole un beso en la mejilla—. Estás guapísima.

Ane no recordaba que llevaba su vestido y abrigo nuevos. Solo pensaba que aquel beso era igual que el que le había visto dar a Iratxe. Estuvo tentada de limpiarse la mejilla y ponerse a chillar, pero consiguió mantener la calma y ajustarse a sus planes.

—¿Dónde estabas? Empezaba a preocuparme. Aquí nadie sabía dónde te habías ido.

—Había quedado con Almudena y se nos ha hecho tarde. Perdona. Tendría que haber llamado. Se nos ha pasado el tiempo sin darnos apenas cuenta.

—¿Con Almudena? ¡Qué novedad! Hacía tiempo que no quedabas con ninguna amiga. ¿Y lo habéis pasado bien?

—Sin más. Una charla intrascendente y despreocupada. Últimamente quedamos con alguna frecuencia. Y ya sabes cómo es ella, que habla por los codos. A veces más de la cuenta —dijo Ane mirando directamente a su marido intentando descubrir algún signo de preocupación en su rostro. Pero nada.

—Sí. Es una cotilla —confirmó Iker mientras se quitaba las zapatillas para meterse en la cama.

—Me parece que ese es justo el defecto de muchas de mis viejas amigas —remató Ane volviendo a mirar a su marido sin parpadear.

—¿A quién te refieres? —preguntó Iker sin girarse hacia su mujer y sin signo alguno de afectación.

—A nadie en particular. Solo que estando con Almudena me doy cuenta del tipo de amigas que éramos. Creo que ensuciábamos el concepto de «amistad» —dijo Ane mientras se arropaba en la cama.

—¡Qué filosófica estás hoy! —contestó Iker al tiempo que apagaba la luz y abrazaba a su mujer con cariño—. Estoy muy cansado. No han venido a buscarme al aeropuerto. Mañana me cuentas —añadió bostezando.

30

Libertad.

Cinco Navidades en prisión.

Por más que los funcionarios se esforzaran nadie podía olvidar que estaba aquí. No había nadie que no deseara estar en otro sitio, aunque fuera el más humilde y sucio, siempre que pudiera tomar la decisión de irse o quedarse. La falta de libertad, aun adornada, seguía siendo eso. Quizá para los creyentes fuera de otra manera. Era posible que ellos encontraran refugio en su fe. Esperaba que su madre siguiera haciéndolo a pesar de todo. Cada uno era libre de agarrarse a su propio clavo ardiendo. Lo peligroso era no tener uno.

«Hay quien dice que hasta en prisión se puede ser libre, que la libertad se encuentra en la mente. A mí que me lo expliquen. A mí, que estoy dispuesto a escuchar siempre que lo que digan tenga algún sentido. Y qué sentido tiene oír "Feliz Navidad" aquí adentro. La palabra "feliz" no tiene cabida en este lugar. Puedes tener un día mejor o menos malo, pero nunca feliz y menos Feliz con mayúsculas. Que se lo digan a Edmundo Dantes o a Segismundo cuando se quejaba de sus cadenas. Decir que cada hombre es libre cuando quiere serlo es una terrible estupidez, por más que lo afirmara Voltaire. Yo quiero serlo y no lo soy. Nadie puede ser libre en una casa que solo puede abrirse desde fuera», en estos pensamientos andaba Miguel mientras veía cómo adornaban un árbol de Navidad en la biblioteca. Le hizo recordar el pino que ponían en la plaza de Oña, frente al Cubillo, donde se concentraba todo el pueblo en Nochebuena para cantar villancicos. Nada quedaba de aquella etapa feliz y despreocupada de su vida. Nada de aquella inadvertida libertad. Solo los recuerdos de la libertad pasada que, si no le podían sacar de aquel edificio de ladrillo, al menos podían salvarlo del abismo de sus pensamientos.

Y es que llevaba toda la semana pensando. Intentando recordar inútilmente. Las preguntas de Marta lo habían llevado a torturar una vez más a su memoria en busca de algo que se le pasara por alto estos últimos seis años. Había recorrido cientos de veces aquel camino del río desde el Porsche hasta su casa. Una y otra vez había andado y desandado en su memoria esos escasos ochocientos metros de trayecto, pero nada. No había nada que le llamase la atención. Nadie que pasara. Ni siquiera coches por la carretera. Solo estaban él y el río. Como mucho alguna rana desvelada.

Desde el Porsche se veía de frente y atrás la carretera; a su izquierda, el río; y a su derecha, solo dos coches aparcados frente a la panadería de Ramón. Uno le era familiar. Podía ser el del panadero. Debía de serlo. Aquella carraca que usaba para repartir el pan estaba aparcada siempre en el mismo sitio para que nadie le cerrara el paso al almacén, desprovisto de vado. Así se lo ahorraba.

El otro era un coche nuevo, un lujo al lado de su compañero. Podía ser de alquiler. Tenía una de esas pegatinas… Se fijó en ellos porque formaban una extraña pareja, fruto de la casualidad, igual que Ane y él y una relación tan fugaz como la suya. Recordó haber pensado al verlos en la serie *Hombre rico, hombre pobre*… Al margen de tan inútiles recuerdos no había nada más en su memoria.

No estaba él para fijarse en decorados mientras bebía whisky a morro y atendía a las exigencias sexuales de Ane. Si había alguien en los coches, no podía saberlo, pero nada indicaba que hubiera gente en su interior. Tampoco vio luces encendidas en las ventanas. Había buscado, a propósito, un lugar algo apartado de las miradas ajenas, pero cerca del pueblo. En definitiva, nada nuevo que contarle a Marta. Ninguna excusa para escribirle una carta o llamarla y pedirle que volviera a verlo. Ella era ahora un nuevo e inesperado clavo ardiendo al que sujetarse.

Entre tanto, Marta aprovechaba el escaso tiempo de vacaciones que se le hacía ahora insoportablemente corto. La idea de volver a Madrid, aunque fuera por unos días para regresar en Nochevieja, le hacía añorar sus tiempos de estudiante cuando pasaba en casa todas las Navidades. Estaba sopesando seriamente dejar el trabajo. Incluso en el turno de oficio podría ver cosas mucho más interesantes que las que llevaba ahora, relegada como estaba a las miserias jurídicas que los jefes no querían. Pensó en Enrique Mansa y en el caso que le había llegado por el turno siendo un abogado novato.

«Eso es lo que quiero. Libertad para ejercer, sin supervisores que me limiten, que me impongan sus criterios —pensó—. Y que me exploten por un sueldo miserable que apenas me da para sobrevivir en Madrid. A este paso no podré comprarme un coche ni dentro de cien años. Para eso prefiero quedarme aquí».

Cuando aceptó el trabajo pensó que era una oportunidad para aprender. Era cierto. Había aprendido algo. Había aprendido lo que no quería. No quería ser limitada ni sometida. Quería libertad para ser quien era y para desarrollar su vocación. Quería comprobar hasta dónde podía llegar. Como decía Voltaire: «Todo hombre es libre en el momento en que desea serlo». Qué gran verdad. Solo tenía que dejar el trabajo. Volvería a Madrid y daría el preaviso. Sabía que a su madre le costaría un disgusto. Dejar el trabajo sin tener otro asegurado no era propio de su personalidad siempre prudente y práctica. Pero un trabajo que no te realizaba era una cadena que te subyugaba, y ella era demasiado joven para eso. Tenía que liberarse cuanto antes. Solo los necios construían su propia prisión.

Fue entonces cuando pensó en Miguel. No era fácil olvidarse de él después de su última conversación. Lo imaginaba en su celda solo, el día de Navidad, penando por su madre recluida en la residencia. Tan cerca y a la vez tan lejos el uno del otro, presos madre e hijo de una soledad impuesta.

Por momentos se compadecía de él, pero poco podía hacer ella. La teoría de la existencia de un tercer hombre se agotaba en sí misma carente de posibles sospechosos. Nada que hacer por ahí. Estaba claro que la verdad solo podía obtenerse de los dos protagonistas. Solo Miguel y Ane podían desvelarla. Pero Miguel no podía aportar más que lo ya dicho. No recordaba nada más que lo declarado. Y Marta lo había creído en parte. Creyó que efectivamente el día anterior habían tenido relaciones sexuales. Por lo tanto, el semen permanecería al día siguiente sin que ello indicara que fuera fruto de la violación. Si esto era así estaba claro que Ane había ocultado aquella relación anterior y se propuso averiguar por qué y si había ocultado algo más. Por otra parte, si había realmente un tercer hombre autor de la agresión, había que preguntarse por qué no había semen de este. Y aquí se abrían múltiples posibilidades. Que no eyaculara, pero en ese caso hubiera sido difícil no encontrar restos de ADN, aunque no procedieran del semen, o que usara preservativo, en cuyo caso podía darse la circunstancia de no existir más restos que algunos cabellos del agresor.

Así que la hipótesis era que un tercer hombre esperó a que Miguel saliera del Porsche y, sin ser visto, se subió al vehículo y, una vez allí, agredió y violó a Ane, usando un preservativo, para luego abandonarla en el lugar semidesnuda y cubierta por una manta.

La hipótesis le parecía poco menos que novelesca con la dificultad añadida de que la única persona de la que podía obtener información era la propia víctima.

Marta se quitó de inmediato esa idea de la cabeza. Quizá no fuera difícil localizarla y contactar con ella. Al fin y al cabo, era la hija de uno de los mayores empresarios de Bilbao, por lo que tenía un punto de partida. Pero ¿qué podía hacer ella para acceder a aquella mujer? Ella no era nadie. ¿En calidad de qué solicitaría hablar con ella? Ni siquiera era la abogada de Miguel. Y, por otra parte, cómo molestar a alguien con unos recuerdos que seguramente le harían daño y para cuya superación habría necesitado años y años de terapia. Y es que Ane, y de esto no había duda, había sido víctima de una agresión. Y una víctima merecía todos los respetos.

A pesar de ser Navidad, Marta aprovechó la siesta de sus padres para ir a su habitación y extraer de la caja de Mansa, que se había traído en el autobús desde Madrid, el primer tomo del expediente.

Miró de nuevo las fotografías que había tomado el forense. Eran sin duda duras y escabrosas, difíciles de mirar sin sentir pavor por toda la vileza de la que era capaz el ser humano al rebajar a otro a la categoría de un objeto al que patear y romper, un objeto del que disponer a conveniencia para luego arrojarlo a la basura. Intentó ponerse en el lugar de ella. Seguramente Ane tampoco era libre. Vivir algo así tenía que afectarte de por vida, atrapándote en el pasado. Mientras miraba y remiraba las fotos pensaba que tenía que ser duro recuperarse de algo así. El consuelo era que, siendo quien era, y teniendo a su disposición todos los recursos posibles, seguramente había contado con mucha ayuda para superarlo. Los mejores tratamientos, los mejores psicólogos y el apoyo de unos padres volcados en la recuperación de su única hija.

Si algo así le hubiera pasado a ella, sus padres no se habrían separado de su lado. No habrían escatimado en esfuerzos para hacerla salir de aquel pozo. Y su hermano... Su hermano le habría sacado una sonrisa, y luego dos y luego tres...

Era difícil de saber. Difícil de averiguar si seis años eran tiempo suficiente para recuperarse. Solo una víctima podía saberlo. Se podía empatizar con ellas, pero era imposible ponerse del todo en su piel. Solo ellas estaban en su piel... Esperaba firmemente que Ane lo hubiera superado y hubiera retomado su vida. Al menos era rica. Al menos le quedaba el consuelo que podía brindarle su dinero..., lo que fuera menester para salir adelante. Pero, si carecías de recursos, ¿quién te ayudaba? ¿Cómo levantabas cabeza? Castigar al culpable no era suficiente para reparar un cuerpo y un alma magullados y hechos girones. No, no era suficiente. ¿Qué pasaba con la víctima cuando el autor estaba entre rejas? En las prisiones había psicólogos para los delincuentes. ¿Y para las víctimas? Nadie se acordaba. Eran un mero instrumento para la acusación, el testigo estrella, nada más.

Acababa de caer en la cuenta de lo injusto del sistema, de lo incompleto que era, de la necesidad imperiosa de mejorarlo.

Las víctimas pobres no tenían ayuda. Con frecuencia se lamían ellas solas sus heridas como los perros abandonados.

31

La comida de Navidad había estado más concurrida de lo normal. Como si a su madre le faltara gente para evitar el ambiente íntimo de la familia había convocado en casa a treinta personas entre parientes, amigos y conocidos.

Todo con tal de exhibir la decoración navideña en la que se había gastado un buen montón de dinero. Ane no recordaba ni una sola vez en que hubiera adornado el árbol con su madre. Con su padre tampoco, pero él de seguro estaba trabajando. Quizá por eso la Navidad significaba tan poco para ella. Se recordaba de niña celebrando el Año Nuevo y a veces el día de Reyes en la habitación de un hotel en algún lugar de Europa acompañada de una cuidadora mientras sus padres estaban en otra fiesta. Para ella no era una época especialmente entrañable ni familiar. En su casa se vivían como un acto social más. Por eso, cuando tuvo edad suficiente, organizó sus propias vacaciones navideñas, casi siempre esquiando con algún grupo de amigos al que luego se unió Iker.

Felices tiempos aquellos en que todavía andaban coqueteando sin ninguna pretensión. Ahora con Ander, su padre había decidido hacer una celebración más familiar. Claro que a su madre se le había ido de las manos, como siempre, y aquello que debía parecer un hogar parecía de nuevo el salón de un hotel profusamente decorado y abarrotado de gente.

De hecho, la excusa de que Ander descansara le sirvió para irse a su piso poco después de la comida. Estaba hastiada de gente y no se quitaba de la cabeza la imagen de Iker e Iratxe en el aeropuerto. Durante los últimos tres días había estado a punto de exigirle la verdad en varias ocasiones, aunque eso despertara los fantasmas del pasado.

Pero, al final, temerosa de que aquello supusiera el fin de su matrimonio, se mordió la lengua a pesar de que las ganas de saber la verdad la estaban devorando.

Iker se quedó un poco más en la reunión, no sin antes darle un beso de despedida que le pareció más frío de lo acostumbrado. Su padre la acompañó al coche y la ayudó a meter en él la silla del niño.

—Bueno, misión cumplida, hija. He tenido ocasión de hablar durante la comida con Iker y le he dicho que lo necesito aquí.

—¿Y cómo ha reaccionado, papá?

—Pues la verdad es que ha puesto más resistencia de la que esperaba. Parece ser que se encontraba ya en su salsa con el equipo de Londres. De hecho, me ha pedido que no lo apartara de allí precisamente ahora que ya conocía el mercado y a los clientes. Pero he estado firme y le he dicho que la empresa lo necesita aquí. Más aún, que yo lo necesito aquí. Y para reforzar mi argumento le he pedido que vaya mañana a la sede a organizar su despacho que ya tiene asignado.

—¿No pensará que esto tiene que ver conmigo? —preguntó Ane.

—No, Ane. No dudes de mis dotes de actor —le dijo Jon guiñándole un ojo.

Ane besó a su padre y se dirigió a casa. Si Iker mantenía una aventura con Iratxe, desde luego ahora lo tenía un poco más difícil que antes. Era curioso cómo se lo había pedido a su padre antes de verlos en el aeropuerto. Era como si su subconsciente la estuviera previniendo de algo, de la verdad, la cruda y evidente verdad de la que llevaba tiempo huyendo.

Cuando llegó a casa acostó al niño y se dio un baño. Había concertado una cita con Nuria la mañana siguiente, pero, hasta entonces, estaba dispuesta a mantener la calma y guardar silencio. Cualquier cosa que la relajara era bienvenida. Hasta una copa de Macallan le hubiera venido bien si no fuera porque tenía más miedo del alcohol que de sí misma.

Un par de horas más tarde llegó Iker. Su entrada silenciosa, sin saludo, le hizo temer una tempestad. Así entraba cuando tenían lío. Si no, siempre decía algo desde la puerta.

Ane, recostada en el sofá mientras veía la televisión sin interés, se agarró instintivamente al cojín que tenía a su derecha y se lo llevó al pecho.

—Tu padre ha hablado conmigo hoy —dijo Iker en tono serio.

—¿Ah, sí, de qué?

—De sobra lo sabes. Estoy convencido de que tú has tenido mucho que ver en ello —contestó Iker alzando la voz.

—Por favor, no hables tan alto. Ander está dormido. Si no me dices de qué se trata, no puedo seguirte. No sé de qué has podido hablar con mi padre.

—Me ha apartado de la cuenta de Londres. Me ha montado un despacho en la sede y quiere que trabaje con él.

—Yo no tengo nada que ver con eso, Iker —afirmó Ane—. Es mi padre el que maneja y dirige la empresa. Si ha hecho eso será porque te necesita aquí.

—No mientas. Eres tú la que me has vetado en Londres. Tú y tus neuras. Tú y tus putos celos.

—De verdad que no sé a qué te refieres, Iker. Te digo que no he hecho nada.

—Todo esto es por Iratxe, ¿verdad? —dijo de repente Iker—. Nos viste el otro día en el aeropuerto. No me mientas,

Ane. Sé que fuiste a buscarme. Imagina cómo me he quedado cuando se lo he oído a tu padre. Le comenté que no fueron a por mí y me dijo que le habías dicho tú que me recogías. Mientes tanto que ya no puedes tapar todas tus mentiras. Resulta totalmente imposible.

—Pensé en ir. Es cierto —dijo Ane sorprendida en su mentira, pero a punto de elaborar otra para intentar quedar de pie—, pero me llamó Almudena. Quedé con ella y se me hizo tarde y me olvidé de pedirle al chófer que fuera a por ti. Como te dije, estuve con ella.

—Déjalo ya, Ane. He hablado con ella y me ha dicho que te habrás equivocado de fecha; que el día 22 no estaba contigo porque se había ido a Madrid. Que sí que os habíais visto unos días antes. La pobre ha intentado cubrirte y todo.

La mentira se estaba haciendo demasiado grande. Todo para tratar de encubrir otras mentiras de uno y de otro. Aun así, probó a darle otra vuelta con tal de no enfrentar la verdad, intentando evitar la conversación que los llevaría, sin duda, a la ruina.

—Pues igual la que se equivoca es ella. Ya sabes que nunca ha sido muy lista.

Iker se quitó la corbata y la americana tratando de liberar el calor que provocaba la furia contenida.

—Bueno, ya está bien. Reconoce que todo esto es porque el otro día fuiste al aeropuerto y me viste despedirme de Iratxe. Un inocente beso de despedida y tú ya has montado una película. Y, lo que es peor, has metido a tu padre en ella y me has privado de un trabajo que me gustaba.

Ane se rindió. Era inútil prolongar aquello por más tiempo. Había que enfrentar la realidad cualquiera que fuese el final al que condujera.

—A mí no me pareció tan inocente —dijo Ane reconociendo finalmente los hechos—. Y a mi padre le pedí que te dejara más tiempo en España antes de veros juntos. Me compré un vestido nuevo; también un camisón. Quería darte una sorpresa. Y cuando llegué me la diste tú. Te vi con ella, sí. Ahora entiendo el porqué de tanto viaje a Londres. Ahora entiendo por qué nunca te pillo en la habitación cuando llamo a tu hotel.

—Estás loca —dijo Iker mientras se dirigía a su habitación.

Ane lo siguió hasta allí. Una vez abierta la caja de Pandora no podía volver a cerrarse.

—Siempre ha sido ella. Siempre entre los dos, malmetiendo; intentando separarnos. Sé que te contó todo lo de Oña. Me lo dijo Almudena.

Iker la miró descompuesto. Aquello no se había hablado nunca. Era el tema prohibido.

—A qué demonios sacas ahora eso. Será mejor que lo dejemos. No nos hará bien ni a ti ni a mí.

—Pues, mira, yo opino que ya es hora de hablar de ello —respondió ella—. Cometí un error que me llevó al peor de los infiernos. Un infierno que no le deseo a nadie. Lo que me hicieron fue algo que no sé si algún día podré superar. Y sí, me equivoqué, como me he equivocado en tantas cosas. Pero si te quedaste conmigo he de suponer que fue porque me perdonaste. Si no, ¿por qué estás aquí? Si no, ¿por qué hemos tenido un hijo?

Iker se volvió hacia Ane de forma violenta. Hacía tiempo que no veía aquella expresión en su cara. Tenía la cara de aquellas discusiones que empezaban por unos empujones y acababan siempre en la cama donde las fieras se apaciguaban.

—¿Que te he perdonado? ¿Cómo crees que iba a perdonarte? ¿Cómo crees que puede un hombre soportar que le cuenten que su novia, la mujer con la que se va a casar, está medio borracha sobando a un tío en público? ¿Cómo crees que me sentí cuando Iratxe me contó que os lo montasteis en la puerta del baño de un bar y luego en tu coche? ¿Cómo crees que puedo soportar la imagen de mi novia con una camisita blanca casi desabrochada, totalmente borracha, tanto que se va cayendo, sobándose con un tío en la puerta del bar montando un espectáculo porno para medio pueblo? ¿Quién crees que soy? ¿De verdad crees que soy de esos hombres que lo perdonan todo por dinero?

—Pues en estos momentos es lo que parece —contestó Ane.

Iker, herido en su orgullo, humillado por la revelación de la verdad, que era más dura cuando se oía de labios de otro, se dirigió hacia ella y levantó la mano con intención de darle una bofetada. Pero no lo hizo. Golpearla era como firmar el finiquito de su matrimonio. Y no lo permitiría; aunque le hubiera cruzado la cara de buena gana.

—Estás loca —repitió Iker, y abandonó la habitación y luego el piso para ir quién sabía dónde.

—Sí. Estoy loca. Por eso estoy yendo a ver a una psicóloga —gritó Ane mientras Iker cerraba de un portazo la puerta de casa.

32

—Buenos días. Querría hablar con Ane.

—¿Quién es?

—Una compañera del colegio. Quería ponerme en contacto con ella por una reunión de antiguas alumnas. Estamos intentando localizar a todas las compañeras.

—Un momento, por favor. Le paso.

—Sí, ¿quién es?

—Hola. ¿Ane?

—No, soy su madre.

—Ah, buenos días. No tengo el gusto de conocerla. Soy Marta, una compañera de colegio de Ane. Estamos organizando una reunión de antiguas alumnas y nos gustaría contar con ella. En el colegio nos han facilitado este número.

—¿Una reunión de la Pureza? ¡Qué buena idea! Claro que Ane ya no vive aquí, ¿sabe? Está casada y tiene un niño. Así que de la Pureza, ¿eh?

—Sí, de la Pureza. ¡Cuánto tiempo ha pasado!

—¿Sabe que yo también fui a la Pureza? Fui alumna de honor. Mi marido donó al colegio el dinero para reformar el patio, el gimnasio y la biblioteca. ¿Aún está en el gimnasio la placa de agradecimiento a los Celaya-Marquina?

—Ah, sí. Aquella placa. Bueno, sí, en la época en la que Ane y yo estudiábamos allí seguía. Fueron ustedes muy generosos. Por ello mismo el colegio está muy interesado en que Ane asista. ¿Me podría indicar cómo ponerme en contacto con ella?

—Claro. ¿Vive usted en Bilbao?

—No, ya no.

—Ah, pues ella vive en un piso en la Gran Vía, ¿sabe? Apunte la dirección y el teléfono.

Marta colgó el teléfono tras despedirse cordialmente y desear una feliz salida de año. No sabía cómo había sido capaz de mentir así. Nunca había mentido a nadie de forma tan escandalosa.

—¿Cómo ha quedado? —le preguntó Marta a su hermano—. Madre mía, pensé que me pillaba. No sé cómo la gente puede mentir y quedarse tan ancha. He estado a punto de colgar de los nervios.

—No ha estado mal —dijo Germán, que había estado escuchando la conversación.

—¿Y cuando me ha preguntado si vivía en Bilbao? Y yo pensando si habría visto el prefijo de Burgos. Ya sabes que algunos teléfonos tienen el identificador de llamadas. Me he trabado. No sabía qué decir.

—Perfecto. Has nacido para actriz —contestó Germán riéndose mientras se dirigía a su habitación. De sobra sabía que no. Gracias a Dios aquella mujer había sido fácil de engañar. Un par de elogios y demostrarle que la presencia de su hija era imprescindible y listo. Tenía el teléfono de Ane en la mano, apuntado en un papel. Solo había que marcar los números. Pero eso eran palabras mayores y ella era demasiado cobarde, o quizá demasiado íntegra, para andar mintiendo a la gente de esa manera.

Aquella semana había dado el preaviso en el bufete, así que solo tendría que aguantar diez días más después de Año Nuevo y sería libre para seguir su camino. Era 30 de diciembre y acababa de regresar a Burgos para Nochevieja. La noticia de dejar el trabajo no le había disgustado tanto a su madre como ella pensaba. De hecho, y para su sorpresa, había apoyado su decisión, segura de que su hija estaba destinada a más altas metas.

En el bufete ni una palmadita en la espalda ni una palabra amable del tipo «Qué pena», «Una gran pérdida» o «Te echaremos de menos». Solo «Acaba lo que tengas pendiente y te prepararemos el finiquito». Como si se estuvieran librando de un lastre inútil. Aquello reforzó su decisión de abandonar aquella fábrica impersonal de demandas y sobre todo de dinero que no llegaba nunca a la base.

Así que, con el beneplácito familiar, Marta había roto la cadena y había avisado a su compañera de piso, eso sí, había dejado pagado el mes de enero y perdido la fianza a fin de perjudicarla lo menos posible. Sin duda, en el bufete no tardarían en encontrar a otra joven abogada dispuesta a permitir que la explotaran, y a la vez, su compañera, a alguien que necesitara un apartamento barato en el que vivir. Dejar el trabajo le había generado una sensación de libertad. Le había dado nuevas ganas. Se sentía llena de energía y capaz de conseguir cualquier cosa. También le había dado más tiempo para lo que ahora le interesaba y estaba totalmente enganchada, casi obsesionada, el asunto de Miguel. Se dio cuenta de que poco a poco había dejado de verlo como un amor de la infancia que le había robado el corazón y había empezado a hacerlo con la distancia con la que se ve a un cliente. Eso era bueno. Tenía ya mucho más de abogada que de niña enamorada.

Había estado estudiando la posibilidad de interponer un recurso de revisión en el caso de Miguel sin decirle, por supuesto, nada de esto a él hasta que lo tuviera claro. No podía alimentar vanas esperanzas. Conocía la existencia del recurso que se estudiaba en quinto de carrera, pero también era consciente de su dificultad y de lo limitado de los motivos por los que podía interponerse.

La aparición de nuevas pruebas que no se hubieran planteado al tribunal o la demostración de un falso testimonio que fuese relevante eran algunos de ellos. Por el momento tenía solo la factura de limpieza del vehículo y los testimonios de que efectivamente lo habían limpiado a conciencia el día 24 de agosto, antes de la agresión. Dicha prueba no se había aportado al tribunal.

Por otra parte, la posibilidad, aún sin constatar, de que Ane hubiese ocultado a todos la relación sexual anterior por algún motivo explicaría los restos de semen encontrados. Pero en sí mismo no era un falso testimonio, porque Ane solo declaró aquello de lo que se acordaba, ni era un hecho del todo relevante, porque no era óbice para que Miguel hubiese cometido luego la agresión sexual. Ello sin olvidar que todos los testigos situaban a Miguel en el lugar de los hechos.

Y finalmente la hipótesis de un tercer hombre que hubiese usado preservativo en la violación. Pero era imposible identificarlo en un pueblo lleno de gente de todas partes. Y las hipótesis en derecho no tenían valor.

Quizá nunca pudiera descubrir a ese tercer hombre, pero le bastaba con aportar pruebas que generasen una duda razonable de su culpabilidad.

Miguel la había llamado un día, llamada que fue para disgusto de su madre, que no concebía que a su hija la contactara un hombre desde la prisión.

—Mamá —le dijo Marta—, a los efectos considérame su abogada. Nada más. Me temo que tendrás que acostumbrarte porque creo que voy a dedicarme al penal.

En realidad, la había llamado para oír su voz y para asegurarse de que ella no lo olvidaba. Sabía de sobra que la llamada carecía de justificación, ya que fue para comunicarle que por más que intentaba hacer memoria no podía aportar nada nuevo. Solo que uno de los vehículos podía ser de alquiler. Pero era un dato inútil que no conducía a ninguna parte.

A pesar de ello, Marta revisó las fotografías de la inspección ocular del vehículo. Efectivamente, se veía el Porsche aparcado en línea en la carretera del río frente a la panadería. De refilón, en una de las imágenes, se veía la puerta de la panadería y el almacén contiguo. Y, tal y como Miguel describía, en la puerta del almacén un coche granate todo oxidado. A su lado había el espacio justo para que aparcase otro vehículo en batería. Pero ningún otro coche aparecía en las fotografías tomadas por la guardia civil en el momento en que descubrieron a Ane. Así que pista inútil. Solo le quedaba la posibilidad de tratar de hablar con Ane. Llevaba días planeándolo y buscando la forma de iniciar una conversación con ella, pero hasta entonces no había reunido el valor para llamar. Ahora tenía la forma y la posibilidad de acceder a ella, pero, si finalmente se decidía a hacerlo, debía pensar muy bien cómo la abordaría. Si se presentaba en principio como la abogada de Miguel, que ni eso era, seguramente se cerraría en banda. Y no se sentía capaz de continuar con la farsa del colegio porque no estaba acostumbrada a mentir y al mentiroso se le pillaba en menos que cantaba un gallo, más aún si era un mentiroso novato.

Y, una vez frente a ella, ¿cómo forzarla a reconocer algo cuando a lo mejor el que mentía era Miguel? Además, a fuerza de ver las fotografías y de leer las declaraciones de Ane le había llegado a tener cierto aprecio. No solo por empatía, sino porque su declaración parecía bastante sincera. Ane no había acusado directamente a Miguel, a pesar de que todo indicaba que era culpable y ella debía de odiarlo. Sin embargo, declaró solo lo que sabía y de lo que se acordaba. Era lo que un abogado llamaría un buen testigo, un magnífico testigo. Uno creíble. Por eso precisamente Marta era un auténtico mar de dudas; porque solo había una dirección en la que seguir, pero no sabía si seguirla. A pesar de su renovado espíritu de justicia, la empresa se le hacía demasiado grande. Al fin y al cabo, solo era una abogada novata con un año de experiencia en redactar escritos de lo más diversos y que apenas se había enfrentado a un tribunal. ¿Y pretendía estrenarse nada menos que con un recurso de revisión? No solo era temerario, sino una auténtica locura. Cuando uno estaba en una encrucijada, tenía que cambiar de perspectiva. A veces de tanto mirar acababas perdiendo la vista. Así que decidió aprovechar los tres días de vacaciones que tenía por delante y salir con su hermano. Quizá una copa de cava, o dos, o tres, con los amigos y los compañeros de la facultad le abriese los ojos y le hiciera recuperar la cordura.

—Marta, te presento a mi profesor de Procesal, Luis Cilla, fiscal —dijo Germán guiñándole un ojo a su hermana.

—Encantada —dijo Marta dándole los dos besos de rigor—. Oye. Te va a parecer una pregunta estúpida para hacerla hoy, víspera de Nochevieja, en un bar y teniendo en cuenta que acabamos de conocernos, pero ¿has promovido alguna vez un recurso de revisión?

—Hola —dijo Cilla—. ¿Le entras así a todos los tíos?

33

Ane e Iker llevaban cinco días conviviendo en un incómodo silencio. Ella convencida cada vez más de la infidelidad de Iker e indignada por no tener derecho a enfadarse. Él, herido en su orgullo, mantenía una postura distante decidido a sostener ante quien fuera que no tenía ninguna relación con Iratxe y que todo venía de la mente perturbada de su mujer. A pesar de su fingida dignidad, no había más verdad que la que le había escupido Ane a la cara: que estaba allí por dinero, que era un vendido.

Aun así, él sabía que tenía que suavizar la situación porque en Nochevieja cenarían con sus suegros. Ante ellos tenía que aparecer como siempre, como un amante esposo que no hacía otra cosa que preocuparse por el bienestar de su mujer. En realidad, era lo que había hecho todos estos años, pese a lo ocurrido. Lo de Iratxe era solo su pequeña revancha.

Ya había cometido el error de mostrarse reticente ante su suegro a abandonar la cuenta de Londres. Si Ane se iba de la lengua, aquello corroboraría que, en efecto, mantenía una relación con Iratxe, a la que sus suegros conocían de toda la vida. Estaba claro que con lo de Iratxe tenía que acabar. Para ello no había que hacer nada. Simplemente ignorarla. Le había servido durante un tiempo, pero ahora era un peligro que acechaba su matrimonio.

Por otro lado, Ane había manifestado que estaba yendo a una psicóloga. No le gustó oírlo. De sobra sabía el daño que hacían esos comecocos abrementes que eran capaces de hacer pensar hasta a los estúpidos como ella. Entre su suegro y él habían conseguido mantenerla alejada de ellos, a pesar de la insistencia de los médicos. Estaban de acuerdo en que era mejor que todo se olvidase.

—¿Dónde vas? —preguntó Iker intentando iniciar una conversación.

—Tengo cita en la peluquería. Mañana es Nochevieja —dijo Ane con cierto nerviosismo.

—¿Quieres que te lleve? Está lloviendo.

—No. Prefiero ir caminando. Me vendrá bien que me dé un poco el aire. —Iker se acercó a darle un beso en la mejilla interpretando su papel tan bien aprendido e intentando reducir la distancia entre ellos.

Ane lo aceptó como quien acepta el beso de Judas y salió por la puerta. Tenía cita con Nuria. La había retrasado más de la cuenta muy a pesar suyo, porque la psicóloga se había cogido unas pequeñas vacaciones. Tenía mucho que contarle. Estaba nerviosa y por primera vez asustada.

Iker salió detrás de Ane sin ser visto. Quería saber dónde iba realmente. Intuía que, al igual que él, ella le mentía.

No tardó en constatar sus sospechas cuando Ane entró en un portal de la calle Licenciado Poza. Esperó un tiempo prudencial para acercarse y miró las placas del lateral. Entre ellas…

SÉPTIMO D | LICENCIADA DOÑA NURIA DE PRADO
ESPECIALISTA EN PSICOLOGÍA CLÍNICA Y SANITARIA
Y TRATAMIENTO DE ESTRÉS POSTRAUMÁTICO

Para entonces Ane estaba ya sentada en su sillón bajo la claraboya, oyendo de nuevo el repiqueteo de la lluvia sobre su cabeza, poniendo a Nuria al corriente de todo lo acontecido.

—Entonces solo viste un beso en la mejilla y él te ha negado tener una aventura. Pero no soy una vidente, Ane. Desconozco la verdad. Lo único que puedo decirte es que has perdido toda la confianza en él y una relación sana no puede basarse en la desconfianza. Por otra parte, él refiere que no te ha perdonado, pero sigue contigo. Tú afirmas que es por dinero. No conozco a Iker y no sé por qué sigue contigo ni si te ha perdonado o no. Pero lo que sí puedo asegurarte es que vivís en un matrimonio con los andamios podridos, sustentado sobre mentiras y sospechas. Debes decidir si te compensa seguir viviendo así teniendo en cuenta que, a la vista está, no eres feliz.

Nuria se daba cuenta de la fragilidad de Ane. En unos días habían desandado lo poquito que habían avanzado en las sesiones anteriores. Estaba nerviosa e inestable, y la sentía insegura y perdida. Incluso a veces le parecía que estaba asustada. Una paciente en las condiciones en que veía a Ane había que derivarla a un psiquiatra. Pero hasta eso había que tratarlo con delicadeza para evitar que huyera.

—Vives entre mentiras. No solo mentiste a Iker. Mentiste a tus padres. A todos. Todos viven atrapados en tus mentiras. Pero la primera tú. Tus padres pueden saber que su hija no es perfecta. ¿Y qué? ¿Quién lo es? ¿Fuiste infiel? Bueno, pues asúmelo. Y que lo asuman todos. No puedes seguir flagelándote por eso. También deben saber tus padres y tu marido que has sufrido y sigues sufriendo por su culpa. Porque se empeñaron en ocultar lo sucedido y te negaron la ayuda necesaria. Ellos tampoco son perfectos. Se equivocaron. No solo fuiste víctima de aquel hombre. También lo fuiste de tu entorno. Y la cuestión ya no es si tu marido te quiere o está contigo por interés, sino si tú lo quieres a él antes de decidir si luchar o no por ese matrimonio y lo que os podéis y no os podéis perdonar. Y, sobre todo, y sobre todas las cosas, debes convencerte de que no fuiste responsable de nada y que todos con su silencio te han hecho sentirte así. Aquí hay un único culpable, que fue quien te violó. Lo demás ha sido una concatenación de errores que solo te han perjudicado.

Ane lloraba intensamente y Nuria estaba cada vez más preocupada por su estado, así que la citó al día siguiente con la intención de derivarla a un amigo psiquiatra con el que colaboraba. No pensaba trabajar el día de Nochevieja, pero no conseguía hacerse con su paciente, que estaba extrañamente inquieta y temía que pudiera llegar a autolesionarse. Durante la consulta no hacía otra cosa que frotarse y rascarse las manos de forma compulsiva.

Casi una hora después Ane abandonaba la consulta.

Iker se había quedado en una cafetería próxima que le permitía ver el portal mientras esperaba a que ella saliera. A pesar de la bufanda que Ane llevaba y del paraguas con el que se protegía de la lluvia, pudo observar que tenía los ojos enrojecidos de llorar.

Una vez que dobló la esquina, Iker se presentó en el portal y pulsó el timbre. Le abrieron desde arriba sin preguntar como era costumbre en las consultas médicas. Una vez arriba llamó a la puerta del 7.º D.

—Buenos días, quiero hablar con Nuria de Prado.

—Soy yo, pero debe de ser un error. No tengo agendadas más citas hoy.

Iker empujó la puerta de entrada con cierta violencia obligando a Nuria a retroceder.

—Acaba de salir de aquí mi mujer. Quiero que deje de verla.

—Lo siento —respondió Nuria un poco asustada ante la conducta de Iker. Estaba acostumbrada a tratar con temperamentos a veces violentos en sus pacientes, pero a ellos los conocía y sabía cómo actuar. Iker era un absoluto desconocido. Trató de mantener la calma.

—No puedo revelar el nombre de mis pacientes. Es confidencial.

—No hace falta que me lo revele. Se lo estoy diciendo yo. Le repito que no quiero que vuelva a ver a mi mujer. Se lo prohíbo. Como regrese a esta consulta, aténgase a las consecuencias —le dijo acercándosele de forma intimidatoria.

—Cálmese, por favor. Le repito que no sé si su mujer es paciente mía y que, aunque fuera así, no se lo podría decir.

Iker la agarró del brazo derecho y lo apretó con fuerza.

Nuria logró colarse por un lateral esquivando el cuerpo de Iker, que la había arrinconado casi contra la pared, y salir al descansillo. Inmediatamente llamó a las puertas de los pisos B y C, lo que hizo que Iker decidiera abandonar el lugar no sin incidir en sus amenazas:

—Ya me ha oído. No moleste a mi mujer más. Esto no le hace ningún bien.

El vecino del B abrió la puerta al tiempo que Iker enfilaba las escaleras hacia abajo.

—¿Estás bien, Nuria? ¿Qué ha pasado? He oído voces.

Nuria se abrazó a su vecino de forma casi inconsciente. Aquella vez había pasado miedo.

—Ya te he dicho en alguna ocasión que no deberías estar sola en la consulta. ¿Dónde está tu secretaria? ¿Quieres que llame a la policía?

—De vacaciones —dijo Nuria mientras recuperaba el aliento—. Perdona. Tengo que llamar a alguien.

Nuria regresó de inmediato a su piso y cerró con llave por dentro. Buscó el número de teléfono que le había proporcionado Ane. Solo esperaba que pudiera pillarla en casa.

—No está —contestaron—. ¿Quién es?

—Tengo que hablar personalmente con ella —dijo consciente de que no podía dejarle un recado con su nombre—. La llamaré más tarde. ¿Sabe a qué hora volverá?

—Pues no; ¿quiere dejarle un recado?

—No, gracias. Ya volveré a llamar.

Nuria cogió su agenda y la introdujo en su bolso. Abrió la puerta de la consulta y miró a ambos lados. Bajó en el ascensor temerosa de que la aguardara en las escaleras. Temiendo igualmente encontrárselo al otro lado de la puerta, empuñó su paraguas como si fuera una mortífera arma de defensa, pero, al abrirse el ascensor apareció la vecina del segundo. Nuria respiró aliviada.

Al salir a la calle miró hacia los dos lados por si aún anduviera por ahí.

«Tengo que localizarla».

34

Luis Cilla era un fiscal que rondaba los cuarenta años. Había ejercido diez años en Bilbao hasta que, finalmente, consiguió una plaza en la Fiscalía de Burgos. Una vez en su ciudad había aceptado un puesto como profesor asociado de Derecho procesal en la Universidad de Burgos. De esta manera, pensaba, se mantenía joven en contacto con los estudiantes. Era un hombre bien parecido y de carácter campechano, lejano al rigor y distancia que, en ocasiones, revisten fuera de su ámbito de amistades quienes ejercen esta profesión.

No era extraño verlo de cañas con los abogados con los que luego se enfrentaba en el tribunal. Algunos de ellos habían estudiado con él la carrera, así que, antes que abogados y fiscal, habían sido y eran amigos y compañeros.

Gustaba de la buena comida, sobre todo si iba seguida de una reñida partida de mus, disciplina en la que se consideraba poco menos que un fenómeno. Más de un día se había quedado jugando con sus alumnos en la cafetería de la universidad después de clase.

—No sabéis ni cogerlas —les decía—. Para jugar bien al mus hay que haber vivido en Bilbao. Allí son profesionales en dos cosas: la buena comida y el buen mus.

Y luego, como todos los jugadores de mus, gustaba también de cantar sus proezas:

—Los hemos humillado. Menuda barrida.

El caso es que, si se encontraba con sus alumnos por ahí de copas, no tenía ningún problema en acoplarse con ellos a pesar de la diferencia de edad. Era un tipo deportista y bien cuidado, así que tampoco era tan evidente que les sacaba casi veinte años.

—Venga, Luis, págate una ronda... Qué menos después del examen que nos pusiste.

Y Luis a pagar una ronda, que bien podía, soltero como estaba. De hecho, era un soltero bien cotizado. Si había tenido alguna novia en Bilbao, desde luego no se la había traído consigo y hasta el momento no había hecho más caso a una chica que a otra. Entre tanto, no se perdía un sarao ni decía que no a una fiesta o a un buen chuletón en cualquier merendero de la ciudad.

Y allí estaba entre sus alumnos cuando Marta le soltó aquella pregunta.

—¿El recurso de revisión? Bufff. Creo que he tomado demasiado cava para contestarte a eso. El recurso extraordinario de revisión. No. Desde luego no he planteado ninguno —le dijo admirando la belleza infantil de Marta y sorprendido por lo extraño de su pregunta—. Pero tampoco es algo que solamos hacer los fiscales creo yo, sobre todo si va en contra de la acusación que en su día sostuvimos. ¿Es que estás pensando en plantear uno?

—Te parecería una locura, ¿verdad?

—Bueno, si te soy sincero, siempre me ha parecido un recurso de novela policiaca. No sé. Un error judicial. Pruebas nuevas. Un posible inocente condenado. Parece el argumento de una película.

—Pero el recurso existe porque también existe la posibilidad de que todo eso ocurra. Es el seguro para la justicia material —replicó Marta.

—Sí, desde luego. Me tienes intrigado —dijo Cilla—. ¿Estás haciendo una tesis sobre la revisión penal? Tienes cara de ser una de esas ratas de biblioteca que se dejan los ojos analizando artículos e inventando singulares y absurdas interpretaciones. Vamos, una de esas que nos vuelven locos a los que aplicamos efectivamente el derecho —dijo todo ello mientras en realidad pensaba que estaba muy buena y que le daría un bocado. Marta se la devolvió doblada.

—Nada de eso. Pero no te preocupes —contestó—. Es que creí que estaba hablando con alguien que sabía de derecho, pero creo que me he equivocado —terminó mientras se dirigía hacia la barra y lo dejaba plantado.

Cilla la siguió, más intrigado aún si cabía.

—Oye, perdona. Creo que he sido un borde —dijo disculpándose—. Empecemos de nuevo. Me llamo Luis Cilla y soy un idiota que no tiene ni idea de derecho —afirmó y le tendió la mano acompañándola de una sonrisa—. Cada día menos —añadió.

Marta le devolvió la sonrisa y le dio la mano en señal de paz.

—Pues yo soy Marta González y no debería haberte hecho una pregunta tan tonta. No era el momento ni el lugar.

—Quizá no sea el momento y el lugar, pero de tonta no tiene nada, eso seguro —dijo él con un cabeceo—. Si quieres, podemos quedar otro día y en otro lugar y me cuentas lo que te traes entre manos.

A Marta le sonó a una petición de cita encubierta, pero no le desagradó la idea. De hecho, quiso poner a prueba el interés que Cilla le estaba demostrando.

—¿Qué te parece mañana? —dijo Marta de repente.

—¡Mañana es Nochevieja!

—¿Los fiscales no trabajáis en Nochevieja?

—Los fiscales no descansamos nunca —contestó Cilla sonriendo—. De hecho, estoy de guardia. Si quieres, puedes venir a las dos y tomamos una caña frente a los juzgados. Pero, por favor, por favor..., no me digas que tienes a un inocente al que salvar.

—Vale —exclamó—. Pues no te lo digo.

Marta lo miró y le sonrió. Era un tipo curioso y al tiempo atractivo el profesor de su hermano. Tenía unos rasgos muy marcados, una nariz importante que le daba personalidad y unos intensos ojos azules. Pero sobre todo estaba dotado de una sutil ironía burlona y de una sonrisa franca que le hacía muy interesante.

—Me lo temía —dijo Cilla llevándose las manos a la cara—. Una romántica del derecho y un inocente injustamente encarcelado.

Marta volvió a sonreírle y se marchó hacia donde se encontraba su hermano y el resto de su cuadrilla.

—Pero ¿entonces vendrás? —preguntó mientras veía cómo se alejaba.

—Es posible —dijo Marta haciéndose la interesante—. Siempre que a las dos ya esté cerrada la biblioteca y echen a los ratones como yo.

La mañana del día de Nochevieja no defraudó las expectativas de Luis Cilla. Como era habitual en estas fechas tenía varios detenidos por resistencia y lesiones.

«La gente no sabe beber —pensó mientras ingería un ibuprofeno para mitigar su propia resaca—. Al menos me toca con el juez del cuatro que es rápido».

Tenía cierta urgencia por acabar a tiempo. Intuía que Marta sí que aparecería, pero no porque tuviera el menor interés en verlo a él, sino porque estaba de verdad interesada en conocer su opinión sobre algún asunto.

«Bueno, no importa. Por algo se empieza».

Así que llamó más de una vez a la policía para que trajeran a tiempo los atestados junto con los detenidos y estuvo especialmente ágil y breve en los informes. Al final solo tuvo una comparecencia de prisión por un navajazo en el abdomen. A las dos en punto Luis se encontraba ya en el bar Beni, donde toda la saga jurídica de jueces, fiscales, abogados y secretarios se reunía para tomar el café o la caña, dependiendo del día y de la hora, a veces compartiendo barra con los propios imputados, aunque cada uno por su lado.

Eran las dos y diez y Marta no había hecho acto de presencia. De repente empezó a sentirse como un tonto esperando allí.

«Cuando uno queda a una hora queda a una hora», pensó. A punto estaba de levantarse cuando Marta apareció por la puerta con aspecto de haber corrido.

—Ya me perdonarás —le dijo algo sofocada cuando estuvo frente a él—. Mi padre, que se ha empeñado en que lo acompañe a hacer unos recados y no tenía prisa por traerme. Hay un tráfico espantoso.

Aunque la disculpa era creíble, resultaba totalmente innecesaria porque Luis ya la había perdonado al verla entrar con un abrigo marrón abierto que dejaba entrever un vestido beis ceñido a la cintura y su melena rubia recogida en una coleta. Estaba preciosa.

—Perdonada —dijo Cilla mientras le indicaba una silla frente a él—. Aunque ya dudaba de si vendrías.

—Y cómo no voy a venir —respondió—. Necesitaba la opinión de un experto y llegaste tú como caído del cielo. Estoy deseando saber lo que opinas.

—Pero ¿de verdad tienes entre manos un recurso de revisión?

—Bueno, eso depende de lo que me digas. Ahora mismo me encuentro atascada y no quiero obsesionarme con este tema. Necesito saber si tiene futuro o si es mejor enterrarlo para siempre.

—Vale, pues escúpelo, que veo que te está quemando.

Marta le contó, en grandes líneas, los hechos que imputaban a Miguel y la prueba que se aportó en el juicio y en la apelación. Luego su teoría sobre la limpieza del vehículo y los restos de ADN y la declaración de Ane Celaya.

—Pero, espera, ¿hablas de los Celaya de Bilbao? ¿Los de Estructuras Celaya?

—Pues no sé. Puede ser. Los Celaya —contestó Ane—. Supongo que habrá más de uno.

—¿Hay alguna foto de ella?

—Sí, pero es mejor que no las mires aquí. No es el lugar y no son agradables. Si es ella tampoco la reconocerías.

—Si son los Celaya que yo digo, son el copetín de la sociedad bilbaína. Pero no pueden ser ellos. He estado diez años destinado en Bilbao y no he oído nada. Algo así se hubiera comentado.

—Bueno, tanto la instrucción como el juicio fueron extraordinariamente rápidos y, por lo que parece, consiguieron mantener al margen a la prensa.

—Eso sería propio de Jon Celaya —señaló Cilla—. He coincidido con ellos varias veces, en especial con Jon, que parece un buen tipo, aunque un poco tradicional y chapado a la antigua, muy de iglesia y de tradiciones. También he coincidido con su yerno, un tontín venido a más que no sabía jugar al mus. Qué bilbaíno que se precie no sabe jugar al mus…

Marta se encogió de hombros sin saber qué contestar a aquello.

—Está bien… Le echaré un vistazo y te digo. Pero ahora vamos a tomarnos una cerveza, que hoy entramos en el 98.

Marta aceptó la propuesta. Había algo de sano y de confiable en aquel tipo. Era de esos a los que sí podías invitar a cenar a casa.

35

Aquella tarde Ane evitó ir a casa. Llamó varias veces para comprobar si Ander estaba bien y si Iker se encontraba allí. Ander estaba bien e Iker había salido casi inmediatamente después que ella y aún no había regresado. Al final llegó sobre las seis de la tarde, después de comer sola en la cafetería de El Corte Inglés e ir a la peluquería para tener una coartada. La reacción violenta de Iker le había asustado. Había estado a punto de pegarla. Y había algo que había dicho en aquella discusión por Iratxe que no dejaba de rondarle la cabeza y que le generaba una creciente ansiedad. Por eso trataba de evitarlo y había adoptado en casa una postura sumisa y silenciosa para no provocarlo. No le había contado nada de aquello a Nuria. Tenía que haberlo hecho, pero no podía ser. No podía ser de ninguna manera lo que pensaba. De hecho, era materialmente imposible. Pero a pesar de ello su cabeza no hacía otra cosa que darle vueltas. Y cuantas más vueltas le daba más se apoderaba de ella aquel terrible temor al tiempo que una creciente sensación de inseguridad.

Tenía que romper ya su matrimonio. No podía seguir conviviendo con Iker. Es más, tenía que apartarlo no solo de ella, sino también de Ander, y debía hacerlo cuanto antes. Debía hacerlo ella. Pero no podía hacerlo sola. Necesitaba ayuda. Le daba miedo su reacción. Más aún cuando poco después de llegar a casa recibió la llamada de Nuria. La había llamado al menos seis veces antes de conseguir localizarla.

—Te ha seguido —le dijo la psicóloga—. Ha invadido mi consulta y me ha amenazado. Estaba muy alterado y me ha agarrado del brazo. He tenido que llamar a los vecinos. Por favor, ten cuidado.

Ane pensó que no podía pasar de aquella noche. Necesitaba que su padre la ayudara. Esa Nochevieja cenaban con ellos. Con ellos y con otro montón de personas invitadas por su madre. Decidió que, por el momento, les contaría a sus padres lo de la infidelidad. Lo demás era mejor dejarlo hasta que se aclarasen sus ideas. Quizá se estaba volviendo loca.

Iker llegó sobre las ocho visiblemente enfadado. Ane no dijo nada. Se limitó a arreglarse para ir a la casa de sus padres. A pesar del maquillaje no consiguió disimular las ojeras. Llevaba días sin dormir bien. Llorar en la consulta de Nuria tampoco había favorecido mucho su aspecto. Iker se arregló sin pronunciar tampoco ni una palabra. Luego cogieron el coche. Antes de bajarse frente a la puerta de la casa de sus padres Iker la agarró de la muñeca y le dijo:

—Espero que te comportes y no digas bobadas o todos pensarán que estás loca. Yo no tengo ni he tenido ninguna aventura. No nos estropees la noche.

Iker dependía absolutamente del silencio de Ane, aunque, si hablaba, estaba en condiciones de negarlo y desmentirlo. Al fin y al cabo, Ane no había visto nada relevante. Pero si Jon se enteraba de que le había levantado la mano perdería toda su confianza. Cómo no le iba a levantar la mano… La conducta de Ane lo exasperaba. No le había hecho más de lo que ella le había hecho a él. Sentía que tenía todo el derecho a serle infiel y a negarlo, igual que ella y tan rotundamente como ella lo había hecho. Y ahora se hacía la dolida y la digna.

Cuando entraron al salón ya había allí un grupo numeroso de gente. Jon se acercó a su hija y a su yerno y le dio un beso a ella y la mano a él. La anfitriona pululaba saludando a unos y a otros. Habían preparado cuatro mesas redondas para diez personas. De nuevo el hogar convertido en un hotel.

Ane se sentó en la mesa con sus padres y con Iker. No pronunció durante la cena ni una sola palabra. Tampoco hacía falta. Su madre tenía conversación para todos. Iker sin embargo se mostró resuelto y hablador, como si no pasara nada entre ellos. Incluso le dio un beso en la mejilla y le agarró la mano varias veces sobre la mesa para que todos pudieran verlo. Lo que nadie sabía era la fuerza con la que lo hacía. Ane aguantó sumisa y callada hasta que llegó la hora del baile y los comensales se levantaron dejando que el servicio retirara las mesas para dejar espacio al grupo de música que su madre había contratado.

Los invitados hacían corros con sus copas de champán en la mano esperando a que los músicos empezaran. Ane estaba en un grupo junto con su padre y su madre y otras seis o siete personas que elogiaban la decoración y la cena. Iker se encontraba hablando en otro grupo. Ane vio la oportunidad. Era ahora o nunca.

—Iker me es infiel y quiero que se vaya de casa. Voy a pedir el divorcio —dijo de repente de modo que sus padres y alguno más de los presentes pudieran oírlo.

Todo el grupo enmudeció a la vez mientras el resto de los invitados estaba al margen de la conversación. Jon miró a su hija entre la sorpresa y la preocupación. Nieves clavó los ojos en Ane y le lanzó una mirada de ira e indignación que rápidamente trató de disimular para que nadie más que ella pudiera verla.

—Discúlpennos un momento —se excusó Jon al tiempo que cogía a su hija por la cintura con delicadeza y abandonaba con ella el salón. Mientras, su mujer intentaba retomar la conversación restando importancia al asunto.

—¿Qué ocurre, Ane? —preguntó Jon una vez que estuvieron solos en otra habitación.

—Papá, Iker me está engañando con Iratxe. Quiero que se vaya de casa. De hecho, quiero que no vuelva ya esta noche. Que vaya donde quiera.

—Pero, hija, ¿estás segura? ¿Cómo lo sabes? ¿Con Iratxe?

—Los vi en el aeropuerto. Iker la besó en la mejilla y luego le acarició la cara.

—¿Lo has hablado con él? ¿Se lo has preguntado?

—Sí. Y lo ha negado, evidentemente. Dice que se encontraron por casualidad y que solo se despidió con cariño y le felicitó la Navidad porque hacía tiempo que no la veía.

—Bueno, hija —contestó Jon en tono tranquilizador—. Un beso en la mejilla no es evidencia de nada. Quizá es verdad lo que dice Iker y fue solo un encuentro fortuito. Tranquila, hablaré con él y lo arreglaré.

—No, papá. Esta vez no quiero que arregles nada. Basta de poner parches a mi matrimonio. Basta ya de que hagas las cosas por mí y de que decidas por mí —señaló Ane con firmeza—. Quiero que intervengas, pero para decirle que no deseo que regrese a casa desde esta misma noche. Por favor, papá. No quiero que vuelva a casa —subrayó Ane llorando.

—Pero ¿ha pasado algo más, hija? ¿Hay algo que no me estás contando?

—Tenemos mucho de lo que hablar, papá, pero hoy no es el día. Por el momento prométeme que impedirás que Iker vaya a casa esta noche. Yo me veo incapaz de hablar con él personalmente y temo su reacción —insistió llorando—. En este momento no estoy con fuerzas.

—Pero ¿ha sido violento? Jamás he visto a Iker violento. ¿Te ha pegado?

—No —respondió Ane de forma inmediata—. No lo ha hecho. Pero, por favor, papá, que no vuelva a casa. Que me deje unos días con Ander tranquila y luego ya hablaremos con más calma cuando yo esté en condiciones de hacerlo. Prométemelo —exclamó Ane.

—Te lo prometo —concluyó finalmente Jon asustado del estado de su hija.

Luego llamó a un taxi tal y como ella le solicitó y la acompañó a la calle. Se ofreció a llevarla, dado el estado en que se encontraba, pero ella se negó. Quería que hablase de inmediato con Iker.

—Mañana te llamo. Intenta descansar. Le diré a Iker que se quede aquí o le daré las llaves del apartamento que hay en la oficina. Tú tranquila.

Mientras Ane desaparecía en el taxi con Ander en brazos, Jon combatía el frío de la calle frotándose las manos. Lo hacía de forma instintiva porque no notaba el frío. Solo sentía una enorme preocupación. Ane no estaba bien desde hacía tiempo, pero no se había preocupado verdaderamente hasta hoy. La veía totalmente inestable. Montar aquel número por un beso en la mejilla a una antigua amiga no le parecía proporcionado. Además, Iker siempre había mostrado adoración por su hija. Entró de nuevo en casa pensando lo que le diría para que aquella noche su yerno no volviera a casa y dejase que Ane se tranquilizara. Regresó a la fiesta y aguantó hasta que se fue el último de los invitados sin mencionar una palabra a nadie.

Cuando Iker preguntó por su mujer, Jon le indicó que se había ido porque le dolía la cabeza. También le pidió que se quedara para despedir a los invitados.

—No te vayas. Tenemos que hablar.

Cuando terminó la velada solo quedaron en el salón Jon, su mujer e Iker.

—¿Qué le pasa a tu hija? —dijo Nieves mirando a su marido—. ¿Cómo puede comportarse de esa manera delante de nuestros invitados?

—¿Qué ha pasado? —dijo Iker temiendo que Ane hubiese contado algo.

—Mira, Iker. No sé lo que le pasa, pero Ane está muy nerviosa y alterada. Asegura que tienes una aventura con Iratxe y no quiere que por el momento vuelvas a casa.

Iker sintió ganas de herir a su mujer. Lo habría hecho si hubiera podido. Ella lo llamaba infiel a él, lo acusaba de infidelidad frente a sus suegros. Ella, la más infiel y mentirosa.

Por un momento pensó en descubrir a Ane ante sus padres, pero luego reaccionó. Era más inteligente desmentir que acusar. La acusación parecería una revancha y, entre Ane y él, era él quien saldría perdiendo. Además, ya había decidido su estrategia en caso de que ella diera el paso. Ane estaba perturbada.

—Pero, Jon. Eso no es verdad. Ya lo hemos hablado ella y yo. Me encontré con Iratxe por casualidad en el aeropuerto y le felicité la Navidad. Le di un beso de amigo, un beso inocente en la mejilla. Ella ha creado una película con solo eso. Yo sería incapaz… Tú me conoces.

—Eso espero, Iker. Que no hayas sido capaz. La deslealtad no tiene cabida en esta familia —contestó Jon.

—¿Iratxe? ¿Iratxe Aguirre? —preguntó Nieves—. ¿La de los Aguirre? —volvió a preguntar—. Pero si la última noticia que tengo es que se va a casar —afirmó extrañada.

—Os aseguro que no es cierto. Ane está muy alterada. Está desequilibrada. He descubierto que lleva un par de meses viendo a una psicóloga. El otro día sacó a relucir el episodio de la violación. Después de casi siete años. Me temo que esa matasanos le está haciendo más mal que bien. Tú mismo siempre has sido contrario a esos tratamientos psicológicos —exclamó Iker reforzando sus argumentos.

—Está bien, Iker. Te creo —afirmó Jon—. Pero opino que es mejor que se calme y que me dejes hablar con ella.

—Jon, Ane no está bien —dijo después mirando a su suegro—. Estoy muy preocupado y me da miedo que pueda hacerse algo o hacerle algo al niño.

—¡Nooo, al niño no! —gritó alterada su suegra—. Jon, hay que hacer algo. ¡Vete a por el niño!

—Bueno —exclamó Jon intentando poner calma mientras pensaba qué hacer—. Por el momento, Iker, no vas a volver a casa. Te quedas aquí o si quieres estar solo puedes ir al apartamento de mi despacho. Como prefieras. Se lo he prometido y creo que será lo mejor. Mañana hablaré con ella y veremos qué hacer y cómo solucionarlo.

—¿Y si le hace algo a Ander? —reiteró su mujer.

—Tranquila. Ya he hablado con la enfermera y le he pedido que los vigile y que me llame si hubiera algún problema. También le he dicho que duerma en la habitación de Ander.

Lo cierto es que el propio Jon se había preocupado por su nieto. Ane parecía como ida. Sin quererlo, podía ser un peligro para ella misma y para el niño.

—Jon, te aseguro que está todo en su cabeza. No hay nada de verdad en lo que piensa. Esa psicóloga la está alterando y yo ya no sé cómo manejar el asunto.

—Está bien, Iker. Estoy seguro de que todo se aclarará —respondió Jon seguro de que esto podría arreglarlo también y preocupado por la salud mental de su hija—. Por el momento, te quedas aquí y me prometes que no pasarás por casa en unos días. Mandaré que te traigan tus cosas.

—Si es así, prefiero ir al apartamento —dijo Iker—. Esto me resulta muy incómodo. Supongo que lo entenderás.

—Está bien. Ahora te traigo las llaves.

Mientras Iker abandonaba la casa de sus suegros, Jon permaneció en el salón ajeno al ir y venir de la gente del servicio que recogía las cosas para que la casa estuviese dispuesta y limpia a la mañana siguiente. Sentado en un sillón lamentó no haber reaccionado antes ante el estado de letargo y aislamiento que llevaba un tiempo observando en su hija. Eran evidentes su tristeza y su falta de ánimo, pero todo lo había achacado al estrés de la maternidad que parecía haber cambiado a su hija convirtiéndola en una madre en exceso temerosa. Tampoco le gustó oír lo del psicólogo. Siempre había pensado que el mejor remedio para los problemas de la cabeza era estar ocupado y que hablar de un problema no lo hacía desaparecer.

«Los problemas se combaten con hechos, no con loqueros», pensó. Algo tendría que hacer.

Nieves permanecía ajena a toda preocupación; se había acostado hacía ya un rato.

Ane llegó a casa y echó la llave bajo la mirada atenta de la enfermera. Nunca se cerraba con llave aquella puerta.

—¿Por qué no se acuesta? Parece cansada —dijo la enfermera siguiendo las instrucciones de Jon—. Yo dormiré a Ander.

Ane obedeció. Estaba verdaderamente cansada.

Tenía que pensar en lo que debía hacer al día siguiente. Tenía que hacerlo. Tenía que salir de dudas. O, quizá, como todos pensaban, se estaba volviendo loca.

36

El día de Año Nuevo no era muy distinto al de Nochevieja en el juzgado de guardia. Luis Cilla esperaba los tradicionales clientes que se habían pasado de copas deseando que no llegase nada especialmente grave para poder irse a comer con su madre. A pesar de haber salido la noche anterior, había procurado moderarse para estar espabilado y madrugar. Había llegado al despacho a las nueve de la mañana. En el edificio de los juzgados solo estaban el vigilante de seguridad, los funcionarios de guardia, el juez y Cilla dispuestos a enfrentar la mañana del primer día de 1998.

Cilla aprovechó la tranquilidad de aquella hora para ver los documentos que había seleccionado Marta y que le había pasado en una carpeta. Sin duda eran los Celaya de Bilbao.

Allí estaban las pruebas biológicas de ADN y la fotocopia de la factura de lavado de coches, las declaraciones, las fotografías de la inspección ocular, el informe forense y sus fotos. Marta las había ordenado así de forma intencionada tratando de que Cilla viera lo mismo que veía ella. Cilla lo repasó rápidamente todo. Como casi todos los fiscales, había desarrollado la capacidad de leer en diagonal y solo lo que le interesaba. Por fin llegó a las fotos de Ane, que eran, tal y como le había descrito Marta, difíciles de contemplar. Sin embargo, en diez años de ejercicio ya había hecho cierto callo. Le había tocado llevar más de un asesinato. Leyó con detenimiento el informe forense y las volvió a mirar una a una. Con el tiempo se había dado cuenta de que los forenses y los fiscales observaban las cosas con ojos diferentes. Donde un forense veía lesiones y mecanismos lesivos compatibles, un fiscal podía ver ira, venganza, intencionalidad o descuido.

Repasó una a una las fotografías y las desplegó sobre su mesa para tener una visión de conjunto. Aquella agresión demostraba una gran cantidad de rabia. Eran muchos los puñetazos necesarios para dejar un cuerpo y una cara en ese lamentable estado. A lo largo de sus diez años de carrera había visto desplegar un odio similar en otros casos por múltiples motivos. La venganza o la ira eran los más habituales. Aunque también había visto casos de agresiones brutales a una persona carentes de ningún sentido, en los que era difícil buscar un móvil... Solo por ser rubio o por ser pijo o por defender una ideología, o incluso por ser de otro equipo de fútbol... Una vez tuvo que acusar a un agresor sexual que violó y golpeó a una mujer solo porque lo había mirado mal a la salida del cine cuando ella en realidad ni había reparado en él. El odio era una planta invasora que no requería raíces profundas cuando caía en tierra abonada. Una mente perturbada era tierra fértil. Observó que la mayor parte de los golpes iban dirigidos a la cara. Solo se sabía que era Ane Celaya por la fotografía de su DNI, porque estaba absolutamente desfigurada. Había algo de personal en aquella agresión. Como los que arrojan ácido a la cara de sus mujeres.

En estos casos lo habitual era buscar al culpable primero entre las personas del entorno más próximo a la víctima, especialmente un novio, el marido, un amante despechado... Pero teniendo en cuenta que había ocurrido en un lugar donde la víctima no conocía a nadie aquello era muy difícil. En cualquier caso, se investigó y el novio de Ane estaba en Fuerteventura en el momento de los hechos. Sus suegros lo habían recogido en el aeropuerto de Madrid y lo habían traído con ellos a Burgos. No constaba que nadie del entorno de Ane estuviera allí por aquellos días. Ni siquiera sus tres amigas se encontraban allí el día de la agresión.

Podía ser uno de esos casos en que tenías la mala suerte de cruzarte con un depredador misógino. Cilla era consciente de que a veces una mala palabra dicha a un extraño en un bar, un mal gesto, una discusión al aparcar, el hecho de tener un Porsche o de llevar mucho maquillaje, o cualquier otra cuestión irrelevante, te convertían en una víctima. Algo que para otros pasaría inadvertido era, sin embargo, algo personal para determinadas personalidades propensas, por naturaleza o por las circunstancias que fuera, a la violencia, y pobre del que tenía la mala suerte de cruzarse un aciago día con ellas.

Así que había ira y había algo personal en aquella agresión, pero, descartado su entorno más próximo, podía provenir de cualquiera y por los motivos más diversos e insospechados. De repente Cilla vio una fotografía que le llamó la atención y se quedó mirándola detenidamente hasta que el sonido del teléfono interrumpió de golpe sus pensamientos.

—¿Es el fiscal de guardia? Un momento, que le paso con el juez.

Cilla bajó a la sala de interrogatorios llevando la imagen de Ane en la cabeza. Pobre chica... Aquello podía acabar con cualquiera.

Ane se levantó a las ocho de la mañana. Había madurado sus pensamientos durante la noche pasada y al final, rendida por el cansancio, consiguió dormir un par de horas. A las ocho y media ya se había duchado y vestido con unos vaqueros y una sudadera de deporte. También había preparado una bolsa con ropa, pañales y comida para Ander. A las nueve abandonaba su casa sin dar a la enfermera razón de a dónde iba, a pesar de la insistencia de aquella. Se llevaba a Ander y no hubo manera de convencerla de lo contrario.

Antes de salir de casa había llamado a Nuria y le había pedido que acudiera a su consulta. A pesar de lo insólito de la petición el día de Año Nuevo, Nuria estaba tan preocupada que consideró su obligación acudir. Era una especie de servicio de guardia al que más de una vez había atendido por algún paciente en estado ansioso.

—Lo siento, Ane, pero esto no es profesional. No puedo quedarme con Ander. Puedo meterme en un lío. Más aún si no se lo dices a su padre, que tiene derecho a saber dónde está el niño.

—Ya has visto cómo está Iker y no tengo a nadie más, Nuria. No puedo dejarlo con mis padres porque Iker les tiene comido el tarro. Tendrías que ver con qué cara me miraba mi padre ayer. Creen que estoy loca. Puede presentarse allí y llevárselo. Y ellos se lo entregarían. Y tampoco puedo dejarlo en casa. Las enfermeras también se lo entregarían sin pensarlo. No tengo ninguna amiga en la que pueda confiar. Solo te tengo a ti. Solo serán unas horas. Tú no cojas el teléfono. No abras a nadie, y en cinco o seis horas estaré de vuelta y nadie se habrá enterado.

—¿Y si viene Iker aquí? Recuerda que sabe dónde trabajo.

—Por eso, vete a tu casa con Ander. Yo lo recojo a primera hora de la tarde y si alguien me pregunta les diré que me lo he llevado conmigo.

—Pero ¿dónde vas? Dime al menos eso por si tengo que localizarte.

—Tranquila —contestó Ane—, no corro ningún peligro allí donde voy. Pero no es un sitio al que pueda llevar a un niño. Te juro que esta tarde vengo a recogerlo y nadie sabrá que ha estado contigo.

—Pero esto es todo muy raro, Ane —replicó Nuria—. Si quieres, hablo yo con tus padres y les explico...

—Mi padre odia a los psicólogos. Seguramente te culpará de mi estado. Tengo que irme ya.

Sin darle más tiempo a Nuria para reaccionar, Ane besó a su hijo y salió corriendo de la consulta en dirección a su vehículo. Condujo durante algo más de hora y media. Afortunadamente, la autopista estaba despejada de tráfico y de nieve. Absorta en sus pensamientos, se dio cuenta de que no le había dicho nada a su padre y era de esperar que la llamara aquella mañana. Paró en un área de servicio y llamó a casa de sus padres.

—Papá, necesito que me asegures que Iker no se pasará.

—Pero ¿qué está pasando, Ane? Me estás asustando. Me ha llamado la enfermera y me ha dicho que te has ido con Ander. Mamá está muy preocupada.

—Vaya, qué novedad. Mamá preocupada por alguien que no sea ella misma.

—No tiene gracia, hija. ¿Desde dónde me llamas?

—Estoy haciendo unos recados con Ander, compras de Navidad —le dijo—. Ya sabes que comprar me relaja. Hoy no me esperéis a comer. Solo asegúrate de que Iker no pasa por casa. Necesito estar tranquila.

—Lo intentaré, Ane, pero él también está preocupado y no puedo atarlo. Ayer se fue al apartamento y aunque me prometió no aparecer por tu casa no tengo control sobre él. Es el padre de Ander.

—Luego te llamo, papá. Tú no te preocupes. Solo quería que supieras que estoy bien para que no mandes a nadie a buscarnos.

Lejos de no preocuparse, Jon estaba alarmado. Estaba acostumbrado a tener el control de todas las situaciones y muy especialmente de las que afectaban a su hija. Era muy raro en ella no tenerlo en cuenta para enfrentarse a algo. Llevaba toda la noche pensando y sin dormir. Ane le pareció muy decidida cuando le dijo que no había nada que arreglar en su matrimonio. La vio muy resuelta a dejar a Iker cuando unos días antes le había pedido que lo retuviese en España para estar más tiempo juntos. Un beso en la mejilla de otra mujer no le parecía motivo suficiente para justificar aquella reacción descontrolada de su hija. Pero por otro lado quería darle un voto de confianza. Ella era una Celaya y como tal era fuerte. No podía estar tan desequilibrada como sostenía Iker ni era remotamente posible que fuera a hacer algún daño a su nieto. Aquello era inconcebible. Aún se alarmó más tras recibir una segunda llamada de la enfermera informándolo de que poco después de irse Ane se había presentado Iker en casa. No habían coincidido por apenas diez minutos. La enfermera le contó que Iker había tenido una reacción extraña, que había ido a su habitación y, desde fuera, se escuchaba el ruido de cosas tiradas contra el suelo y contra las paredes. Nadie del servicio se había atrevido a contenerlo ni a preguntarle nada. Fue él quien les preguntó uno a uno dónde estaban su mujer y su hijo sin que nadie pudiera darle razón de ellos. «Se han ido hace diez minutos», le dijeron, y salió por la puerta como alma que lleva el diablo.

Jon, sentado en su sillón, se llevó las manos a la cabeza en señal de desesperación. En cuestión de un día se había desmoronado su familia. No sabía dónde estaba su hija. No sabía dónde estaba su yerno. No sabía dónde estaba su nieto. No sabía qué era lo que pasaba en realidad y, lo peor, no podía hacer nada.

Mientras, su mujer seguía durmiendo.

37

—Lo siento, señora, pero aquí hay un protocolo que cumplir. Le repito que no puede usted entrar.

—Pero he visto entrar a otras personas hace cinco minutos. Llevo esperando en esa sala media hora para hablar con usted.

—Sí, pero ellos son familiares y también han seguido un protocolo. Usted no es ni familiar ni su abogado, así que no puede entrar —dijo el funcionario—. Hay que solicitarlo, preguntarle a él y autorizarlo. Mire, el hecho de que estén aquí cumpliendo condena no significa que estén obligados a recibir a cualquiera que quiera verlos. Conservan su libertad en ciertos aspectos.

—¿Qué ocurre? —dijo de repente Carcedo, el director del centro penitenciario, que acudía a la misa de Año Nuevo, como todos los años.

—Buenos días, director. Esta señora se empeña en ver a Miguel Aresti, pero ya le he dicho que esto no es una residencia a la que se pueda entrar en cualquier momento. Hay que seguir un protocolo —continuó el funcionario con seriedad.

—Y créanme que lo entiendo —respondió Ane—, pero estoy segura de que habrá alguna manera de solucionarlo. Estoy convencida de que él querrá verme en cuanto le digan quién soy. Yo les firmo todos los papeles que quieran. Solo pregúntenle.

—¿Y quién es usted? —preguntó Carcedo totalmente intrigado.

—Soy Ane Celaya. Soy la víctima del delito por el que cumple condena.

Carcedo miró al funcionario. Ambos tenían la misma cara de sorpresa y desconcierto.

—Entienda, señora Celaya —acertó finalmente a contestar Carcedo—, que esto es absolutamente irregular e inesperado, y ni siquiera sé si es conveniente que…

—Por favor, usted pregúntele y luego tome una decisión.

Carcedo miró el reloj. Eran las once y media de la mañana. Había quedado con su familia a las dos, pero si decidía abrir este melón sin duda se retrasaría. Nunca había tenido una situación como aquella. Las entrevistas entre víctimas y penados solían englobarse en proyectos de rehabilitación controlados por psicólogos. Nunca había tenido una petición tan inesperada procedente de la víctima de un delito. Pero ella era una víctima y había que dar una respuesta adecuada a su solicitud. Había que atenderla. Y su estado de ansiedad imponía además consultar con la psicóloga del centro.

—Muy bien —dijo Carcedo después de pensar el procedimiento que seguir—. Usted vaya rellenando la solicitud de entrada. Yo personalmente voy a hablar con Miguel y a hacer unas gestiones, y veremos qué se puede hacer.

Carcedo se dirigió a su despacho y pidió que localizaran a Aresti.

—Ahí fuera hay una mujer que quiere verte.

Miguel pensó de inmediato en Marta y se le iluminó la cara. Llevaba cierto tiempo sin saber de ella y no la veía desde el 22 de diciembre. Que fuera a verlo el día de Año Nuevo era una señal de que le importaba, aunque fuera un poco. Marta era algo bueno y nuevo para comenzar el año. Últimamente no dejaba de pensar en ella. El destino se la había devuelto. Había dejado de pensar en las serviciales tuberías... El nuevo año le pareció, de repente, verdaderamente nuevo y distinto del anterior.

—Es una situación un poco peculiar y no sé si será posible porque no se ha tramitado la petición, pero me siento obligado a cursarla de urgencia. Eso salvo que tú lo simplifiques todo, nos hagas a todos un favor y digas que no quieres verla.

—Sí, quiero verla.

—Aún no te he dicho de quién se trata.

—Solo puede ser una persona. Marta González.

—Me temo que te equivocas, Miguel. Se trata de Ane Celaya. —Miguel se quedó bloqueado envuelto en una confusión que le impedía pensar con claridad—. Sí —dijo Carcedo viendo la reacción de Miguel—. Así he reaccionado yo también. Y he previsto que no querrías verla y así no hay que hacer más trámites. La mando directamente de vuelta a su casa.

Miguel no contestaba. Pensaba en lo irónico de la situación. Él esperando a la mujer que podía ser su salvavidas y en su lugar, afuera, esperando verlo, estaba la mujer que había provocado su condena.

—¿Qué quiere?

—¡Cómo voy a saberlo, Miguel! ¿Es que estás pensando en recibirla?

—¿Y qué puedo perder? —contestó Miguel convencido de que aquella visita tenía que tener algún sentido—. Pero solo si está usted presente.

—Debería consultarlo con la jueza de vigilancia penitenciaria. Esto es muy irregular.

Mientras Miguel abandonaba el despacho, Carcedo se dispuso a hacer un par de llamadas. «¿Por qué estas cosas pasan precisamente en estos días en que no localizas a nadie?». Llamó a la jueza de vigilancia penitenciaria:

—Carcedo, las visitas son reglamento de régimen interno. ¿Qué quieres que te diga yo? Feliz Año Nuevo.

Llamó a la directora del equipo de evaluación. Buscaba a alguien que le dijera claramente que no para acabar con el asunto.

—Con el expediente de Aresti no se le puede prohibir ninguna visita. Que sea irregular o poco habitual no es motivo para que me oponga desde un punto de vista psicológico. El impacto puede ser fuerte para ambos. Pero no podemos limitar la capacidad de decisión de ninguno de ellos. Todo depende de que tú quieras o no autorizarlo de urgencia. La petición es extemporánea, pero por mi parte no hay motivos de oposición desde el punto de vista del tratamiento penitenciario. Aunque convendría que estuviera alguien con ellos —añadió.

—Vaya, todos echando balones fuera, ¿te importa que extienda una diligencia de consulta telefónica?

—En absoluto. Hazlo. Feliz Año Nuevo.

Eran ya las doce y media cuando Carcedo colgó el teléfono. El horario de visita terminaba a la una y media. El funcionario le trajo el escrito de solicitud firmado por Ane.

Carcedo redactó una diligencia de consulta telefónica recogiendo las manifestaciones de la psicóloga. Luego redactó otro escrito para que lo firmara Miguel y mandó llamar a Ane a su despacho.

—El interno solo la recibirá si estoy yo presente.

—Perfecto. Mi visita va a ser breve —contestó Ane—. Solo será una pregunta. Nada más, una pregunta.

—La psicóloga me ha referido que la visita puede tener un fuerte impacto emocional en ambos. ¿Es usted consciente?

—Lo soy.

—Está bien. Espere diez minutos, que redacto la autorización y pasamos.

Los diez minutos se convirtieron en media hora. Carcedo revisó el reglamento del régimen penitenciario y el del régimen interno. Buscó resoluciones anteriores. Había pocas, pero sí había antecedentes de tramitaciones de urgencia. Valoró la ausencia de peligro físico para la víctima y consideró buena idea la petición de Miguel de que estuviera él presente. Finalmente, firmó la autorización e hizo que condujeran a Miguel al locutorio. Él permanecería al lado de Ane.

Ane y Carcedo llegaron antes. A ella le pareció que en el locutorio hacía aún más frío que en la calle. La cazadora que se había puesto en Bilbao no era suficiente para Burgos. Mucho menos para aquel cubículo frío y oscuro. Sintió que le temblaban las piernas. Carcedo le ofreció la silla que estaba dispuesta frente al cristal. Él se mantuvo de pie junto a ella.

—Si en algún momento se arrepiente, solo tenemos que irnos —le dijo.

Ane no le contestó. Estaba decidida a hacer lo que había pensado. Lo necesitaba para seguir adelante. De lo que sacara en claro, si es que sacaba algo en claro, dependería el resto de su vida.

Miguel entró en el locutorio y la miró. Ella casi no podía reconocerlo. Él también pensó que aquella no se parecía a la chica que lo había llevado allí. Los sentimientos de ambos eran parecidos, cada uno de ellos consciente de que el otro le había arruinado la vida. Así que, en realidad, eran dos ruinas frente a frente mirándose en un espejo. Ambos eran solo cenizas y polvo.

—Usted dirá —dijo Miguel finalmente tratando de acortar el trago que aquel encuentro suponía.

—Solo quiero que me mires a los ojos y me digas que lo hiciste.

—Yo no lo hice.

—Por favor, dime la verdad —suplicó Ane—. Ninguno tiene ya nada que perder. En estas condiciones decir y oír la verdad quizá pueda salvarnos a ambos de la destrucción total.

—Le repito —dijo Miguel acercándose al cristal que los separaba— que yo no hice nada y quien lo hizo está por ahí, disfrutando de la libertad que a mí me ha sido negada robándome años de mi vida.

—También me los han robado a mí —afirmó Ane.

—Sea. Pero yo no —respondió Miguel.

—Júramelo —suplicó de nuevo Ane acercándose al cristal igual que él—. Júramelo de manera que pueda creerte. Tuviste que ser tú. Todas las pruebas decían que eras tú. Todo el mundo decía que fuiste tú. Me aseguraron que fuiste tú. Los policías, los abogados, el fiscal, mis padres, mi marido…, todos lo tenían claro. No pudo ser nadie más. No pudieron engañarme todos. ¿Para qué? ¿Por qué?

—Esas mismas preguntas me las llevo haciendo yo casi siete años —contestó Miguel. Ane no miraba a Miguel. Su mirada se dirigía ensimismada a algún punto indeterminado intentando reflexionar—. ¿Por qué has venido a preguntarme esto? —dijo finalmente Miguel tuteando a Ane—. ¿Es que ahora tienes dudas? —preguntó alterado—. Te lo puedo jurar por la memoria de mi padre que murió de pena. Aquí hay dos víctimas, no solo una. Porque tienes dudas, ¿verdad? ¿Por qué si no estarías aquí?

Ane no contestó. Seguía pensando.

—Por favor —se apresuró a decir Miguel mientras Ane, mirando al infinito, trataba de poner orden en sus pensamientos—. Si sabes algo, si recuerdas algo, si dudas, llama a este número —dijo Miguel aplastando un papel contra el cristal—. Es mi abogada. Habla con ella, por favor.

Ane se levantó y salió corriendo del locutorio seguida por Carcedo.

—Carcedo, por favor, dale este número —gritó Miguel desesperado desde el otro lado del cristal del locutorio.

—¿Se encuentra bien? —preguntó Carcedo tras atravesar el pasillo del locutorio hasta la salida. Estaba atónito por el contenido de la conversación. Si le hubieran preguntado en ese momento si creía que Miguel era inocente, habría dicho que sí—. Si tiene usted alguna información que pueda ayudar a ese hombre, quizá deba hablar con algún juez o fiscal, o con algún abogado. Tenga. Este es el número que él quería darle.

Ane cogió el papel con el número de Marta casi sin darse cuenta de lo que hacía y lo introdujo en el bolsillo de su chamarra. Se montó en el coche y condujo en dirección a Bilbao. Sus pensamientos la atormentaban. Eran como la gangrena que pudría la carne sana.

38

El día de Año Nuevo no estaba siendo exactamente como él había esperado. Debería estar vestido de traje en la casa de sus suegros bebiendo Moët & Chandon. En su lugar estaba dando vueltas como un loco por Bilbao buscando a su mujer para intentar hablar con ella y reconducir la situación.

En casa no estaba. Había llamado a su suegro y este le había dicho que Ane estaba haciendo recados con Ander y que no se preocupara. También le había pedido que no volviera a casa de Ane hasta que la cosa se calmara y se aclarara.

Que no volviera a casa de Ane. Esas palabras le habían herido profundamente. Su suegro se lo había dejado claro. Aquella no era su casa. Era la casa de su hija y debía respetar sus deseos. Y así era. La casa era de Ane, un regalo de sus padres. Y de repente él estaba en la calle, alojado en un apartamento de su suegro, de prestado. Él no tenía nada. Solo vivía en el sueño de tenerlo todo, pero en realidad todo era de ella. Lo tenían bien atado los Celaya para que estuviera a su merced, para que hiciera lo que ellos quisieran. Cierto que Iker había aceptado las condiciones, pero hasta él tenía un límite. Y cuando uno llegaba a ese límite, cuando lo llevaban a ese límite, entonces había que portarse como un hombre. Ya lo había hecho antes. Cuando sus padres cruzaron el límite él tuvo que reaccionar. Fue entonces cuando se fue de casa para ser alguien, para no ser un donnadie como su padre dejándose la vida con el taxi. No permitiría que lo sometieran y no se humillaría como sus padres pretendían. El fútbol le brindó la salida y Ane le abrió luego la puerta al mundo que él quería y que se merecía.

Había aguantado mucho para conseguirlo. Había soportado saber a su novia en brazos de otro, de que sus amigas la vieran con otro. Ellas se mofarían de él; Iker el cornudo. Sus amigas las chismosas, las que siempre hablaban demasiado. Sería el hazmerreír de Bilbao. Menos mal que su suegro les calló la boca. Pero él se había tragado su orgullo, se había casado con ella y le había dado un beso cada mañana y cada noche, además de un hijo... Quería reconducirlo, pero estaban a punto de hacerle pasar la línea. Si fuera así, se llevaría a Ander y no volverían a verlo nunca. Ni ella ni sus suegros. Y si querían volver a verlo tendrían que pasar por el aro. Todos.

Pero aún no estaba todo perdido. Aún podía ser el marido y el yerno perfecto. Su suegro había dicho que esperara a que todo se aclarara. ¿Qué es lo que no estaba claro? Ane estaba loca, desequilibrada, cegada por los celos, y no había ninguna infidelidad. Ella llevaba tiempo así, sin salir, sin relacionarse, medio deprimida. Todos lo habían visto. Todos lo sabían. Sus suegros tenían que verlo así. A las seis de la tarde, desesperado, llamó a casa de sus suegros.

—¿Sabéis algo de Ane?

—Ay, hijo. ¿No te han dicho nada? —contestó Nieves—. Ha estado toda la mañana de compras con el niño. Ya está en casa. Qué forma más tonta de preocuparnos. Y yo he anulado una comida por esto. Ane es una egoísta por alterarnos así a todos y no pensar en mí. He quedado fatal con mucha gente —añadió—. Tranquilo, hijo. Sois la pareja perfecta. Ane entrará en razón.

Ane había llegado a Bilbao sobre las cuatro de la tarde. Recogió al niño, que estaba en la casa de los padres de Nuria, y se presentó en la de sus padres para tranquilizarlos.

—Hija, ¿me vas a contar lo que está pasando? Parece que tengas miedo de Iker y hace dos días estabas locamente enamorada de él.

—Papá, necesito tiempo para aclarar mis ideas. Quiero hacer las cosas por mí misma por primera vez en mi vida. Y quiero hacer lo correcto.

—Me dijo Iker que estabas viendo a una psicóloga. ¿Estás totalmente segura de que es eso lo que te conviene, hija? —preguntó Jon—. Parecía que estabas mejor, más animada, y de repente todo esto. ¿No será por la loquera? Sabes que nunca he tenido mucha confianza en ese tipo de especialistas.

—Lo siento, papá, pero en eso te equivocaste —afirmó Ane tajante mientras miraba a su padre—. Llevo años necesitando hablar con especialistas. Me estaba hundiendo, no sabes a qué profundidad había llegado.

»He vivido agarrada a un solo clavo, Ander. Si no es por él, ya estaría en el fondo de un pozo, o, peor aún, quizá ya no estaría en este mundo. No le encontraba sentido a la vida, papá. Hasta ahí había llegado.

Su padre la miró totalmente alarmado.

—¡Ane! ¿Qué estás sugiriendo?

—Sí, papá. A eso llegué. De ahí mis obsesiones, mi miedo a perder a Ander, que era lo único que me mantenía viva; mi miedo a que enfermara, a que le pasara algo, ¿lo entiendes? Ahora empiezo a ver las cosas claras; tan claras que me da miedo seguir mirando. Pero no voy a dejar de mirar, aunque lo que vea me destroce por completo.

—¿A qué te refieres, hija? ¿Qué es lo que estás viendo claro? ¿Hablas de lo que pasó?

—Llámalo por su nombre, papá —dijo—. Lo que pasó tiene nombre. Es una violación. Me violaron. Dilo de una vez. A mí me ha costado siete años decirlo. Vosotros lo ocultasteis todo como si yo tuviera que avergonzarme de algo, como si fuera una tacha que borrar, algo impropio de la familia. Por eso llevo culpándome tantos años. Yo era una víctima que necesitaba ayuda y me convertisteis en un trapo sucio que había que meter a la lavadora.

Jon se quedó helado ante las palabras de su hija. Nunca la había oído hablar de esa manera. Nunca la había visto así y, sobre todo, nunca le había reprochado nada. Jamás la había visto como algo vergonzante.

—Todo lo que hice lo hice por tu bien, hija mía. Creí que hacía lo que debía. Quería ahorrarte…

—¿Ibas a decir la vergüenza? —preguntó Ane.

Jon se dio cuenta de que lo que decía Ane era verdad. Quería ahorrarle la vergüenza. De repente fue consciente de que podía haber cometido muchos errores en su afán de proteger a su familia.

—¿La vergüenza de haber sido violada? —repitió Ane observando a su padre—. ¿De verdad crees que tengo que avergonzarme yo de algo? —Jon no dejaba de mirar a su hija. Aunque parecía destrozada, al mismo tiempo la veía revestida de una fuerza desconocida—. Hay trapos que no se pueden lavar en casa, papá —dijo mirando más tiernamente a su padre—, porque nunca quedan limpios. Lo parecen, pero no lo están. ¡Madre mía!, estoy hablando como mi psicóloga —exclamó Ane repasando lo metafórico de sus palabras—. Ahora solo tienes que prometerme que Iker no se acercará ni a mí ni a Ander. Dile que no lo quiero en casa.

—Pero ¿qué tiene que ver Iker en todo esto? Ni él ni yo lo entendemos. Él quiere estar contigo y con su hijo. Él quiere ayudarte. Siempre ha querido hacerlo. Si ha cometido el mismo error que yo, ambos podemos enmendarlo. Igual no estás bien por mi culpa, hija. Tú misma lo has dicho y yo solo quiero ayudarte.

Ane tomó las manos de su padre y las besó.

—Esta vez haré yo las cosas, papá. Y para eso necesito espacio y tiempo. Solo prométeme que harás lo que te he pedido.

—Te lo prometo —contestó Jon—. ¿Y no estaríais mejor en casa con mamá y conmigo?

—No, papá. De ti me fío, pero de mamá no. Iker la manipula a su antojo.

—Te digo que no está bien, Jon. Tenéis que creerme. Ya la habéis visto. Hace tiempo que no se comporta de forma normal, obsesionada siempre con la salud del niño, midiéndole la temperatura cada cinco minutos cuando es un crío perfectamente sano. Dos enfermeras para cuidarlo en turnos de mañana y noche. En lugar de estar en la calle dándole el aire, siempre entre algodones. Si sigue así, lo volverá loco. Ander me necesita. Necesita a su padre.

Jon estaba oyendo el otro lado de la historia contado por Iker, que había aparecido por casa a altas horas de la noche. Vestido con un chándal y sin afeitar, no parecía su yerno. La misma cara, el mismo cuerpo y el mismo Rolex en la muñeca, pero no parecía el mismo.

—Tenemos que tener paciencia, Iker. Creo que Ane está en un proceso de reflexión —contestó—. Por lo que he hablado con ella, creo que esa psicóloga no le está haciendo tanto daño, al fin y al cabo. De hecho, creo que le está haciendo bien. Es posible que nos equivocáramos en eso.

Aquellas palabras alertaron a Iker. Su suegro se le estaba revolviendo. Ane había conseguido convencerlo. Y esa entrometida de la psicóloga… a saber lo que estaba haciendo en la mente de Ane.

—Pero, Jon, ¿qué he hecho yo? ¿Por qué me castiga de esta manera? Te juro que no ha habido ninguna infidelidad. Puedes preguntárselo a Iratxe.

—Nunca me rebajaría a tal cosa —contestó Jon mirando a Iker mientras intentaba una y otra vez verlo como lo veía antes sin conseguirlo.

—Solo nos despedíamos en el aeropuerto. Todos estos años he sido un hombre cumplidor con su trabajo y protector de su mujer y de su hijo. Solo recuerda cómo me porté durante y después del juicio, cómo la cuidé a pesar de todo.

—¿A pesar de qué? —preguntó Jon con tono de indignación.

—De la humillación, de la vergüenza, del escándalo que todo aquello pudo haber sido.

Jon se vio de repente reflejado en su yerno, como si fuera su propia imagen, y no le gustó su reflejo.

39

Cilla esperó un día para llamar a Marta. No quería parecer demasiado ansioso por hablar con ella, y era exactamente lo que sucedería si la llamaba el día de Año Nuevo. Así que aguantó el tirón y esperó a que dieran las once del 2 de enero para marcar su número.

—No es que haya encontrado nada nuevo, pero sí que hay algo que me ha llamado la atención.

—¿Y qué es? —preguntó Marta con curiosidad.

—Ah, no. Eso no. Te va a costar una cerveza por lo menos.

Así que Marta y Cilla quedaron en verse a la una de nuevo frente a los juzgados. Esta vez Marta llegó antes que Luis al bar Sala 15. Cilla bajó con la carpeta en las manos. Llevaba americana y vaqueros, lo que lo hacía parecer más joven, o eso pensó Marta al verlo.

—Feliz Año Nuevo —saludó jovial a Marta, que lo esperaba en una mesa al fondo del bar.

—Sí. Feliz año. Espero que hayas tenido una guardia tranquila —respondió Marta.

—Dentro de lo normal y esperable, que ya es mucho decir. Me habrás pedido una caña. Es lo menos que puedo exigir por poner a tu disposición mi gran intelecto.

—Si es por eso, creo que te pediré un corto. Será un precio más justo —se rio Marta.

—Menos guasa —contestó Miguel riéndose—. ¿Quieres saber lo que me ha llamado la atención o no?

—Estoy expectante —respondió Marta.

Cilla sacó una fotografía que tenía preparada como primer folio de la carpeta. Estaban apartados al fondo del bar. Aun así, se aseguró de que nadie la viera.

—Fíjate en esta lesión. ¿Qué te dice?

Marta miró la fotografía detenidamente a pesar de que ya la había visto muchas veces. Era una lesión cerca del pubis. El forense la había descrito como hematoma en zona baja del abdomen, compatible con un mordisco. Toda el área estaba amoratada, pero podía verse perfectamente la forma de una mordida. Aparte de eso, Marta no veía nada más.

—¿Que el autor tenía una buena dentadura? —contestó Marta.

—¿Qué más? —dijo Cilla obligándola a mirar de nuevo la foto.

Marta la observó como si fuera la primera vez que lo hacía, pero no consiguió ver nada nuevo.

—Bien, señora listilla —dijo Cilla—, déjame que me gane la caña. Por una parte, me llama la atención que es la única lesión de este tipo. Es decir, todas las demás están producidas por un mecanismo contuso, supongo que puñetazos. Fue golpeada con los puños muchísimas veces, no hay duda, pero solo hay un mordisco. ¿Cierto?

—Cierto —coincidió Marta—. Es un dato objetivo sin duda.

—Pues es un dato objetivo que puede interpretarse. Cuando un hombre agrede, suele hacerlo a puñetazos. Vamos, usando las manos, los puños más concretamente, o con patadas. Las bofetadas, los mordiscos, los arañazos y los tirones de pelo son más de mujeres, bien agrediendo, bien defendiéndose. Pero a veces los mordiscos pueden ser una práctica del agresor sexual. En estos casos siempre hay más de uno, suele haber varios, de hecho, y localizados en los pechos y las zonas genitales.

Marta lo escuchaba con atención. Todo lo que Luis decía, procedente sin duda de la práctica profesional, tenía sentido y, sin embargo, no venía explicado en los libros de derecho que tan afanosamente había estudiado. Se sintió como una niñata que tenía mucho que aprender frente a un veterano ilustrado por la experiencia. Cilla le pareció, de repente, alguien interesantísimo. Sintió entonces haberse burlado de él. No era solo un tío que intentaba ligar con ella. Empezó a verlo de otra manera. Era una suerte que estuviera allí, regalándole su tiempo y su experiencia.

—Por eso —siguió Luis ajeno a estos pensamientos y disfrutando de la lección que estaba impartiendo y de la atención que Marta le prestaba por fin—, lo peculiar es que sea solo uno y también la zona donde está localizado. Y por eso lo miré más detenidamente.

—Sigue, por favor —dijo Marta llena de curiosidad—. Porque me vas a decir algo más, ¿no?

—Veo que he captado tu atención. Muy bien, seguiré. Pero eso te costará otra caña esta tarde.

Cilla coqueteaba descaradamente con Marta, que a su vez estaba a cada minuto que pasaba más complacida con el coqueteo.

—Está bien. Otra caña esta tarde.

—Pues, como me pareció curioso, como te iba diciendo, lo miré más de cerca, con una lupa —dijo mientras sacaba una del bolsillo de su pantalón—. Como está la zona tan amoratada es apenas perceptible, pero míralo tú misma.

Marta cogió la lupa y la acercó a la fotografía.

—Ahí debajo hay…

—Eso es —afirmó Luis feliz de apuntarse un punto tan impresionante—. Ahí debajo hay un tatuaje que no vio el forense o al que no dio importancia. No llego a distinguir qué es. A mí me parece una letra. Puede ser una E, una G, una C... No sabría decirte.

Marta lo observó sorprendida y luego volvió a mirar la fotografía con la lupa.

—Aún no sé por qué el forense lo pasó por alto —dijo Cilla—, aunque la verdad es que es difícil de ver.

—Tengo que reconocerte que estoy alucinada —se sinceró Marta finalmente—. Habré mirado esta fotografía medio millón de veces y nunca lo había visto.

—Y eso que no veo tres en un burro —se rio Cilla—, que tengo seis dioptrías y pico.

—Pero ve más la experiencia que los ojos —afirmó Marta por completo obnubilada por su interlocutor—. ¿Y qué conclusión sacas de todo esto? Porque ahora me iluminarás con una conclusión, supongo.

—Pues que es un ataque muy personal y muy específico. La mayor parte de los golpes se dirigen a la cara. El autor quiere castigar a su víctima. Quiere deformarla. Busca desfigurarla. Y luego este mordisco sobre el tatuaje... Yo diría que víctima y autor se conocían bastante. Vamos que, si no estuviera descartado, el novio sería mi principal sospechoso. Pero está descartado, ¿verdad?

—Estaba en Fuerteventura con unos amigos haciendo surf. Sus suegros lo recogieron en el aeropuerto de Madrid al día siguiente de la agresión y lo trajeron a Burgos.

—Pues entonces pensaría en algún amante despechado que la hubiera estado acosando o algo así. A veces estos acosadores siguen a las víctimas a los lugares más insospechados sin que ellas se den cuenta.

—¿Crees entonces que es posible que no haya sido Miguel?

—Depende.

—¿De qué? —preguntó Marta esperando otra genial respuesta.

—De si es tu novio. Si es así, prefiero que siga en la cárcel —contestó Cilla sonriéndole.

Marta sonrió también y se sonrojó. Luis había derrumbado su muro de protección. Había destruido sus defensas, las que había construido durante años por culpa de Miguel, o quizá gracias a él. Seguramente la habían librado de muchos bobos.

—Así que, señora listilla —repitió Cilla rompiendo el silencio satisfecho de haber hecho que Marta se sonrojase—, la clave está en la víctima.

Tras un par de cañas, Marta se dirigía a casa con mil cosas en la cabeza. Su corazón bombeaba más rápido de lo normal. Hacía mucho que no le ocurría y no sabía identificar el motivo.

Por una parte, estaba la posibilidad de que Miguel fuera en verdad inocente y que llevara casi cinco años encerrado injustamente. Todo lo que ella había averiguado unido a lo que Luis le había dicho empezaba a tener cierto cuerpo, cierta importancia. Era necesario atar cabos, y la única forma de hacerlo era hablar con Ane. Todavía tenía guardado su teléfono en la mesilla de su habitación. Era el momento de ser valiente y de usarlo. Ahora no podía detenerse; ahora que existía la posibilidad de hacer verdadera justicia, lo que ella siempre había soñado. Este era un buen motivo para que su corazón estuviera a punto del colapso.

Por otro lado, empezaba a sentir algo por Cilla, quizá solo fuera admiración, y al tiempo seguía sintiendo algo por Miguel. No podía negarlo ni definirlo. Era el primer hombre que le había gustado, el único hasta hoy, aunque hubiese sido en parte una creación suya, un hombre inventado a su antojo, pero igual no estaba tan lejos de la realidad si resultaba que era inocente y había sobrevivido a esta injusticia durante tantos años.

La evidencia de sus descubrimientos contrastaba con la indefinición de sus sentimientos. De unos meses aquí su vida se había complicado de una forma inesperada al tiempo que apasionante y se sentía involucrada en una red de vidas ajenas y entrecruzadas. Salir de la seguridad de sus libros le parecía por primera vez emocionante y vital.

Al llegar a casa le aguardaba una noticia inesperada. Su madre fue la encargada de dársela.

—Marta, te ha llamado una tal Ane, desde Bilbao. Ha dejado un número de teléfono. Dijo que estaba muy interesada en hablar contigo, si puede ser hoy mismo.

Marta cogió el recado que le entregaba su madre perfectamente escrito con la letra caligráfica que Mari Tere tenía. Corrió a su habitación y buscó el papel con el número de teléfono que le había dado la madre de Ane unos días atrás. Coincidían. Realmente era ella la que había llamado. Era incapaz de descifrar el motivo de la llamada y la forma en que Ane habría obtenido su teléfono, pero lo insólito de la situación le hizo disipar todas sus dudas.

«Es más fácil devolver una llamada que hacerla», pensó mientras descolgaba el auricular.

40

La segunda mañana del año Ane se levantó tarde. Le había costado dormirse a pesar de que el viaje y la visita a prisión del día anterior la habían agotado física y psicológicamente. Pero la tensión era superior al cansancio y tuvo que tomar una pastilla para dormir. Antes de que la química hiciera su efecto solo podía pensar en el hombre del locutorio que juraba por su padre muerto que él no la había hecho nada y que era una víctima más. Aquello era exactamente lo que no quería oír.

Pensó que era muy difícil que un preso reconociera su delito. En las películas nunca lo hacían. Todos eran inocentes cuando se les preguntaba. Nunca habían hecho nada. Si fuese así, en la realidad las cárceles estarían llenas de inocentes.

Pero Miguel no tenía nada que perder, por lo que pensó que podía sacarle una confesión que disipara todas sus dudas. Había ido para mirarlo a los ojos y tratar de ver en ellos la verdad. Y lamentablemente creía haberla visto. Lo malo de buscar la verdad es que puedes acabar encontrándola. Ahora tenía que confirmarla.

Ya no se trataba de la infidelidad de la que, por otra parte, estaba convencida. Lo que había dicho Iker el día de Navidad, cuando discutieron, le había dado a todo una vuelta de tuerca, había puesto su vida y su realidad patas arriba. Casi no se dio cuenta. Fue como una iluminación repentina. Algo que de repente cobró sentido y que a la vez no lo tenía en absoluto. Desde ese día no sabía si lo que tenía eran recuerdos o sospechas. A punto estuvo de preguntarle, pero la prudencia le aconsejó lo contrario, por si eran recuerdos. Era mejor andarse con mucho cuidado y que siguiese pensando que estaba enfadada por un asunto de cuernos. Mientras, tendría que buscar la verdad. Por eso el ir a Burgos.

Recordó el trozo de papel que el director de la prisión le había entregado. Lo buscó afanosamente en la cazadora. Allí estaba, hecho un gurruño, con un número de teléfono y un nombre: Marta.

Había llamado, pero no estaba. Le había cogido el teléfono una señora muy amable. Le pidió por favor que le dijera que tenía cierta urgencia por hablar con ella.

Mientras tanto, convertiría su casa en una fortaleza. Había ordenado al servicio que la puerta de la vivienda estuviera siempre cerrada con llave.

Tener en casa a la cocinera, la chica de la limpieza y la enfermera de turno le daba cierta tranquilidad. Las que no estaban tan tranquilas eran ellas ante los acontecimientos pasados: el señor que había entrado como loco en el piso rompiendo cosas y la señora que se comportaba como una loca y se había encerrado con llave.

Su padre la llamó a las once para ver si todo iba bien. También le dijo que Iker se había presentado en su casa por la noche y que lo había visto ciertamente alterado mientras insistía en que ella era un polvorín que estaba mal de los nervios y que él era un marido fiel.

Ane le hizo jurar que cumpliría su promesa y no le dejaría acercarse a ella y al niño. Estaba asustada, pero llevaba demasiado tiempo así, llena de miedos, y había llegado la hora de enfrentarlos todos cualquiera que fuera el desenlace. Ante todo, Ander debía estar protegido.

A las doce de la mañana llegó el cerrajero para cambiar la cerradura de la puerta principal y para reprogramar los mandos del garaje. Ane le pidió al portero que la acompañara y estuviera con él mientras trabajaba. A las tres de la tarde recibió una llamada.

—Buenos días. Soy Marta González. Quisiera hablar con Ane Celaya.

—Soy yo.

Era la primera vez que cada una oía la voz de la otra. Dos mujeres muy distintas unidas por unos acontecimientos del pasado, por un hombre que las había marcado a ambas de formas muy diferentes. Se hizo un silencio.

—Ayer fui a la prisión y hablé con Miguel Aresti —dijo de repente Ane.

—¿Qué? —respondió Marta sin poder evitar un tono de sorpresa en su voz. Era lo último que podía pensar oír. Pero el día estaba siendo un pozo de sorpresas.

—Me pidió que hablara contigo. Bien, te escucho, si es que tienes algo que decirme.

—Lo cierto es que sí. Tengo cosas que decirte y que preguntarte —contestó Marta. Marta normalmente hubiera usado el usted, mucho más profesional, pero quiso ponerse a la altura de Ane—. Pero creo que es demasiado delicado para hablarlo por teléfono.

—Bueno, ¿puedes venir a Bilbao? Tengo un bebé y no puedo moverme.

—¿Cuándo?

—Hoy mismo si puede ser.

A las cuatro de la tarde tomaba Marta un autobús hacia Bilbao no sin antes avisar a Cilla. Por suerte lo encontró en casa cuando lo llamó por teléfono.

—Lo siento, Luis. Te debo una caña. Me voy a Bilbao. Me ha llamado Ane.

Cilla se sorprendió y le pidió que tuviera cuidado. Quizá esto le viniera grande a una chica como Marta. Pero no podía decírselo. Hubiera sonado condescendiente.

Iker llevaba toda la mañana fuera de sí. Era evidente que había perdido, al menos en parte, la confianza de su suegro. Le había dicho: «Ten paciencia hasta que todo se aclare». Aquellas eran las palabras de quien no se fía y va a hacer comprobaciones. Y su suegro tenía los medios para hacerlas. Jon nunca se humillaría llamando a Iratxe para preguntarle, pero podía pedir a otros que lo hicieran por él. Así que debía hablar con Iratxe y pedirle, o más bien exigirle, que se callara. Más les valía a los dos.

—Si dices algo, no volveremos a vernos nunca —le dijo—, y no es lo que tú y yo queremos.

De sobra sabía que Iratxe estaba enamorada de él desde antes de casarse con Ane, así que era fácil aprovecharse de sus sentimientos y manipularla, a pesar de que no tenía la intención de volver a verla nunca. Era un cartucho ya consumido. Seguro ya de que no hablaría, había otro fuego que cortar. No sabía hasta dónde podía haber profundizado la psicóloga en la mente de su mujer, pero era algo que debía comprobar.

Por experiencia sabía el daño que podían hacer esos medicuchos. Lo comprobó cuando sus padres lo obligaron a acudir a terapia. Era humillante. A él, que estaba a punto de fichar por el Athletic. Parecía que se hubiesen propuesto acabar con su carrera. Si alguien se enteraba… Todo por aquella vecina, una donnadie que se le insinuaba cada vez que se cruzaban en el portal. A él ni siquiera le gustaba, pero qué se podía hacer cuando se te ofrecían de esa manera en un portal…

Y luego la muy chula se ponía digna y que eso no, que eso no quería, que solo besos, que no la tocara... Pero si se lo estaba pidiendo a gritos todos los días con sus miradas... Y se puso a gritar en el portal. Le tuvo que dar una torta para que se callara. Estaba histérica. Luego salieron todos los vecinos... Fue asqueroso ver a sus padres humillándose delante de los de ella, aunque no había pasado nada que ella no quisiera. ¿Por qué coño tenían que pedirles perdón? ¿Por qué no lo denunciaron? Él no tenía que disculparse.

Los psicólogos le daban la vuelta a todo. Que si al oír el «no quiero» debería haber parado. Pero si le había metido la lengua hasta la campanilla. Eso es un «sí» a todo. Ella lo había empezado. Los psicólogos no entendían una mierda. Lo interpretaban todo como les daba la gana. Ni terapia ni gaitas. La dejó. Cerró la puerta de casa y se fue para siempre. No echaba de menos a sus padres. Eran unos débiles.

Iker se vistió en el apartamento de su suegro con las cuatro cosas que le había llevado un chófer en una maleta. Se sintió viviendo de prestado, como el perro que dependía de su amo para comer. Pero él era el padre de Ander, el heredero, y tenía derecho a todo. Si querían tener a Ander, debían admitirlo a él. Sintiéndose impotente, se dirigió a la consulta de Nuria de Prado. Miró las ventanas desde fuera. Las persianas estaban cerradas y no parecía haber luz. Aprovechó que un vecino salía del portal para entrar sin llamar al telefonillo. Subió al séptimo piso y llamó a la puerta de la consulta. No se oía a nadie dentro. Tenía que averiguar cuán profundo había escarbado.

En el autobús Marta no hacía sino pensar en Ane. En realidad, para ella aquella mujer no era una desconocida. En Oña la vio varias veces con Miguel. Tan impresionante con sus vaqueros ajustados y su larga melena rubia. Se avergonzó en parte de haberla observado de esa manera y de haberla hasta odiado. Sin embargo, Ane no habría reparado en ella ni por un instante. Le parecería sin duda insignificante.

Luego Marta había leído sus declaraciones, había visto y analizado sus fotografías... De alguna manera, para Marta era una vieja conocida. Seguramente nunca habrían sido amigas si se hubieran conocido en otras circunstancias, porque no tenían nada en común. La misma forma en que había hablado con ella por teléfono le disgustaba. Marta siempre usaba un tono amable y cordial incluso con los desconocidos. Ane había sonado prepotente y cortante. Pero recordó que ella no iba a Bilbao por Ane, sino por Miguel. Trató de ensayar cómo abordar las preguntas que tenía que hacerle, algunas muy delicadas. Tenía que ver la forma de hacerle reconocer que había omitido la relación sexual anterior. Eso sin duda sería lo más difícil de todo. Seguramente lo negaría. Luego tendría que enseñarle la foto, preguntarle si tenía un tatuaje al lado de la pelvis y si había tenido algún novio o alguna relación con un hombre que tuviera la costumbre de morderle en esa zona cuando practicaban sexo. Y finalmente le contaría todo lo averiguado sobre la limpieza del Porsche y la posibilidad de que un tercer hombre, además del guardés y de Miguel, hubiera estado en el vehículo aquellos días. Un taxi la llevó hasta la dirección señalada en la Gran Vía de Bilbao. Marta entró en el portal y subió hasta el primer piso por la escalera de mármol esmeradamente abrillantado. Lo de que el portero la acompañara hasta la puerta le pareció muy esnob, pero él insistió. Abrió, cómo no, una señora vestida de uniforme que cerró la puerta con llave tras de sí, cosa que a Marta le extrañó y la hizo sentirse atrapada. Si tenía que huir de aquella casa, no sería por aquella puerta. Luego la hizo pasar al salón.

Una mujer con un bebé en brazos se levantó del sofá en el que estaba sentada. Era Ane. Llevaba un chándal y la cara lavada. No se parecía en nada a la Ane que recordaba, la de los vaqueros ajustados y el top rojo.

—¿Eres Marta? —preguntó.

—Sí, soy yo —dijo Marta desconcertada por ver una joven madre en lugar de una rubia explosiva.

Al final no fue tan difícil como Marta esperaba. No tuvo que hacer ninguna pregunta. No tuvo que ponerla en ninguna encerrona. No tuvo que mostrarle ningún indicio. En realidad, no tuvo que decir absolutamente nada.

Fue Ane quien lo dijo todo.

—Creo que mi marido me violó.

41

Marta se quitó el abrigo y se sentó en un sillón frente a Ane. La contundente afirmación que esta había escupido según entró por la puerta, sin apenas presentarse, la había dejado perpleja. Lo había soltado como si le quemara en la boca; como si hubiera estado pensando durante mucho tiempo cómo verbalizarlo sin atreverse.

Lejos del hermetismo que Marta había imaginado, Ane se había abierto en canal. Estaba exculpando a Miguel e inculpando a su marido. Lamentó no haber tenido en la mano una grabadora por si no volvía a repetirlo.

La conversación había ido directamente al meollo de la cuestión prescindiendo de formalismos, por lo que Marta encontró estúpido hasta dar explicaciones. Después de algo como «Creo que mi marido me violó», sonaba ridículo decir «Hola. ¿Cómo estás? Me llamo Marta. Soy amiga de Miguel». Ambas mantuvieron silencio por unos momentos. Ane se sentó en la alfombra. Sostenía al niño de las manos mientras este daba incipientes pasos con sus aún torpes pies ayudado por su madre. Era un niño precioso, regordete, de apenas un año. La estampa era preciosa. Una madre y un niño en un salón lujosamente decorado, lleno de fotografías por las paredes y con un árbol de Navidad de diseño. Si no fuera por las circunstancias, compondrían una preciosa estampa navideña.

Toda la estrategia de Marta se había derrumbado. Ane no era ni de lejos como ella había imaginado.

—Es precioso —dijo Marta sentándose también en la alfombra—. ¿Cómo se llama?

—Ander.

—Hola, Ander —saludó Marta haciéndole al niño una gracia en la barbilla—. Te pareces a tu mamá.

Ane no contestó. Se limitaba a mirar al niño con adoración mientras este levantaba sus piececitos una y otra vez simulando pasos. Marta decidió dejarle hablar. Es lo que había escuchado que había que hacer con las víctimas. Dejarles hablar e interrumpirlas lo menos posible.

—Supongo que conoces a Miguel —afirmó Ane de repente.

—Sí, hace años que lo conozco.

—¿Eres su abogada?

—Soy abogada, sí, pero estoy aquí en calidad de amiga —explicó Marta consciente de que Ane no la recordaba de nada—. El me pidió que revisara el caso una vez más.

—Y, dime, ya que lo conoces de hace tiempo y has revisado el caso, ¿le crees capaz de hacer lo que dicen que hizo? —preguntó Ane.

Marta meditó su respuesta por unos segundos.

—Pues tengo que reconocer que durante un tiempo pensé que era posible. Lo cierto es que lo prejuzgaba sin tener un conocimiento profundo de los hechos. Ahora, después de haberlos estudiado y repasado muchas veces…, lo cierto es que ya no lo tengo claro.

Ane miró a Marta fijamente consciente de que ella tampoco lo tenía claro ahora.

Marta decidió tomar la iniciativa y sincerarse con Ane.

—Lo vi contigo, ¿sabes? Yo estaba allí en aquellas fechas y lo vi contigo.

Ane la miró de nuevo, aunque esta vez totalmente sorprendida.

—Os vi —repitió Marta—. Tú llevabas una camisa blanca y unos vaqueros. Como mucha más gente, os vi iros juntos en tu coche aquella noche. En un pueblo pequeño es difícil no ser visto. Y vosotros no os escondíais.

Ane dejó de mirarla sintiéndose de nuevo expuesta como aquella noche. Cogió a su niño y lo apretó contra su pecho. Ander gimoteó un poco en su lenguaje incomprensible hasta que su madre lo sentó sobre la alfombra y le ofreció un juguete que se dispuso a mordisquear.

—Después de veros —continuó Marta—, era fácil suponerle culpable —sentenció—. Pero tras estudiar los hechos las dudas empezaron a surgir y, si te soy sincera, cada vez tengo más dudas.

—Yo también —dijo Ane interrumpiendo a Marta.

Marta decidió callarse y dejar que Ane se explicara. Parecía que lo haría. Sin saber si podía fiarse de ella ni de que repitiera delante de otros lo que iba a decir, de nuevo lamentó no llevar una grabadora.

«Es un error de novata —pensó—. Luis debería habérmelo recordado». Aunque el pobre Luis apenas había tenido tiempo de despedirse y lo único que acertó a decirle es que tuviera cuidado. Ni siquiera le había dado una dirección ni un teléfono. Si le pasaba algo en aquella casa, no sabrían dónde buscarla. Únicamente le había dicho a su madre que iba a Bilbao. Esperaba que Mari Tere recordase que la había llamado una tal Ane Celaya con dirección en Gran Vía. De repente, la puerta cerrada con llave le pareció una trampa mortal. Se olvidó de sus temores cuando Ane continuó hablando:

—Yo también tengo dudas —reiteró jugando inconscientemente con las manos de su niño—. El día de Navidad mi marido y yo discutimos. Yo lo había visto con una antigua amiga en el aeropuerto, y la forma en que se despidieron...

Además, mi padre le había retirado ese día un trabajo en... —Ane se dio cuenta de que estaba dando datos innecesarios y cambió el rumbo de la conversación—. El caso es que estábamos enfadados —dijo resumiendo—. Saqué a relucir la violación y a él le molestó porque nunca hablábamos de ello. El caso es que yo sabía que la chica del aeropuerto le había dicho que me había acostado con aquel hombre.

Marta la miró sorprendida y de nuevo lamentó lo de la grabadora. Quién iba a pensar que Ane lo reconocería tan fácilmente. Claro que ella lo repetiría delante de quien hiciera falta, aunque solo fuera un testimonio de referencia.

—Sí. Ya sé que dije que no —añadió Ane mirando a Marta sin tapujos—. Me acosté con él el día anterior y dije que no. Tenía mis motivos, pero me equivoqué. Creí que con ello no perjudicaba a nadie. Daba igual con quién me hubiese acostado el día anterior porque me habían violado y ya tenían al culpable. Y no ganaba nada reconociendo ante mi novio y mis padres que habíamos tenido relaciones sexuales la noche de antes. Aquello era como hundirme más en el fango y me hacía sentir culpable de todo. El caso es que ahora sé que no lo soy, hiciera lo que hiciera la noche anterior, incluso esa misma noche, y no me importa reconocerlo. —Marta la miró y asintió con la cabeza—. Pero después de la violación toda mi familia quería taparlo y ocultarlo. Fui consciente de que lo que me había pasado era algo que los avergonzaba y no quise avergonzarlos más ni avergonzarme a mí misma. ¿Me entiendes? —preguntó Ane buscando desesperadamente la aprobación de Marta con su mirada.

Marta se la dio de inmediato. Podía entenderlo. Lo entendía perfectamente. Es más, sintió que ella quizá hubiera hecho lo mismo en su situación. Ane estaba llorando sin darse cuenta. Marta se apiadó de ella. Comprendió que a veces era difícil entender las cosas que hacían otros, pero que desde su perspectiva todo podía tener un sentido y un motivo justificado.

Ane se había sentido avergonzada. La habían hecho sentirse así.

—El caso es que Iker lo supo desde el principio —continuó mientras se secaba las lágrimas de la mejilla con una mano y con la otra sujetaba el cuerpecillo de Ander apretándolo contra su pecho—. Entonces, en medio de la discusión, Iker dijo algo que... algo que... Casi no me di cuenta porque estábamos gritando, pero luego fue como una revelación y... y desde entonces veo imágenes que parecen recuerdos, pero quizá solo son mis sospechas fruto de la locura, porque no estoy bien, ¿sabes? Estoy viendo a una psicóloga y he creído recordar..., pero y si no...

—¿Qué fue lo que dijo? —preguntó Marta fingiendo una tranquilidad que no tenía tratando de no frustrar la confianza de Ane, que no dejaba de jugar con las manitas de su niño. Él se agarraba a los dedos de su madre luchando contra la gravedad.

—Dijo que había sido humillante que le contaran cómo me enrollaba con aquel hombre al fondo de un bar junto a los baños. Dijo que había tenido que oír de boca de mi amiga cómo me iba con él en mi coche y cómo les decía a mis amigas que me lo iba a tirar. Luego dijo que fue insoportable mi imagen tirada encima de él casi borracha en la puerta de un bar dando un espectáculo porno delante de todo el pueblo con aquella camisa blanca medio desabrochada. —Se hizo un silencio. Marta repetía para sus adentros las palabras de Ane mientras intentaba encontrarles un sentido. Ahora no podía parar. Tenía que sacarle todo de dentro.

—No entiendo —dijo Marta finalmente para provocar que Ane siguiera hablando.

—Pues que dijo que fue insoportable la imagen, como si me hubiera visto.

Marta entendió por fin lo que quería decir.

—Quizá se equivocó —contestó Marta—. Estabais en medio de una discusión. Quizá solo hablaba de lo que le habían contado y en lugar de verte se refería a que fue insoportable imaginarte.

—Imposible —contestó Ane tajante—. Ya lo he pensado. Le he dado mil vueltas. Mi amiga no pudo verme aquel día borracha en la puerta del bar ni saber la ropa que llevaba puesta porque ya estaba en Bilbao. Aquella noche estaba sola en Oña. Por lo tanto, no pudo contárselo ella. Eso en concreto no.

—Bueno, quizá lo oyó en el juicio —dijo Marta haciendo de abogada del diablo—. Otros testigos sí que lo vieron. Yo misma lo vi y recuerdo una camisa blanca. Quizá en las sesiones del juicio lo oyó.

—También lo pensé —repitió—. Y eso me tranquilizó durante un tiempo. Pero duró poco la tranquilidad porque también es imposible que Iker lo supiera por el juicio. No se separó de mí ni un solo día desde que vino al hospital. Es cierto que fue al juicio conmigo. Pero después de mi declaración no volví a las sesiones por consejo de mi padre y de mis abogados, y él tampoco. Ya te digo que siempre estuvo conmigo. Siempre tan atento a lo que decía y a lo que recordaba y lo que no... Y si repasas mi declaración estoy convencida de que no di esos detalles. No iba a decir delante de todo el mundo que me tiraba voluntariamente sobre mi agresor y lo besaba en la puerta de un bar. Hubiera quedado como una estúpida. Estoy convencida de que solo dije que estuve con él aquella noche, igual que la anterior.

Marta corrió a comprobar la declaración de Ane que tantas veces había leído. No sabía si era uno de los papeles que había llevado consigo, pero afortunadamente ahí estaba. En efecto, Ane pasó de puntillas por todo aquello. No mencionó nada de estar en la puerta de un bar ni de tirarse sobre Miguel y besarlo. Solo reconocía que recordaba estar con él y no estar con nadie más porque no conocía a nadie, y que se acordaba de irse con él en el coche. Pero ningún detalle más. Ane la miraba mientras repasaba la declaración. Marta la miró después de comprobarlo.

—Es cierto. No lo mencionas.

—Y no pudo tampoco enterarse por la prensa, porque no hubo periodistas, ni pudo leerlo en ningún expediente, porque nunca lo tuvo en sus manos.

Marta empezaba a entender lo que Ane quería decirle.

—Y no fue solo eso, sino los detalles que dio sobre la ropa que llevaba. «Una camisita blanca casi desabrochada», me dijo. Y la forma en que lo dijo, como con asco, como si lo hubiera visto en persona y lo estuviera recordando.

Marta también lo recordaba. Lo recordaba perfectamente. Los recordaba a los dos dando un espectáculo frente a la puerta del bar. Miguel le había dicho que la quería apenas diez minutos antes. Ella también sintió asco en aquel momento. Recordó que había gente fuera mirándolos, algunos riéndose. Se estremeció ante la posibilidad de que el marido de Ane pudiera ser uno de ellos y estuviera cerca de ella.

—Sé que no es mucho —continuó Ane—, pero desde entonces tengo imágenes de Iker sobre mí en mi coche. Lo veo golpeándome la cara, golpeándome en las costillas. Le oigo llamarme puta y zorra mientras lo hace. Hasta he creído recordar algo que... que hacía siempre que...

Marta supo de inmediato a qué se refería.

—¿Y si no fueran imaginaciones? ¿Y si realmente estuvieras recordando lo que pasó? —preguntó Marta. Se apresuró a sacar la fotografía que llevaba preparada—. Perdona que te lo enseñe, Ane, pero creo que te refieres a esto.

Ane cogió la foto que Marta le entregaba y la miró. De repente las lágrimas afloraron más intensamente en sus ojos sin dejar de observar la imagen. Nunca había visto las fotografías del forense.

—¿Esta es de mi cuerpo? —dijo Ane llorando mientras veía claramente un mordisco.

—Está sacada del informe médico forense —afirmó Marta—. Es una de las que te hizo en el hospital cuando te reconoció. Y, bueno, no lo sé, pero debajo de este mordisco veo algo.

Ane era un mar de lágrimas. El niño jugueteaba ahora con las gotas que le caían a su madre por las mejillas secándoselas sin saberlo y chupeteando luego sus manitas saladas. Entonces Ane sentó de nuevo a Ander en la alfombra con cuidado y se bajó un poco el pantalón del chándal para mostrarle a Marta su tatuaje que ahora era totalmente visible.

—La G de Gucci —dijo Ane entre la risa y el llanto—. Qué despreocupada era entonces cuando me la tatué.

—¿Significa esto algo para ti, Ane? —preguntó Marta muerta de impaciencia.

—Iker siempre me mordía ahí después de cada relación. Decía que era su marca. Estuve tan destrozada tras la violación que tardé mucho en volver a mirarme al espejo. No lo hice hasta que todas las heridas estuvieron curadas. —Miró a Marta mientras se secaba las lágrimas de los ojos y se llenaba de fuerza y de convicción—. Luego no estoy loca —afirmó—. No me estoy volviendo loca —repitió—. Son recuerdos lo que tengo. No son imaginaciones ni sospechas. Son recuerdos. Por eso Iker no quería que recordara. Por eso no quería que fuera al psicólogo.

Aunque quizá hubiera preferido estar loca que conocer la verdad y descubrir lo que le había hecho su marido, el padre de su hijo. Marta le tendió la mano en señal de apoyo. Ane se la cogió y la apretó con fuerza. Por nada del mundo quisiera estar en su situación.

—Tengo que apartarlo de mi hijo —dijo Ane apretando de nuevo con fuerza la mano de Marta—. Tienes que ayudarme.

42

Eran las once y media de la noche cuando Marta salía del piso de Ane acompañada por el portero. Ane le había ofrecido quedarse a dormir allí, pero prefirió irse. Aquella puerta cerrada no le inspiraba confianza y estaba deseando atravesarla; y si Iker aparecía por allí no quería estar atrapada.

Por otro lado, Ane y ella eran dos desconocidas y, si finalmente tenía que ejercitar alguna acción legal, era mejor tener el contacto justo con ella. Al fin y al cabo, ella estaba allí para intentar ayudar a Miguel. Viendo que la tarde se alargaba, reservó una habitación en una pensión no muy lejos del piso de Ane, en Alameda de Recalde, una calle perpendicular a la Gran vía. En cuanto pudo le pidió a Ane que la dejara llamar por teléfono y avisó en casa de que se quedaba. Se sintió aliviada de que los suyos supieran dónde se encontraba y le pidió a su hermano que llamase a Luis y le dijera también que pasaba la noche en Bilbao y que lo llamaría en cuanto le fuera posible.

—Eres todo un enigma —dijo Germán al otro lado del teléfono—. No sabía que tenías tanta relación con Luis —añadió mientras pensaba que su hermana seguía siendo tan reservada como siempre—. Ten cuidado, Marta —añadió luego—. No te juegues la vida por nadie. No soportaría que te pasara nada.

El portero le abrió la puerta y le preguntó si quería un taxi. No hacía falta. No llevaba peso. Solo lo puesto. Prefería andar.

La Gran Vía estaba iluminada. La temperatura era agradable. Hacía mucho menos frío que en Burgos. El agua de la lluvia hacía que el alquitrán de la carretera pareciera de charol. Las luces de los escaparates iluminaban las aceras y los transeúntes caminaban por ellas ajenos a los pensamientos de Marta. Ella se sintió en medio de algo muy grande; demasiado grande. Aquello era para alguien como Luis Cilla. No sabía si podría manejarlo adecuadamente. Cada vez estaba más convencida de que había que plantear un recurso de revisión para sacar a Miguel de prisión. Si no lo hacía ella, alguien tendría que hacerlo.

Pero quedaban todavía algunos cabos por atar. Había que situar a Iker en el lugar de los hechos. Según la investigación realizada, estaba en Fuerteventura. Por eso ni si quiera se le tomó declaración. Nunca se le consideró sospechoso. También había que contrastar su ADN con el que constaba en el procedimiento, en aquella carpeta llena de pruebas inútiles. Era posible que fuera realmente el tercer hombre. Marta no sabía cómo conseguir nada de eso. Pensó en llamar a Luis cuando llegase a la pensión para que la orientase. También tenía que conseguir que Ane hiciese una declaración ante el juez donde contara todo lo que le había dicho a ella. Eso lo veía posible. Solo tenía que llevar a Ane ante el juez de guardia. Ane se lo había prometido. Le dijo que estaba dispuesta a declarar y a denunciar a Iker. Más aún cuando Marta le contó lo que había descubierto y que no hacía sino confirmar sus propias sospechas. Lo hacía más por ella que por nadie. Debía alejarse de él y, sobre todo, debía alejarlo de Ander.

—Es cierto —le había dicho Ane—. Le pedí a Julián que llevara el coche a lavar porque alguien había vomitado en él. Recuerdo que el olor era muy fuerte cuando lo cogí aquella tarde y tuve que bajar las ventanillas.

Después de eso todo cuadraba, hasta que Iker no hubiera dejado restos de semen tras la violación. A eso le dio explicación la propia Ane.

—Yo tomaba la píldora, pero él insistía en usar condón siempre para tener mayor seguridad. Mi padre nos había dicho que el peor disgusto que podíamos darle era un embarazo antes de la boda y ninguno de los dos queríamos decepcionarlo. Mi familia es muy tradicional para eso. Especialmente papá.

Era inconcebible que un nieto de Jon Celaya naciera fuera del matrimonio. Así como era verdad que Iker siempre le mordía sobre su tatuaje y usaba condón.

¡Había sido él! Y aunque no hubiera semen su ADN podía estar en el coche. Y tenía que estar allí porque estuvo en ese coche después del 24 de agosto. Todo parecía tomar forma de repente. Las piezas encajaban.

Sobre la presencia de Iker en el lugar de los hechos tenía que considerar algo que antes no sabía. Iratxe lo había llamado el día 25 por la mañana cuando llegó a Bilbao. Según los guardeses estuvieron allí antes de las once.

No era físicamente imposible que Iker cogiera un vuelo, llegara a Madrid y luego condujera hasta Oña y que estuviera allí por la noche. Quizá hubiera alquilado un coche en Madrid. Era posible que ahora tuviera sentido lo que Miguel había recordado, la presencia de un coche de alquiler de alta gama frente al Porsche, al lado del coche oxidado del panadero.

Era difícil comprobar esta hipótesis. Seguramente el hotel ya no guardase el registro de huéspedes después de seis años. Ane ni siquiera recordaba el nombre de aquel lugar. Marta le pidió que intentara hacer memoria para llamar al día siguiente. Aquella era una mano que tenían que jugar por si les servía para rematar la jugada. El problema era conseguir que les dieran la información, si es que la conservaban. Tampoco tenían ninguna referencia para llamar a una empresa de alquiler de vehículos y resultaba aún más inverosímil que dicha empresa conservase registros de hacía tanto tiempo.

Por ello, con la precisa intención de seguir encajando piezas, habían quedado las dos mujeres a las nueve de la mañana del día siguiente. Ane dejó un mensaje en el contestador de Nuria pidiéndole que las acompañara. Necesitaba su apoyo. Quizá ella pudiera ayudarla a recordar.

Agotada, Marta llegó a la plaza de Moyúa y enfiló por la calle Alameda de Recalde hasta llegar a la pensión. Encontró la puerta del portal abierta. Era antiguo y señorial con escaleras de mármol blanco y negro. Cogió un ascensor igual de señorial que el mármol. Era tan antiguo que le costó averiguar cómo cerrar la puerta. Necesitaba tirarse en la cama. Pero en cuanto llegase llamaría a Luis Cilla. Con un poco de suerte quizá pudiera localizarlo. En otra ocasión no se habría atrevido. Pero ahora tenía que hacerlo. Tenía que utilizar a Luis para salvar a Miguel.

Iker llevaba toda la tarde haciendo guardia cerca del portal. No podía subir a su casa porque su suegro prácticamente se lo había prohibido. Se encontraba sin hogar, apenas sin ropa y al día siguiente vería qué le esperaba en el trabajo. Lo estaban tratando como a un perro, aún peor. Jon exigía lealtad en todo. Ese era su lema, «familia y lealtad». Pero la lealtad debía ser recíproca. Y Jon no le estaba demostrando ninguna lealtad, a pesar de que él había sido un perro fiel y obediente, atado a una mujer indigna de él a la que había cuidado incluso tras haberlo humillado más que nadie en este mundo. Solo por eso le debían algún respeto. Se lo había ganado a pulso a base de años sometido a los caprichos de los Celaya. Pero se lo haría pagar a todos en cuanto recuperase el lugar que le correspondía. Él tenía la llave. La llave era Ander, y Ander era suyo. Jon no viviría eternamente y su mujer estaba trastornada. Entonces solo quedarían Ander y él. Entonces él tendría cuanto merecía y todos bailarían a su son. Pero para ello debía arreglar las cosas. Su suegro lo había citado el día siguiente a las diez de la mañana en su despacho. Suponía que habría hecho alguna comprobación. Seguramente había mandado a alguien a hablar con Iratxe. Contaba con que Iratxe no se hubiese ido de la lengua. Es más, habría negado la relación. Eso si quería volver a verlo. A Iratxe la tenía en el bote y ella podía ser muy convincente cuando quería. Les diría que se habían encontrado por casualidad en el aeropuerto. Así que sus suegros no tendrían más remedio que pedirle disculpas y reconocer que Ane estaba desquiciada por sus absurdos celos. No podía ser difícil convencerlos del desequilibrio mental de su hija.

Una vez conseguido eso, ya se ocuparía él de meter a su mujer en cintura. Ya lo había hecho antes. Había resultado tan fácil... Ane era tan estúpida y estaba tan borracha... Verla con aquel hombre en la puerta del bar... delante de sus narices... Pero estaba tan bebida que ni siquiera lo vio. ¡Qué asco le dio!

Luego seguirlos hasta el coche fue pan comido. Él no se percató de nada. No se fueron lejos. Aparcaron frente al río y él frente a ellos. Estuvo dentro del coche observando quince minutos hasta que aquel tío salió después de haber hecho lo que quiso con su mujer. Ella se le había ofrecido delante de todo el pueblo. Cuando aquel hombre se alejó lo suficiente, salió del vehículo y abrió la puerta del Porsche. Ane lo reconoció de forma inconsciente. «Mira quién ha vuelto», le dijo. Luego debió de olvidarlo. Es lo que tenía el alcohol. El alcohol y los golpes en la cabeza. El primer golpe le impactó en un ojo. Luego fueron muchos más. Todos a esa cara de mujer infiel y mentirosa... Hasta que algo lo hizo parar... La ira era un veneno de efecto rápido y de corta duración que debías controlar antes de que afectara a tu inteligencia. El castigo ya estaba infligido y ella había sido disciplinada para que nunca más volviera a hacerlo... Era solo suya y como tal tenía que comportarse. Había ido hasta allí a por ella, a recogerla y llevársela a Bilbao con él. La furia lo condujo al resto. Solo quería castigarla, pero se le fue de las manos. Simplemente se tomó lo que era suyo. Ella se resistía a duras penas. Tan solo tuvo que agarrarla lo suficiente. Tenía todo el derecho. Casi inconsciente, la obligó a tragar el resto de la botella de Macallan que ella misma tenía en el coche, temeroso de que pudiera recordar lo ocurrido. Pensó que era imposible dado el grado de intoxicación con que la había encontrado. Dudó por un momento qué hacer. La golpeó en la cara tratando de espabilarla; la habló, pensó en conducir con ella hasta Bilbao, pero no podía explicar el estado en que se encontraba Ane y tampoco su presencia allí. La meneó. «¿Ane? ¿Ane?». Pero ella era incapaz de reaccionar. Finalmente decidió volver a Madrid con el coche de alquiler y esperar noticias y tratar de localizar a sus suegros por la mañana. Les dijo que ya lo habían llamado, que estaba al corriente de todo y que había cogido un vuelo de inmediato. De camino a Burgos supo que Ane no recordaba nada, como él esperaba, y nada debía recordar... Nadie le preguntó nada. Nadie sospechó de él porque ni siquiera estaba en la península. Ya tenían al culpable. Todas las pruebas eran irrefutables. Ahora solo tenía que ser el novio perfecto, paciente y considerado, y las cosas serían de nuevo como antes, volverían a ser la pareja perfecta de siempre. Pero ahora era posible que la estuvieran haciendo recordar y tenía que arreglar algunos asuntos. Debía neutralizar a los metiches; a las personas insignificantes que invadían las vidas ajenas y las trastocaban. Su mujer se había dejado embaucar por ellas; estaba claro. Tenía que terminar con aquella influencia externa que estaba desmoronando toda su vida. Sin poder hablar con Ane, llevaba toda la tarde frente a aquel portal, camuflado con un chándal y una cazadora con capucha. De aquella guisa era difícil que lo reconociera nadie. La estaba esperando a ella. ¿Quién se había creído que era y por qué se metía en los asuntos ajenos? ¿De dónde había salido esa mujer? ¿De qué habrían estado hablando todo este tiempo? Una total desconocida sin derecho alguno. Una listilla que seguramente quería sacar algún partido de todo aquello. Una interesada que se había metido entre ellos para venir a estropearlo todo. Claro que él no lo consentiría. Solo esperaba que no fuese demasiado tarde y que Ane no hubiera empezado a recordar. Era imposible después de tantos años olvidando.

Sobre las doce menos cuarto de la noche la vio llegar con una carpeta en las manos. «Por fin», pensó. Le hervía la sangre como el agua en una tetera. La culpa era suya. Ella sí que le había hecho pasar la línea. Ella lo había llevado al otro lado y ya no había vuelta atrás. Él sabía cómo tratar a las entrometidas... Entró detrás de ella. La muy boba dejó la puerta del portal abierta. La vio coger el ascensor. Él usó la escalera. Era un ascensor antiguo de doble puerta enrejada, de los del Bilbao castizo, de esos en los que se tardaba más que subiendo a pie. Llegaron casi a la vez. Ella estaba en el descansillo, de espaldas, a punto de abrir la puerta. No había oído nada. Iba despreocupada y el ascensor hacía mucho ruido. Abrió la puerta y se giró para cerrarla. Vio a alguien que se cubría la cabeza con una capucha. Intentó cerrar la puerta rápidamente, pero él ya había metido medio cuerpo para impedirlo, de forma que consiguió entrar y empujarla hacia dentro.

—Como veo que no te quedó claro, vengo a aclararte las cosas —le dijo cerrando la puerta tras de sí.

Él no quiso que se golpeara la cabeza. Pero ocurrió. Solo fue a amenazarla. La agarró de los brazos y luego de la cara, apretándole con una mano la mandíbula con fuerza y con otra el cuello para acorralarla contra la pared. La zarandeó.

—Que dejes en paz a mi mujer —le dijo.

Ella le arañó en la cara para escapar. Fue entonces cuando tropezó.

43

Llovía estrepitosamente aquella mañana cuando Jon se dirigió a su despacho. Estaba acostumbrado a tomar decisiones difíciles y a trasmitirlas sin miramientos a los afectados por ellas. Aunque aquella decisión no fue difícil en absoluto. Había hecho sus averiguaciones. Ane tenía razón. Iba a deshacerse de Iker.

Su yerno apareció a la hora fijada vestido de nuevo como acostumbraba, con un traje de marca aparentando ser el hombre que no era, como si nada hubiera pasado. Tenía un apósito en la mejilla izquierda. No le preguntó. Le daba igual.

—Has sido tan ingenuo que resultas hasta infantil, Iker —le dijo Jon en cuanto estuvieron sentados—. ¿De verdad pensabas que buscaría la información en Iratxe? No se espera sinceridad de quien puede resultar perjudicado con ella —exclamó dispuesto a desenmascarar a su yerno.

Resultaba que su hija tenía razón. Y él tildándola de loca.

—Pero Iratxe os puede confirmar que no hay nada entre nosotros —dijo Iker

—Da igual lo que diga —contestó Jon—. Solo le he tenido que pedir un informe a contabilidad. El que no me preocupe habitualmente por los gastos de mis directivos no significa que no pueda revisarlos cuando quiera o sea necesario. Tus gastos no habían llamado la atención hasta que hubo un motivo para llamarla. Al fin y al cabo, estoy acostumbrado a pagar tus caprichos. Pero en cuanto pedí que los analizaran descubrimos los cargos del hotel. Había cargos de comidas y cenas para dos que no nos habrían parecido extraños si no se hubieran servido en la habitación. Supongo que pensaste que podían pasar por comidas de empresa. Y es cierto. Pero también había muchos suplementos por uso doble de la habitación y desayunos dobles servidos en ella.

Iker se sintió atrapado.

—Luego —continuó Jon satisfecho de su investigación—, solo fue necesario llamar a la dirección del hotel. Nunca quieren perder un cliente como yo y los encargados de recepción son siempre discretos hasta que dejan de serlo; hasta que los llama el director del hotel a su despacho. Saber que te visitaba una mujer y sus rasgos físicos fue fácil porque no debíais disimular mucho e Iratxe era una habitual del hotel. Así que no insistas —dijo Jon finalmente sin apartar la vista de su yerno—. Podía haber hecho que otro te despidiera, pero quería darme el gusto de hacerlo yo mismo mirándote a la cara. Si no das mucha guerra —continuó—, firmas los papeles del divorcio y no discutes la custodia, te firmaré un despido improcedente con su indemnización correspondiente. Ya he mandado a que recojan tu ropa y efectos personales de la casa de mi hija. Antes de salir espero que dejes en recepción las llaves de tu despacho y las del apartamento. La tarjeta de empresa ya ha sido bloqueada esta mañana. Me temo que ese traje es lo último que has podido pagar con ella. Ya hemos visto el cargo. El coche puedes llevártelo. Considéralo un regalo. Mis abogados se pondrán en contacto contigo para que firmes a la vez el finiquito y el divorcio.

Iker miraba a su suegro agarrado a la silla en la que estaba sentado. No podía rebatir lo que era obvio ni podía seguir manteniendo su inocencia. Jon no le estaba dando una oportunidad; no le estaba dando un ultimátum. Directamente le estaba desterrando de la familia Celaya. Lo habían pillado, como cuando los vecinos de sus padres salieron al portal y vieron que aquella loca salía del hueco de la portería gritando y llorando…

Solo le quedaba reconocerlo, aunque a su manera. Pensaba morir matando. No se iría con las manos vacías. No se convertiría en un donnadie sin dar guerra. Eso es lo que hacía su padre con el taxi. Vivir de forma miserable disculpándose por existir, pidiendo permiso para respirar, llevando una existencia inútil y anónima. Así era la vida de los cobardes, de los sumisos, de los hombres sin espíritu y sin ambición.

—No os desharéis de mí tan fácilmente —dijo Iker alzando la voz, y miró a Jon fijamente—. Déjame que te cuente un par de cosas de tu querida hija.

Jon lo observaba desafiante. Si el cuerpo y los años se lo hubieran permitido, habría saltado la mesa que los separaba y lo hubiera agarrado del cuello. En su lugar, y sabiendo que no era rival en un enfrentamiento cuerpo a cuerpo, se agarró a la mesa intentando contenerse mientras Iker le mantenía la mirada.

—Sí, Jon. Si piensas que tu hija es un lecho de virtudes, te equivocas. He sido infiel después que ella —le dijo mientras se encendía pausadamente un cigarrillo—. ¿No lo sabías? Me ha puesto en ridículo y lo he aguantado hasta niveles insospechados. Hasta que ya no pude aguantar más. De mí no se ríe nadie.

Jon seguía mirándolo inmóvil, atónito ante la forma en que hablaba de su hija.

—Es mejor que no sigas —contestó Jon—, no sea que…

—No —lo interrumpió Iker—. Me vas a oír. ¡Qué asco me dais todos! Tan perfectos, tan inmaculados. Y yo sometiéndome a vuestra voluntad a cambio de migajas. No lo valéis. No lo merecéis ninguno de vosotros.

—Perfecto —dijo Jon—. El sentimiento es mutuo, así que cuando salgas por esa puerta haremos lo posible por no volver a cruzarnos en tu camino.

—Sí, claro que me voy, pero a casa con mi mujer y mi hijo. Deja que comparta algo contigo. Te va a encantar —exclamó mientras se levantaba y paseaba por el despacho—. Considéralo un detalle. ¿Te acuerdas de cuando me recogisteis en Madrid en el 91 después de lo de Ane? Pues yo no volvía de Fuerteventura como os dije. Volvía de Oña. —Jon se quedó blanco. No podía entender nada—. Iratxe me llamó y me dijo que tu hija me estaba humillando en público, delante de sus amigas. Resulta que se estaba liando con un hombre noche tras noche sin ningún pudor, delante de todo el mundo. La llamé a Briviesca —continuó—, pero estaba tan borracha que ni se había levantado. La llamé para decirle que iba a por ella y nos volvíamos juntos a Bilbao, pero estaba durmiendo la mona. Así que cogí un avión, luego alquilé un coche y me presenté en Oña con la intención de llevármela a casa. No fue difícil encontrarla en aquel pueblo. Estaba en la calle, totalmente borracha, tanto que se tropezaba, y vi cómo le metía la mano por el pantalón a aquel tío delante de todo el mundo. Yo estaba casi al lado, en la puerta de un bar, pero ella ni me vio. La gente se reía. Se reían de ella, pero era como si se rieran de mí. De modo que los seguí, aparqué cerca de ellos y esperé a que aquel tío se tomara lo que quisiera de ella. No tardó en salir del coche. Así que cuando estuvo lejos entré yo y rematé la faena. Al fin y al cabo, yo tenía más derecho que él. Iba a ser mi mujer. Lo de los golpes fue sin querer. No pude evitarlo. Daba asco el estado en que se encontraba. Acababa de estar con otro en aquel coche. Ella se lo merecía.

Jon lo miró aterrado tratando de entender las palabras que oía, intentando darles una interpretación distinta a la que les daba. No era posible lo que estaba escuchando. Pero Iker le sostenía la mirada provocando y al mismo tiempo confirmando sus sospechas.

—Sí, Jon, sí. Fui yo. Y tú me ayudaste a que otro pagara por mí y a mí me premiaste convirtiéndome en tu yerno y el amante y abnegado esposo de tu hija. Así los dos, ella y él, recibieron su merecido —dijo mientras apagaba el cigarro medio consumido en un cenicero—. Y, ahora que lo pienso, tú y tu estúpida mujer también.

Jon cayó sobre la silla de su despacho, derrumbado ante aquella confesión. Aquel hombre que tenía enfrente, casi riéndose, al que había entregado a su hija tras insistir en que se casaran lo antes posible… Ese miserable había comido en su mesa tantas veces… Lo había presentado orgulloso a todo el mundo como su yerno… Se había fumado puros con él… Le había dado palmaditas en la espalda en señal de complicidad… Le había pagado sus vicios y sus caprichos… Esa cucaracha, ese monstruo que casi mató a su hija y que era el padre de su nieto…

Jon cogió el teléfono de forma instintiva para llamar a seguridad. Iker se abrochó el botón de la chaqueta con la dignidad de quien acaba de cobrarse la mayor de las venganzas. Luego le agarró la mano con la que sujetaba el auricular.

—Por supuesto, suegro, esto queda entre nosotros. No querrás que todo el mundo sepa lo estúpido que has sido. Prácticamente eres el culpable de que otro hombre esté en la cárcel. Estoy al tanto de los tejemanejes de tus abogados para acabar rápido con la investigación y con el juicio. El pobre incauto estuvo condenado desde el primer momento solo por haberse tirado a tu hija —dijo riéndose a carcajadas—. Le está bien —añadió refiriéndose a Miguel— por quitarme lo que era mío. Si hablas es posible que yo vaya a la cárcel, pero para los Celaya será la muerte social. Menudo escándalo… El gran Jon Celaya, el infalible… tan ciego, tan equivocado… Y qué será de Ander…

Jon soltó el teléfono por el que forcejeaban consciente de que lo que decía Iker era cierto. En ningún momento había pensado en el hombre que estaba en la cárcel. No había pensado en el escándalo ni en el futuro de su hija y de Ander. Era incapaz de pensar en lo que hacer. Por primera vez en su vida estaba bloqueado, pero parecía claro que aquello lo tenía que arreglar él. No podía denunciar a Iker. Sería un escándalo. No podía controlar la situación, ni siquiera controlarse a sí mismo. Notaba que el corazón bombeaba mucho más rápido que de costumbre. Le temblaban las manos y las piernas. Notó un sudor frío recorriéndole todo el cuerpo. Por un momento, se sintió al borde de un precipicio, al borde del infarto y de la muerte, como si le hubieran dado un veneno que lo estuviera matando silenciosamente por dentro.

—Tranquilo, suegro —dijo Iker viendo el frágil estado en que se encontraba aquel viejo—. Juguemos a la familia feliz. Tú me das una buena compensación, una especie de seguro, y yo sigo interpretando mi papel. Nada tiene por qué cambiar. Al fin y al cabo, quiero a Ane a mi manera. Ella fue infiel, yo también lo he sido. Estamos en paz. Lo que ocurrió no es nada si piensas que estábamos prácticamente casados. Ella no me lo podía negar después de haber estado con otro. Ella, que era mía.

Jon lo miraba aterrado incapaz de decir ni una sola palabra.

—Te estoy ofreciendo el silencio, suegro —afirmó seguro de su triunfo—, y la continuidad. Un escándalo en casa de los Celaya siempre se tapa, siempre se oculta con dinero. Así es como funcionáis.

Iker no dejaba de sonreír viendo a Jon hundido en una especie de estado catatónico. Estaba disfrutando de la humillación y del daño que le estaba causando a aquel viejo prepotente y engreído que se consideraba superior a él. Parecía al borde del infarto. Pero aún le quedaba la puntilla, el remate final.

—Y luego ya hablaremos de Ander, claro. Su madre está medio desquiciada. Está loca. Las enfermeras podrán atestiguar lo loca que está y el daño que puede hacer a su hijo. No será difícil convencer a un juez de ello si no te avienes a mis condiciones. O Ane vuelve conmigo, o perdéis a Iker. Ese es el plan.

Iker se acercó a Jon, que seguía sentado en su sillón tratando de controlar el ritmo de su pulso y el fuerte dolor que sentía en el costado derecho. Iker le dio unas palmaditas en el hombro y le susurró al oído:

—Creo que vamos a entendernos, suegro. Si quieres volver a ver a tu nieto. Ahora mismo me voy a por él. Si hace falta, tiro abajo la puerta de casa y digo que Ane está loca y le hace daño. Creo que ya has entendido cómo me las gasto. Que no se me ponga tu hija en medio porque no respondo. Así que ya puedes desbloquear mi tarjeta de empresa. Espero ver en mi cuenta hoy mismo una cantidad que me satisfaga.

Jon se sintió morir. Los músculos se le habían agarrotado retorcidos sobre sí mismos impidiéndole el movimiento. Sus pies y manos estaban congelados como los de un cadáver. El corazón seguía bombeando a una velocidad incontrolable. Sentía una opresión en el pecho que se prolongaba hacia el hombro, el brazo, la espalda, la mandíbula y los dientes. Un sudor frío se apoderó de todos sus miembros. Jadeaba intentando controlar su respiración, intentando seguir respirando, aferrándose a una vida que sentía se le escapaba.

Se decía que a los moribundos se les pasaba la imagen de su vida por la cabeza justo antes de morir. A Jon se le pasó la vida de su hija. La vio de niña, jugando, agarrada de su mano, abrazándolo con adoración. La vio de jovencita, arreglándose en casa con sus amigas para salir de fiesta. Luego imaginó a Iker pegándola con brutalidad en aquel Porsche. Recordó la imagen de Ane destrozada, con la cara deformada y amoratada en aquel hospital frío, totalmente desvalida, y a Iker agarrándole la mano en la habitación. Más tarde se vio en la boda de padrino, llevándola al altar donde la esperaba Iker, al que dio la mano con orgullo en señal de aprobación… E imaginó a Ane ahora en casa, con Ander en brazos… E imaginó a Iker yendo a por ellos… golpeando a su hija y llevándose a su nieto…

Iker había sido el verdugo de su hija, pero él la había conducido al patíbulo.

También se decía que el moribundo revivía un poco antes de morir. Un súbito y pasajero calor le recorrió los miembros y los desentumeció. La sangre helada se tornó tibia y luego caliente devolviéndole la movilidad. Su corazón palpitó de nuevo a un ritmo casi normal que le permitía respirar. Se levantó del sillón al tiempo que Iker se dirigía despreocupado hacia la puerta del despacho. Caminó como pudo tras él apoyándose en la mesa y luego en el otro sillón.

Cuando Iker fue a coger el pomo de la puerta sintió el frío hierro del abrecartas en su espalda y un súbito sabor a sangre le llenó la boca.

44

Marta había quedado con Ane a las nueve de la mañana. Antes había llamado a Luis a la fiscalía. Lo encontró especialmente preocupado.

—Tenía que haber ido contigo —le dijo—. Si me hubieras dado tiempo para cambiar la guardia, te habría llevado yo.

—No podía esperar —contestó Marta—. Ane quería hablar y tenía que aprovechar la oportunidad antes de que se arrepintiera. Ahora parece todo claro, Luis. Creo que podemos conseguirlo.

—Te agradezco que me incluyas, Marta —dijo el fiscal—, pero el mérito es solo tuyo.

Marta, en realidad, en aquel «podemos conseguirlo» estaba pensando en ella y Miguel, pero no quiso sacar a Cilla de su error. Luis la orientó sobre los pasos que seguir. Si Ane estaba decidida a denunciar a su marido, era mejor que lo hiciera asistida de un abogado para que la declaración tuviera plena validez. Al fin y al cabo, reconocería omisiones en su declaración y el fiscal podría plantearse su imputación.

—Claro que lo veo difícil —le dijo—. Hay que tener en cuenta el estado en que estaba la víctima en aquel momento, así como su declaración en la que, en realidad, no inculpó en ningún momento a Miguel. Dijo que no recordaba muchas cosas. Ella nunca dijo que fuera él, sino que solo lo recordaba a él. Fueron los testigos, las pruebas y la relación entre ellas los que lo señalaron directamente.

Daba igual. Ane estaba decidida a hacerlo. Tanto que aquella mañana no llamó a su padre ni le contó sus intenciones de ir a declarar para que no la disuadiera de lo contrario. Era posible que Jon deseara arreglarlo a su manera y ella quería acabar con Iker por sus propios medios. Así que Marta llamó a un abogado por recomendación de Luis Cilla.

—Es el mejor —le dijo—. Sabrá asesorarla. No puedes representarla tú si luego quieres interponer el recurso a favor de Miguel Aresti. ¡Ostras!, esto es de película, Marta —añadió—. Ni en mis mejores sueños jurídicos me habría imaginado que pudieras interponer finalmente el recurso. Me tienes sorprendido, niña.

Aunque Marta no estaba para lisonjas, no podía sino agradecer la ayuda de Luis.

—Después de esto creo que te debo una cena, Luis —le dijo.

—¿Solo una? —contestó él riéndose al otro lado del auricular—. Ten cuidado, por favor —añadió—. Quiero que pagues tu deuda.

El letrado acudió rápidamente a casa de Ane. Era un viejo amigo de Cilla, de los de las partidas de mus. Una llamada de Cilla y dispuesto para la batalla.

La advirtió nuevamente a Ane del peligro de lo que iba a hacer, pero ella se mantuvo firme en su decisión. Quería hacer lo correcto, pero, sobre todo, deseaba librarse de Iker para siempre, meterlo en la cárcel, que lo encerraran y tiraran la llave al Cantábrico. Aquella era la mejor forma de proteger a Ander. Aquello o matarlo. Y para eso no tenía fuerzas.

Así que prepararon la declaración. No diría más que la verdad, que estaba aturdida y que todos le decían que Miguel era el autor, así que le pareció que era indiferente si se había acostado con él antes de los hechos. Aquello formaba parte de su intimidad, o así lo entendió ella. Era irrelevante.

Una vez preparada la declaración, el abogado voló hacia la fiscalía para hablar con el fiscal de guardia y tantearlo. Al fin y al cabo, aunque Ane había negado la primera relación sexual, no era consciente de la relevancia de esa circunstancia y, en realidad, era el propio sistema el que no había funcionado bien y no había profundizado lo suficiente en la investigación, desechando pruebas importantes y dando por hecho coartadas que no se habían comprobado lo suficiente.

Mientras el letrado hacía sus gestiones, Ane llamó de forma insistente a Nuria. Le había dejado un recado en el contestador la noche anterior, pero no le había devuelto la llamada ni cogía tampoco el teléfono aquella mañana. Ella necesitaba su ayuda para dar aquel paso. Era lo más parecido a una amiga que tenía, a pesar de que la conocía hacía poco más de dos meses y de que, en realidad, era su terapeuta. Era una amiga en nómina, pero no tenía ninguna otra como para ser escrupulosa con el uso del término. Estaba tan nerviosa que Marta tuvo miedo de que se echara atrás en su decisión de declarar, así que la convenció para ir a buscar a Nuria a su consulta de camino al juzgado de guardia.

Las dos montaron en el coche junto con Ander. Ane no estaba dispuesta a dejarlo en manos de nadie porque nadie agarraba más fuerte a un hijo que su propia madre. Temía que Iker pudiera aparecer en cualquier momento por casa para cogerlo. Si se lo llevaba, todos estarían en sus manos y a su merced. Por eso iría con ella allá donde fuera. Iker nunca podría arrebatárselo de sus brazos.

En la calle jarreaba y los parabrisas apenas daban abasto para despejar la lluvia que caía. Era imposible aparcar cerca del portal, así que estacionaron en doble fila y Marta se ofreció a subir a la consulta en busca de Nuria mientras Ane esperaba en el coche con Ander.

La puerta del portal estaba abierta. Marta subió en aquel ascensor antiguo y ruidoso hasta el séptimo piso. Llamó al timbre de la consulta sin obtener respuesta. Golpeó la puerta con los nudillos por si el timbre no funcionaba. Fue entonces cuando se percató de que la puerta estaba mal cerrada, por lo que la empujó. Había mucho desorden dentro para ser la consulta de una psicoanalista. Vio libros y papeles por el suelo, una silla volcada, una lámpara tirada sobre un sofá…

Marta sintió miedo. Siempre había pensado que los actores en las películas eran estúpidos. Si se veía a la legua que allí había pasado algo malo, lo lógico era dar media vuelta y salir por dónde habías venido. Era lo que mandaban la prudencia y el buen juicio. Pero una fuerza extraña la conducía cada vez más adentro. Su corazón la advertía, palpitando de forma acelerada, de que detrás de alguna puerta podía aparecer alguien con un hacha. Mientras caminaba despacio se preguntaba qué estaba haciendo ella allí en medio de aquella vorágine y qué extrañas circunstancias la habían llevado a la consulta de una psicóloga en Bilbao… La Marta prudente que siempre había sido no estaría metida en ese lío. Una cosa era salir fuera de la zona de confort y otra muy distinta era ir directa en busca del peligro.

Como si sus pies fuesen el hocico de un perro sabueso, la condujeron directamente hacia aquellos zapatos que contenían unos pies a los que seguían unas piernas y el resto de un cuerpo inerte abandonado cruelmente en el suelo. No sabía si estaba viva o muerta. No había sangre. Puso su dedo bajo la nariz para ver si notaba aire. Luego tocó levemente su cara. Estaba helada. Era el frío de la muerte.

Aquella mujer estaba muerta y era evidente que había pasado algo en aquel piso.

La dejó sobre el frío suelo en el que descansaba ajena ya a su propia desdicha y los mismos pies que la condujeron hasta ella la llevaron de forma precipitada hasta el portal, bajando de cinco en cinco las escaleras, agarrándose afanosamente a la barandilla para evitar caerse y que la muerte la agarrara también a ella por detrás. Ya en el portal, recuperado el aliento y una vez a salvo de posibles peligros imaginarios o reales, Marta llamó a la policía. No tardaron en aparecer cuatro coches de la Ertzaintza. Marta los esperó en el vehículo donde aguardaban Ane y Ander resguardándose todos de la intensa lluvia. Tenía que decírselo. Ane se aferró a su bebé y empezó a balancearse con él nerviosamente sentada en la trasera del coche. Le pidió a Marta que echara los cerrojos. Marta la obedeció, ya que estaba tan asustada como ella. Ane miró por las ventanillas a uno y otro lado de la calle.

Había sido Iker.

—Ya la había amenazado antes —dijo.

Se sintió más segura poco después rodeada de tantos policías. Fue entonces cuando quitaron el seguro del vehículo. Solo quería que su hijo estuviera a salvo, lejos de su padre. Ane se pasó toda la mañana en el juzgado declarando. Sin duda el culpable era su marido. Días antes se había personado en la consulta de Nuria y la había amenazado. Iker no quería que viese a una psicóloga para que no recordase lo que le había hecho. Había logrado vivir indemne de su delito gracias al olvido en que ella había permanecido durante años, un olvido convenientemente inducido por su marido y, de forma inconsciente, por su propio padre. Y ahora había una mujer muerta y un hombre injustamente encerrado en una prisión.

—Tienen que sacarlo ya, de inmediato —le dijo al juez—. Y encerrar a mi marido.

En realidad, era esto último lo que más la preocupaba.

—Por desgracia, las cosas no son tan rápidas como usted pretende, señora Celaya —refirió el magistrado—. La justicia tiene sus tiempos, y no es usted quien los marca. Tenemos que comprobar todo lo que usted nos dice. Por el momento, voy a ordenar la detención de su marido.

45

Los acontecimientos se precipitaron vertiginosamente después de aquel 3 de enero. El cuerpo de Nuria de Prado reveló que había sido agarrada y golpeada en la cara. Tenía hematomas *pre-mortem* en los brazos, en las mejillas y en el cuello con forma digitiforme compatibles con haber ejercido una fuerte presión con los dedos en dichas zonas. La causa de la muerte, sin embargo, fue un fuerte impacto en la parte posterior de la cabeza. Todo parecía indicar que había caído hacia atrás y se había golpeado en seco contra el suelo. La caída podía ser consecuencia de un empujón o de haberse tropezado. Sus pies estaban parcialmente enredados en una alfombra.

Obtuvieron ADN de sus uñas. Parecía que se había resistido y había arañado a su agresor.

Las pruebas de ADN tardaron mucho más de lo que Marta podía soportar. A Marta se le hizo interminable la espera. Entre tanto, la declaración de Ane y las amenazas que esta reveló que su marido había hecho a la psicóloga unos días antes, confirmadas por un vecino, dirigieron la investigación directamente hacia Iker.

El problema era que Iker había desaparecido de la faz de la tierra. Se le había visto por última vez en la empresa y a partir de ahí se le había perdido el rastro. El responsable de seguridad de Estructuras Celaya manifestó que el vehículo de Iker había entrado en el garaje a las 09:45 horas de la mañana y había salido a las 11:02. Las cámaras de seguridad dispuestas en el garaje captaban a un hombre que se había montado en el coche, arrancado y salido a esa hora. No se distinguía el rostro. Tenía la altura y la estructura corporal de Iker. Solo podía ser él. Era el único que tenía las llaves de su vehículo. En cualquier caso, la grabación se puso a disposición de la autoridad judicial. El resto de las cámaras de seguridad estaban casualmente inutilizadas ese día. Precisamente estaban haciendo una revisión general como cada comienzo de año, según declaró el personal de seguridad. Además, ese mismo día hubo un gran revuelo porque Jon Celaya sufrió un infarto en su despacho. Tuvieron que llamar a los servicios de emergencia y todo el mundo estuvo pendiente de él. Así que Iker había desaparecido. Quizá ya estaba fuera del país consciente de que podían estar buscándolo por la muerte de Nuria. Por suerte, había de donde obtener el ADN de Iker. El juez autorizó el análisis del ADN de Ander. El examen de su ADN concluyó que quien había agredido a Nuria era el padre de Ander. Aún continuaban buscándolo. Entre tanto, Marta presentó el recurso de revisión basándose en la declaración de Ane y en la factura de limpieza del vehículo, fechada el 24 de agosto de 1991 y que demostraba que tres hombres habían montado en aquel vehículo entre los días 24 y 26 de agosto. De esta manera consiguió el cotejo del ADN encontrado en el Porsche de Ane. El ADN de uno de los cabellos coincidía con el hallado en el cuerpo de Nuria. Era de Iker. Ya podían situarlo en Oña. Había estado allí, en aquel coche, después del 24 de agosto. Pero aquello no había sido objeto de comprobación. Les bastó en aquel momento con la declaración de Jon Celaya, que dijo que lo habían recogido en Madrid el día que volvieron de Europa. A Iker no se le tomó declaración en ningún momento. Desde el inicio fue descartado. Todas aquellas evidencias ayudaron a Ane a recordar momentos de aquella fatídica noche. Fue Iker quien entró en el coche cuando Miguel se marchó. Fue a Iker a quien le dijo: «Mira quién ha vuelto».

Mientras la policía buscaba a Iker, Ane intentaba rehacer su vida. A pesar de la seguridad que la propia policía dispuso a su alrededor por si Iker reaparecía y se acercaba a ella o a su hijo, Ane vivía en un continuo sobresalto; miraba siempre hacia atrás, cerraba la puerta de casa con llave y se hacía acompañar de terceros en todo momento. Ni siquiera permitió que su madre la visitara en su piso. Tenía miedo de que de alguna manera Iker pudiera estar manipulándola. Mientras, su padre seguía en coma en el hospital desde el día en que descubrieron el cuerpo de Nuria e Iker desapareció.

Respiró aliviada finalmente cuando le comunicaron que su padre, dos meses más tarde, había salido del coma.

Cuando llegó al hospital llevando con ella a su hijo y bajo la atenta mirada de un escolta, tres hombres que trabajaban para su padre salían de la habitación. Reconoció a uno de ellos como el abogado que se encargó de su asunto. Los otros eran hombres de la confianza de Jon Celaya, encargados de su seguridad, de los que siempre estaban a su lado, aunque Ane no sabía bien a qué se dedicaban.

—Podíais haberlo dejado descansar un poco —dijo Ane censurándolos al cruzarse con ellos en la puerta de la habitación.

—Lo sentimos, señora Celaya —le dijo uno de ellos—. Teníamos asuntos que no podían esperar y de los que debía ser informado su padre inmediatamente, tan pronto como estuviera consciente. Le aseguro que está bien y mucho más tranquilo después de hablar con nosotros y ponerlo al día —añadió—. Nosotros ya los dejamos.

Ane entró en la habitación y sonrió a su padre, que estaba recostado en la cama. Tenía buena cara. Jon observó a su hija y a su nieto. Estaban sanos y salvos. Hubiera hecho cualquier cosa por ellos.

—Qué susto nos has dado, papá —dijo Ane abrazando a Jon con todas sus fuerzas—. No vuelvas a hacerme esto.

—Estoy bien, hija —contestó Jon—. Un infarto, por muy fuerte que sea, no va a acabar conmigo —añadió mientras solicitaba con sus brazos el cuerpecillo de su nieto.

—De todas formas, podías esperar a recuperarte del todo para tratar asuntos de la empresa —dijo Ane riñéndolo—. Les he pedido que no vuelvan a aparecer por aquí hasta que te den el alta.

—Hay asuntos, hija, que no pueden esperar. Tenían que ponerme al corriente de algunas cosas urgentes que dejé a medias cuando me dio el infarto. Ahora sabiendo que todo está en orden y bajo control te prometo que me dedicaré a cuidarme.

Ane le sonrió.

—Y yo me voy a asegurar de ello, papá. Jamás había visto a mamá tan aterrada. Apenas ha salido de casa. Creo que se siente perdida sin ti.

—Mamá es débil, hija, no es como tú y como yo —dijo Jon—. ¿Qué tal Ander?

—Muy bien, ya lo ves. Cada día más bonito. He pensado en iniciar los trámites para cambiarle el apellido. Será Ander Celaya. No tendrá nada que ver con el hombre que lo engendró. A los efectos de Ander y para siempre su padre está muerto.

—Claro que sí, hija, muerto —contestó Jon sonriendo a Ane—. Buena decisión —continuó—. Ander es uno de los nuestros. Llamaré a mi abogado para que lo gestione.

—Yo lo llamaré, papá —rebatió Ane—. Puedo encargarme. Tú a descansar.

—Y tú, ¿cómo estás, hija? —preguntó Jon consciente de todo por lo que había pasado y por lo que tenía que pasar aún su hija. En parte se sentía culpable de todo. Había precipitado la investigación; había impedido que Ane recibiera tratamiento; había tratado el asunto como algo vergonzoso haciendo que su hija se sintiera también responsable; había cometido muchos errores… Pero los había solucionado de cuajo. Aun así, si no hubiera estado en coma, las cosas se habrían llevado de otra forma, con mayor discreción, sin prensa. Ane había actuado por su cuenta y todo se había descontrolado. A esas alturas la sociedad vasca al completo sabía lo que había hecho su yerno. Habían dado la noticia en toda la prensa en papel e incluso en el telediario nacional. Los titulares habían sido contundentes:

UN HOMBRE ES CONDENADO INJUSTAMENTE Y CUMPLE CONDENA MIENTRAS EL VERDADERO CULPABLE SE CASA CON SU VÍCTIMA

DISFRUTABA DE UNA VIDA DE LUJO PAGADA POR SU SUEGRO Y PADRE DE SU VÍCTIMA MIENTRAS UN INOCENTE PAGABA EL PATO

PONZOÑA EN LA ALTA SOCIEDAD VASCA

ESTRUCTURAS CELAYA, ¿DESESTRUCTURADA?

La prensa era así. Ellos sí que eran ponzoña. No dejaban en paz a nadie. Agradeció estar en coma dos meses. Cuando despertó las cosas ya se habían calmado. Lo que más le preocupaba ahora eran las consecuencias que aquello pudiera tener para su nieto, al que no se le podía relacionar con aquel hombre, aquella sabandija que se había colado en su familia.

Claro que nadie se reía de él, nadie engañaba a un Celaya sin que eso tuviera consecuencias. Así que la decisión de Ane le pareció muy oportuna. Jon miró a su hija con orgullo. Le parecía más fuerte que nunca y más que nunca digna de su apellido.

—Papá —le dijo Ane—. Vivo en un continuo sobresalto. Me estremezco con cada ruido, con cada puerta que se abre o cada coche que se me cruza. Temo que aparezca en cualquier momento al doblar una esquina. He sacado todas sus cosas del piso. He mandado tirar toda la ropa de cama y las fotografías, y he pensado en redecorarlo todo. No quiero nada que él haya tocado o usado. No quiero cerca nada que me recuerde a él.

—Nos recuperaremos, hija. Siempre lo hacemos.

—Solo espero que no vuelva a aparecer nunca más —insistió Ane dispuesta a hacerle una petición a su padre—. Esa posibilidad no me deja dormir tranquila. No entiendo cómo la policía no es capaz de encontrarlo. Necesito saber que Ander y yo estamos protegidos en todo momento.

—Yo no me preocuparía por eso, mi niña —dijo Jon con total convencimiento—. Iker no va a volver.

—Lo dices como si tuvieras la seguridad de ello —exclamó Ane mirando a su padre.

—La tengo —afirmó Jon mientras miraba a su hija y le apretaba con fuerza la mano—. La tengo —repitió.

Ane asintió con la cabeza. Su padre no mentía. Iker no volvería. Lo vio en sus ojos.

Ninguno de los dos mencionó a Nuria. Tampoco a Miguel. Porque ninguno de ellos importaba. Solo importaban los Celaya.

46

Aquella mañana burgalesa de principios de marzo era tan fría como cualquier otra. A pesar de ello, el sol brillaba, engañando a los despistados turistas que no se habían abrigado al imaginar un buen día al verlo espléndido sobre un despejado cielo azul, el cielo azul de Burgos. El sol, sin embargo, no engañaba a los burgaleses, que de sobra sabían de sus juegos y de sus trampas. Hacía un frío que pelaba. Por eso Marta se había abrigado a conciencia. Aún recordaba el frío que había pasado cada vez que había visitado a Miguel en la prisión. Aunque aquel día ella no entraba, sino que él salía.

Desde el principio parecía claro que el recurso de revisión prosperaría. Marta jugaba sobre seguro. Las evidencias no dejaban lugar a dudas. No solo había generado una duda razonable sobre la autoría de Miguel, sino que había conseguido demostrar que se habían equivocado de autor.

El propio Enrique Mansa la había llamado para felicitarla.

—Un gran estreno —le dijo—. Cómo se me pudo pasar el tema del lavado del coche. Si las cosas hubieran ido más pausadas… Pero todo fue excesivamente rápido. Muy muy rápido si lo comparo con cualquier otra instrucción en la que haya participado.

—Creo que fue en parte suerte —le contestó Marta—. Yo también pasé sobre la factura varias veces sin caer en nada. Fue una especie de iluminación repentina.

—Si quieres, hay un sitio en el despacho para ti —le ofreció Mansa—. No puedo dejar pasar un talento como el tuyo.

Marta agradeció el ofrecimiento, pero tenía otros planes.

La que no estaba tan satisfecha era la fiscal que llevó el asunto en su día y que acusó a Miguel. Ahora era compañera de Luis Cilla.

Según Luis, llevaban días sin verla por los pasillos, encerrada en su despacho.

—No me extraña —dijo Luis—. Yo me sentiría igual. Y el caso es que nos puede pasar a cualquiera. Si algo hay que aprender de esto es que no pueden darse las cosas por sentadas ni precipitar las conclusiones. Lo obvio hace a veces que lo cierto se vuelva invisible.

La admiración de Marta por Luis ahora era mutua. Aquella abogada primeriza, gracias a su curiosidad y a un arrojo poco común para su edad, había conseguido hacer Justicia con mayúsculas. Y una noticia como aquella no pasaba desapercibida. Pocas veces se ponía de manifiesto un error judicial como aquel. Marta era la mujer del momento y, sin embargo, ella parecía no saberlo. No era propensa a la vanidad ni tenía tiempo para ello. Había pasado los dos meses que siguieron a la muerte de Nuria de Prado redactando y ordenando el recurso, así como planteando los nuevos indicios de la forma más ordenada posible para que el tribunal viera las cosas con claridad y sin fisuras. También tuvo que contener varias veces la impaciencia y la emoción de Miguel, a quien no quiso asegurar nada.

—Con los tribunales nunca se sabe, Miguel —le dijo—. Nos toca esperar. Sin embargo, cuando un error es tan notorio las cosas se agilizan. Es una cuestión de justicia y de responsabilidad, incluso económica.

Pero lo peor de todo aquel proceso fue, sin duda, acudir al funeral de Nuria. Un extraño vínculo la unía a aquella mujer desconocida. Solo vio su cara una vez. Fue aquel día y estaba muerta.

Mientras la policía buscaba a Iker los forenses no podían llegar a ninguna conclusión definitiva sobre su muerte. Parecía más bien que Nuria había sido agredida y que tropezó tratando de huir de su agresor. No había ningún hematoma específico que acreditara un empujón previo a la muerte y los pies enredados en la alfombra hacían pensar en una caída accidental hacia atrás. Ane no fue al funeral. Marta no había vuelto a verla desde aquel día y aunque la había llamado para interesarse por su estado le manifestaron que no atendía llamadas. Sin embargo, Marta pensó que la vería en el último adiós a la psicóloga. Cuando aquella fatídica mañana fueron en dirección a su consulta, Ane no dejaba de repetir que Nuria era su única amiga y que la necesitaba a su lado. Pero Ane no apareció. Marta se acercó a los padres de Nuria para darles el pésame. Sintió un fuerte deseo de eliminar su sufrimiento de alguna manera, pero no había nada que hacer. Se limitó a estar presente. Ni siquiera sabían quién era ella. Tampoco les importaba. Estaban allí en un estado intermedio entre la vida y la muerte, ausentes de sí mismos. Alguien se le acercó a Marta. Se presentó como Almudena, una amiga de Ane.

—Me han dicho que eres la abogada —le dijo—. Enhorabuena. Iker nunca fue trigo limpio —añadió—. Nunca me gustó. —Marta la escuchaba sin decir nada tratando de respetar más que ella el silencio de la sala—. Soy amiga de Ane —continuó—. Yo le recomendé que fuera a la consulta de Nuria. Sé que Nuria la ayudó mucho. ¿Y tú la ves aquí? Era de esperar. Ane tan egoísta como siempre. Tan ella. No tiene vergüenza ni sentimientos hacia nadie que no sea ella misma.

En su camino de regreso a Burgos aquellas palabras le hicieron pensar. Por un momento ella había opinado igual que Almudena al ver que Ane no había aparecido. Pensó que era una ingrata y una egoísta; que difícilmente podía llamarse amiga de nadie; que tan solo la había utilizado como, en realidad, había hecho también con ella. Ni siquiera le había cogido el teléfono.

Sin embargo, el viaje de dos horas en autobús le sirvió para reflexionar algo más.

Ane era una víctima. ¿Cuándo había dejado de serlo? La habían violado brutalmente. No había recibido tratamiento alguno durante años y se estaba hundiendo en una depresión a cuenta de ello. Luego había descubierto que quien la agredió de aquella manera vivía en su casa, dormía en su cama, se acostaba con ella, la acariciaba y abrazaba a Ander. Descubrió que quien la había violado era el padre de su hijo. E Iker había desaparecido y podía estar al acecho. Y, aunque estuviera lejos, ¿quién podía culparla por no ir a un funeral? ¿Quién podía exigirle que cumpliera con las convenciones sociales después de pasar por lo que pasó? ¿Por qué debía esperarse de una víctima un determinado comportamiento? ¿No tenía derecho a actuar como quisiera, a gestionar lo que le habían hecho como mejor le pareciera? Si reía, ¿por qué reía? Si lloraba, ¿sobreactuaba? Se la juzgaba en lugar de ayudarla.

«No me extraña que no aparezca —concluyó—. Ella debe seguir con su vida, que no es poco —pensó—. Y sobrevivir a todo esto».

Decidió por fin dejar de pensar en Ane y desear que le fuera bien. Y finalmente la noticia llegó y, notificada la resolución, la excarcelación de Miguel era inminente.

Aquel día Miguel salía de prisión bajo un sol radiante y mentiroso. Carcedo le dio la mano en su despacho y por primera vez fue sin la compañía de ningún funcionario.

—No acostumbro a disculparme por los errores ajenos —dijo—, pero, en su caso, señor Aresti, creo que es de justicia que lo hagamos todos. Nunca había vivido, en mis veinticinco años de servicio, nada así.

Miguel por fin miraba a aquel hombre de igual a igual. Aunque tenía, en lo más profundo de su ser, un enorme resentimiento hacia todo el sistema judicial y hacia todo el que formara parte de él, lo cierto era que Carcedo siempre lo había tratado con consideración.

—Supongo que ha dejado de verme como a un delincuente —se aventuró Miguel.

—¿Serviría de algo si le digo que nunca dio el perfil? —contestó Carcedo.

—No —dijo Miguel cargado de seriedad—. No sirve de nada —añadió con cierta acritud mientras salía del despacho como un hombre libre con las cuatro pertenencias que tenía metidas en una bolsa de deporte.

Miguel atravesó el patio bajo la mirada atenta de los hombres que habían sido sus compañeros durante aquellos años. Muchos de ellos lo saludaron con la cabeza sin acercarse. Otros le daban la mano en señal de aprobación. También cruzaba aquel patio por primera vez como un hombre libre. Los que sí se acercaron fueron los funcionarios de prisiones, que lo despedían con alguna palmada en la espalda. Las soportó estoicamente con la seguridad de no volver a ver aquellas caras nunca más. Ellos también habían sido correctos con Miguel, pero la rabia los convertía así mismo en culpables. No lo eran. Eran tan inocentes de lo que le había ocurrido a él como él lo era de lo que le habían hecho a Ane. Sin embargo, para Miguel en aquel momento eran culpables los ladrillos de las paredes, las rejas de las ventanas, las cerraduras de las puertas…, todo lo que lo había retenido allí injustamente.

Ya en la puerta de salida observó cómo en la parte de arriba sobresalía una tubería blanca, suponía que del sistema de calefacción. Esa no la tenía controlada. No había reparado en ella seguramente porque estaba demasiado cerca de la puerta de salida y no era visible para los presos. Pensó que esa quizá sí hubiera soportado su peso. Se alegró de no haberla descubierto. Ya no la necesitaba. Antes de abrir la puerta un funcionario le entregó su bajo metido en una funda.

—De parte de Carcedo —le dijo.

Miguel lo cogió sin decir una palabra y atravesó finalmente la puerta de la cárcel como un hombre libre. Ya fuera el frío, el sol, el río y los árboles le parecieron diferentes. Le parecieron reales.

Frente a él, esperándolo, estaban Óscar y su madre. Antonia abrazó a su hijo sin poder controlar el llanto. Óscar los abrazó a ambos. Miguel buscaba a alguien con la mirada. Por fin vio a Marta a unos metros.

Apoyada en el coche de Luis Cilla, que la había llevado hasta allí, Marta lo saludó con la mano.

Había contemplado orgullosa y satisfecha lo que acababa de conseguir.

Ahora, libre ya, Miguel no parecía al fin y al cabo tan diferente a como ella lo imaginó de niña. Era un superviviente, una cualidad real que añadir a los atributos que ella le había otorgado antes gratuitamente. La libertad le sentaba bien. Parecía hasta que hubiera crecido. No era el mismo hombre que le hablaba al otro lado del locutorio. Tal era el efecto que producía ser dueño de tu propia vida. Miguel reparó en que Marta estaba acompañada y escudriñó brevemente a Cilla, que esperaba dentro del vehículo mientras observaba la escena.

Ambos anduvieron unos pasos hasta completar el camino que los separaba. Luego se unieron en un abrazo que prolongaron durante varios minutos, aferrándose el uno al otro, hablando sin palabras.

—Bueno, pues ya está —dijo Marta sonriendo en medio de aquel abrazo del que Miguel no la liberaba.

—Sí —contestó Miguel—. Lo has conseguido —dijo dejándola por fin respirar para mirarla de lleno a los ojos.

—¿Y ahora qué? —preguntó ella.

—Por el momento, me vuelvo a Oña con mi madre. Por suerte solo alquilaste la casa.

—Cierto —dijo Marta sonriendo.

Ambos se miraron durante un par de minutos más sin decir nada. A Cilla le parecieron horas.

—Por cierto, mi madre quiere invitarte a comer el domingo en Oña. Se siente avergonzada de cómo te trató cuando fuiste a la residencia a verla. Ningún abogado le generaba por entonces confianza.

—No importa —contestó Marta—. Es normal que recelara. Dile que se lo agradezco, pero será en otra ocasión. Debo pagar una deuda el domingo. Tengo que invitar a Luis a comer —refirió mirando a Cilla, que seguía en el interior del vehículo y que al sentirse descubierto apartó la mirada de la pareja—. De hecho, deberías venir a conocerlo. Es fiscal —dijo—. Me ha ayudado mucho. Es posible que sin él no lo hubiera conseguido.

Miguel detectó cierto aire de admiración en las palabras de Marta al referirse a Cilla, cierta admiración que le disgustó. También le disgustó deberle algo a aquel hombre.

—Otro día, si no te importa —contestó Miguel—. Hoy solo estoy para los amigos.

Marta intuyó también cierto malestar en aquellas palabras de Miguel.

—Claro —contestó Marta—. Otro día.

—Espero verte pronto, abogada —le dijo Miguel al oído rozándolo ligeramente con los labios mientras agarraba también la mano de Marta. Marta sintió el roce de sus labios en el lóbulo de la oreja y le pareció que el tiempo no hubiera pasado entre ellos, como si volvieran a 1991.

Luego pensó en Luis, que sin duda los observaba, y trató de separarse un poco de Miguel. El inteligente e ingenioso Luis.

El hombre del que tanto podía aprender y en el que podía confiar. Se giró y miró al fiscal sonriendo. Luis, de nuevo, al sentirse descubierto dirigió la mirada al horizonte.

—Ya sabes dónde encontrarme —contestó finalmente Marta también susurrando muy cerca al oído de Miguel mientras se resistía a acercarse a él tanto como ella hubiera querido—. Aunque lo de abogada se ha terminado —le dijo—. He decidido que quiero ser fiscal, así que tengo que empezar a estudiar de nuevo. Me temo que será duro, pero en estos momentos me siento capaz de todo.

Miguel se la quedó mirando y la sonrió.

—¿Fiscal? ¿Precisamente fiscal? ¿Es que tú y yo no vamos a poder llevarnos bien nunca? —preguntó Miguel con una media sonrisa intentando descubrir los sentimientos de Marta. La miró con admiración. Marta había crecido y era mucho más de lo que ya prometía de niña. Miguel se sintió a su merced.

—Es nuestro sino —contestó ella dándole un beso en la mejilla.

—No estoy de acuerdo —exclamó Miguel—. Supongo que eso depende solo de nosotros dos. —Apretó la mano de Marta, que se resistía a soltar, y miró de reojo hacia el coche del fiscal. Miguel sacaba de la ecuación a Cilla—. Depende solo de nosotros dos —repitió.

Sin embargo, Marta no lo tenía claro. No quería cerrarle la puerta porque deseaba tenerlas todas abiertas. Le gustó esa sensación de inmensa libertad.

—Supongo —contestó Marta sintiéndose poderosa—. Todo puede ser.

Porque en realidad Marta ya había elegido. Se había elegido a ella.

Agradecimientos

Gracias a todo el personal del Hospital Universitario de Burgos, y en especial a los equipos de ginecología, oncología, radiología, medicina nuclear, anestesia, cirugía plástica y fisioterapia. Gracias al grupo de enfermería de quimioterapia y a los doctores María García, Ángel Peña y mi amiga Begoña Miguel. Por ellos hoy sigo abrazando a mis hijos.

Gracias a mi marido Toño, a mis hijos Alba y Alfonso, a mi hermano Román y al resto de mi familia y a los muchos amigos que me sujetaron y me acompañaron en el camino. Ellos saben quiénes son.

Gracias a mis padres Román y Mari Carmen.

Gracias a quienes hoy están luchando contra un cáncer, por su valor y su coraje.

Gracias a Conchita Miranda.

Y gracias a Penguin Random House y a todo su maravilloso equipo por permitirme vivir este sueño.

«Para viajar lejos no hay mejor nave que un libro».

EMILY DICKINSON

Gracias por tu lectura de este libro.

En **penguinlibros.club** encontrarás las mejores recomendaciones de lectura.

Únete a nuestra comunidad y viaja con nosotros.

penguinlibros.club